x Andrew

Narratori ◀ Feltrinelli

Stefano Benni ha pubblicato con Feltrinelli:

Prima o poi l'amore arriva (1981)
Terra! (1983)
Stranalandia, con disegni di Pirro Cuniberti (1984)
Comici spaventati guerrieri (1986)
Il bar sotto il mare (1987)
Baol (1990)
Ballate (1991)
La Compagnia dei Celestini (1992)
L'ultima lacrima (1994)
Elianto (1996)
Bar Sport (1997)
Bar Sport Duemila (1997)
Blues in sedici (1998)
Teatro (1999)
Spiriti (2000)
Dottor Niù. Corsivi diabolici per tragedie evitabili (2001)
Saltatempo (2001)
Teatro 2 (2003)
Achille piè veloce (2003)
Margherita Dolcevita (2005)
Misterioso. Viaggio nel silenzio di Thelonious Monk (2005)
La grammatica di Dio. Storie di solitudine e allegria (2007)
Pane e tempesta (2009)
Le Beatrici (2011; "Audiolibri Emons-Feltrinelli", 2012),
Fen il fenomeno (con Luca Ralli; 2011)
Di tutte le ricchezze (2012; "Audiolibri Emons-Feltrinelli", 2012)
Pantera (con Luca Ralli; 2014)

Nella collana digitale Zoom:

Frate Zitto (2011)
L'ora più bella (2012)

Nell'area audiolibri ha letto:

La terra desolata di T.S. Eliot (Full Color Sound)
Novecento di Alessandro Baricco (Emons-Feltrinelli, 2011)
Di tutte le ricchezze (Emons-Feltrinelli, 2012)

Stefano Benni
Cari mostri

© Giangiacomo Feltrinelli Editore Milano
Prima edizione ne "I Narratori" aprile 2015

Stampa Nuovo Istituto Italiano d'Arti Grafiche - BG

ISBN 978-88-07-03137-3

www.feltrinellieditore.it
Libri in uscita, interviste, reading,
commenti e percorsi di lettura.
Aggiornamenti quotidiani

razzismobruttastoria.net

Cari mostri

a Nic e Monica, persone coraggiose

1.

Cosa sei?

Dracones omnes reliqui autorum fabulosi sunt.

LINNEO

Ho sempre amato con paura quel quartiere della città vecchia che si chiama Alp. Mi sono spesso avventurato nelle sue strade strette e senza sole, nelle penombre delle botteghe antiche, tra guglie di chiese tetre, spiato da grifi e mostri di pietra che folli architetti si sono divertiti a nascondere nei muri. Ho ascoltato il rumore del fiume melmoso e infestato da topi, che attraversa i vicoli in parte mormorando sotterraneo, in parte apparendo col suo colore di fiele tra ponticelli e attracchi marciti. Ho visto i volti degli abitanti alle finestre, volti che non assomigliano a quelli della nostra città, ho udito leggende, ho visto scoppiare risse nelle bettole, ho visto ubriachi stesi nelle pozzanghere, e prostitute miserande lanciarmi sguardi dagli androni.

Ho sempre pensato che l'ombra che avvolgeva quei luoghi fosse frutto dei racconti ascoltati, e della mia particolare sensibilità. Ora so che qualcosa mi aspettava, in quelle strade senza cielo, dove sembra di vagare in una immensa grotta. Qualcosa che non potevo immaginare nei miei peggiori incubi.

Ma cominciamo da quella sera.

Mi ero perso nella parte più buia di Alp, dove impazzava una specie di funereo carnevale, e cercavo di fuggire ai coriandoli in bocca, alle bastonate scherzose ma non troppo, alle urla e alle sconcezze degli avvinazzati. Mi trovai in una stradina così angusta che talvolta sfregavo coi gomiti le muffe e le sporgenze delle pareti. La percorsi di fretta, come inseguito, e sbucai in una piazzetta ignota. Era minuscola, sporca, impregnata di vapori umidi, e quasi interamente invasa da una pianta gigantesca. Un rampicante di cui non si vedevano le radici, né il tronco, che riempiva con i rami tentacolari ogni angolo, avvinghiandosi ai muri e serpeggiando sul selciato, con emorragie di fiori rossi dall'odore acre. Mi feci largo nel viluppo e con stupore notai che la piazza non aveva uscita, solo il vicolo di accesso che avevo appena percorso. Non vidi porte né finestre, ma sul fondo, scostando i rami, mi apparve uno strano negozio.

Era una bottega di aspetto venerando, la vetrina polverosa rifletteva il fantasma del mio volto. Due pappagalli corazzieri ne sorvegliavano l'entrata, l'insegna era un dragone rampante. Intravidi stie di conigli rossicci e gabbiette di piccoli esseri pelosi e tremanti, e una teca dove un grosso pitone muoveva pigramente le spire. La porta era quasi interamente coperta dagli arabeschi della pianta ma si indovinava una scritta:

Creatures

Osservai i pappagalli, erano bellissimi, uno bianco e uno rosso, dondolavano sul trespolo e mi fissavano col capo inclinato, con aria professorale. Poi quello rosso strillò:
– Padrone Yugi, un cliente.
Risi. Erano davvero ben addestrati.
I rami della pianta si mossero. Yugi uscì.
Provai subito una sensazione di malessere. Eppure non c'era niente di spaventoso in lui. Era un uomo basso e calvo, con una barba caprina, e indossava un caffetano arancione, abbellito da collane di denti aguzzi e conchiglie. Portava in

braccio, avvolto in una coperta, qualcosa che poteva essere un bambino o un animaletto. I suoi occhi erano scuri e selvaggi, di taglio orientale. Ciò che mi stupì nel suo sguardo era la familiarità. Mi guardava come se mi conoscesse da sempre. E quando parlò, la voce era roca e rugginosa. Pensai che assomigliava a quella del pappagallo. Per quella strana voce, il volto e i movimenti lenti, non riuscii a dargli un'età. Poteva avere quarant'anni o settanta.

– Il pappagallo rosso si chiama Cesare, e ha centododici anni – disse con voce un po' più chiara. – Quello bianco, Lucrezia, è una femmina e ne ha novantasei.

– Sapevo che potevano vivere a lungo, ma non credevo tanto – dissi.

– Oh, ne ho avuti di più longevi – disse il signor Yugi. Non mi resi conto allora che c'era qualcosa di strano in quella frase. – Le piacciono le creature? Vuole visitare il mio regno?

Con un po' di esitazione, entrai. L'interno del negozio era sorprendentemente ampio, rispetto alla porticina d'ingresso. Era una sala di forma esagonale, con volte e piloni, profonda almeno cinquanta metri. Tutto intorno, addossate ai muri, c'erano gabbie, teche di vetro e acquari. Il caldo era soffocante, e la luce di un lampadario orientale di ottone diffondeva riflessi rossastri. Subito mi colpì l'odore. Un miasma di bestia, di giungla, di sangue, di acqua marcia. Così, pensai, era l'odore del mondo al suo inizio, quando l'uomo ancora non lo abitava. E, particolare strano, c'era un grande silenzio. Nessuno di quei versi, urli, strida che ti aspetteresti in un ambiente pieno di animali.

– Guardi pure, – disse il signor Yugi, sempre tenendo in braccio la creatura avvolta nella coperta – ma non tocchi niente. Quasi tutte queste creature sono innocue. Ma non tutte – e mi rivolse un sorriso lievemente beffardo.

Mi diressi verso l'acquario più grande. C'erano polpi,

astici, pesci spazzini e carassi colorati con pinne fluttuanti come veli di seta. Pesci dai grandi occhi ebeti, trigoni pulsanti e squaletti mimetizzati sul fondo. Un granchio incrostato di conchiglie come un antico relitto. Qua e là passavano branchi di stringhe sinuose e creature minuscole orlate di ciglia vibratili, che mi ricordarono una descrizione di Laforgue. L'acqua era limpida sul davanti, e scura sul fondo, dove si intravedevano alcune formazioni coralline e una grotta di roccia. Dentro la grotta vidi un muso baffuto e umanoide, forse un grosso pesce gatto. Poi un lungo filamento misterioso saettò, catturò un pesciolino e si ritrasse.

– Che ne pensa? – disse Yugi.

– È strano, – risposi – per metà potrebbe essere l'acquario di un qualsiasi ristorante. Ma ci sono anche pesci bizzarri che proprio non conosco. È come vedere mischiarsi qualcosa di conosciuto e qualcosa di alieno...

– Come nella natura – disse lui. – Si calcola che negli abissi del mare vivano almeno diecimila specie di creature che ancora non abbiamo scoperto...

– E i pesci di questo acquario convivono? Voglio dire, non combattono tra loro?

– Seguono l'istinto – rispose Yugi carezzando la creatura avvolta nella coperta. – Alcuni si nutrono di altri. Basta trovare il giusto equilibrio, la democrazia del predare. Io l'ho trovato. Le piacciono i rettili?

– Non tanto – risposi.

– Be', questo le piacerà – disse Yugi, precedendomi verso il fondo della sala, dove il caldo era ancora più soffocante. In una teca di vetro c'era il serpente più grosso che avessi mai visto. Nero e giallo, attorcigliato a un troncone d'albero, con la testa triangolare protesa in aria, grande come quella di un uomo. Fece sibilare la lingua verso di noi.

– Che bestione – dissi.

– Che creatura meravigliosa – mi corresse lui con dolcezza. – Potrebbe sembrare un anaconda ma non lo è. È una specie non ancora catalogata, ma cosa importa? Le ossessioni delle nostre tassonomie non esauriranno mai il mistero della creazione.

– È difficile da nutrire?

– No – disse Yugi. – Ovviamente, preferisce mangiare creature vive. Gli manca la scienza dei nostri chef.

Con un brivido vidi nella teca parecchie ossa che potevano essere di caprette o conigli.

Il signor Yugi si accorse del mio turbamento, mi guardò fisso negli occhi e chiese:

– Che lavoro fa lei, signore?

– Io sono... secondo la zoologia inglese, un head-chopper manager... mi occupo di ristrutturazioni aziendali, taglio di personale eccetera.

– Oh, – disse il signor Yugi congiungendo le mani – quindi anche lei si occupa... di evoluzione... Seleziona, diciamo così, le creature che non riescono ad adattarsi alle mutazioni economiche e tecnologiche.

– È un lavoro come un altro – sospirai scrollando le spalle. – Ma lei, come riesce a... mandare avanti un negozio con merce così strana?

– Oh, capisco la sua curiosità professionale – disse Yugi con un impercettibile inchino. – Ebbene sì, la mia è una passione che non rende ricchi... Ci sono animali che vendo, e altri che tengo con me da tanto tempo. Questi nell'uccelliera sono tucani. Li rifilo a qualche signore danaroso che vuole un po' di esotismo in giardino. Ma soffrono la cattività e cercano di scappare, o muoiono subito. L'uomo crede di poter controllare la vita di tutti, ma non è così. Le piacciono i topi?

– Mica tanto – risposi con un riso nervoso.

– Guardi questi, – disse – vengono dalla Guyana, sono rarissimi. Possono crescere fino a tre chili, il loro pelo è come carta vetrata. Sono grandi nuotatori. Sono pacifici, ma talora, per ragioni misteriose, invadono un villaggio e uccidono gli abitanti. Non è mai stato scoperto cosa li faccia impazzire. Li chiamano hamchak, le Piccole Ombre.

Mi diressi verso una gabbia dove un'ombra passeggiava avanti e indietro. Sperai che fosse qualcosa di rassicurante. Invece era una giovane pantera.

– Questa l'ho comprata da uno zoo – disse. – Presto la libererò. Ma lei è un manager e penserà che non sto facendo bene il mio lavoro. Le mostro le mie ricchezze senza cercare di venderle nulla. C'è qualcosa che le piacerebbe avere in casa? Ha animali?

– Ho un cane e un gatto, – dissi – e già è difficile farli convivere. No, non credo di potermi permettere un altro inquilino.

– Neanche se fosse... unico, speciale? – disse con voce suadente il signor Yugi. – Qualcosa che solo lei può avere, almeno in questo paese e in questo emisfero?

– Non capisco di cosa parla – dissi.

Il signor Yugi sorrise e iniziò lentamente a svolgere la coperta dentro la quale c'era la creatura misteriosa. Capii subito che non era un bambino. La prima cosa che spuntò fu una lunga coda sottile. Poi due zampette che si agitarono in modo buffo e scomposto nell'aria. La coperta cadde per terra e l'animale fu ben visibile.

Come reagii all'apparizione? Con stupore, curiosità e anche un po' di disgusto. Non era bello, e non assomigliava a niente che avessi mai visto. Il corpo poteva essere quello di un piccolo cane, con zampe tozze, piedi palmati e artigliati. Il pelo era corto e ruvido, di un colore indefinibile, un bianco screziato d'asfodelo, e sulla schiena aveva una cresta di aculei irti. Ma era il muso a essere inquietante e affascinante. Gli occhi gialli ed enormi sembravano quelli di un lemure, e la pupilla era dilatata. Il muso era quasi senza naso, la bocca, larghissima e sottile, aveva labbra cornee. Un po' indietro rispetto alla fronte, vibravano due orecchie membranose, da piccolo drago. La coda si muoveva inquieta.

Diciamo che era un cane con faccia da pesce e coda da rettile. Ma soprattutto dava l'impressione di una creatura che si fosse fermata nella storia dell'evoluzione, un anello di congiunzione di milioni di anni prima, un anfibio che usciva dall'acqua e iniziava a camminare sulla terra, qualcosa che ancora cercava il suo posto nell'ordine del mondo ed era arrivato a noi incompleto, non sviluppato, eppure vitale e selvaggio.

– Comprendo il suo stupore – disse Yugi. – Il Wenge non assomiglia alle creature che incontriamo ogni giorno. Ha sconvolto i pochissimi zoologi che l'hanno studiato. Come forse lei ha pensato, esisteva in questa forma migliaia di anni fa. Ed è sopravvissuto fino ai giorni nostri senza scegliere la via dell'adattamento, restando primigenio. Ne hanno recentemente scoperti alcuni esemplari in un fiume dell'Amazzonia. Lì esiste una tribù feroce e quasi inavvicinabile che lo considera un dio e lo teme. Il Wenge vive in acqua e in terra. Non posso dirle in che modo ne sono venuto in possesso, posso solo precisare che lo cercavo da anni, perché ho la passione del raro e dell'indefinibile. Non c'è zoo o privato che ne possieda un altro esemplare.

– È... solo?

– Rarissimo e solo. Questo è giovane, credo abbia un anno di vita. Non so bene quanto può crescere, né se potrà resistere nel nostro clima. So soltanto che è meraviglioso. E che non posso tenerlo.

– Perché? – chiesi, mentre la creatura mi fissava, e non avevo certo il coraggio di carezzarla o avvicinarmi.

– Le leggende di quella tribù sono molto chiare, e io rispetto le leggende. Non farei questo lavoro, se non credessi all'incredibile. Gli indigeni dicono che il Wenge deve avere un solo padrone. Ma non un padrone qualsiasi. Il Wenge lo sceglie, e gli dedica tutto il suo amore. E se non lo trova, può diventare pericoloso, non ama essere imprigionato.

– Pericoloso in che senso?

– Oh, non lo so, come vede è una piccola creatura, non può fare grandi danni. Ma immagino che possa soffrire molto, e da quando è con me sta soffrendo, non mangia, non cammina, sta sul fondo della gabbia, o si fa portare in braccio. Questo fino a poche ore fa.

– È successo qualcosa?

– Sì. Stamattina ho notato che qualcosa era cambiato. Nel momento in cui lei si stava avvicinando al vicolo, il Wenge si è come risvegliato. Ha iniziato a fare uno strano verso, che lei imparerà a riconoscere. Ha scosso la gabbia con le zampe, ha chiesto di uscire. Mi è saltato in braccio. E sa perché?

– Perché?

Yugi mi guardò fisso negli occhi e scandì le parole una per una.

– Perché voleva conoscere *lei*. Perché la aspettava.

– Questa poi – dissi io un po' irritato. Avevo già sentito molte stranezze, ma quello era troppo. – Come poteva aspettare *me*, io non sapevo neanche che esistesse una creatura simile...

– Ma lui sapeva di lei. Da sempre, direi.

Mi sentii improvvisamente a disagio. Quei riferimenti oscuri mi avevano stancato, inoltre il caldo e il tanfo mi stavano facendo venire la nausea. Pensai che era ora di uscire da quel serraglio inquietante. Stavo perciò per accomiatarmi, quando accadde qualcosa di inatteso.

La coda del Wenge, con uno scatto, si arrotolò intorno alla mia mano. Gli occhi gialli mi fissarono con un'inequivocabile espressione di amore, uno sconfinato affetto e una disperata richiesta di aiuto. E il Wenge emise un vagito roco, che esprimeva grande sofferenza. Poi mi balzò in braccio. Sentii le sue unghie intorno al collo, il suo peso leggero e l'odore muschiato. Mi posò la testa sulla spalla. Vibrò. Ero esterrefatto.

– La leggenda, come vede, è vera – disse Yugi. – Il piccolo Wenge ha scelto il suo padrone. Può negarlo? Da quando ce l'ho, decine di persone lo hanno visto e hanno chiesto di portarlo via. Non ha mai reagito così, spesso li ha presi a morsi e sputi. Vuole lei.

– Le ripeto, non posso prenderlo – dissi, mentre il Wenge continuava con la coda a tenermi ben stretta la mano.

– Signore, – disse Yugi con aria solenne e una punta di minaccia nella voce – lei non può sottrarsi a una legge di natura. Non può abbandonare una creatura giunta a noi attraverso i secoli, portando la sua diversità e il suo enigma. Se lei non lo accetta, morirà. Non la sto ricattando, è la verità, e in fondo al cuore lei lo sa bene.

– Non posso – dissi ancora, turbato.

– Può. Può salvare una creatura che chiede solo di sopravvivere. Facciamo un patto: lo tenga una settimana. Se ci fosse qualcosa che non va, me lo riporterà.

– Se è così raro... non me lo posso permettere.

– No, no, la prego, non pensi che voglia fare un affare. Il Wenge è un regalo. Non voglio soldi da lei. Il Wenge era suo, da quando è nato.

– Una settimana di prova, dice? Ma le ho detto che ho un cane e un gatto.

– Il Wenge adora i cani e i gatti – disse con un sorriso esagerato. – È solitario, ma non asociale. Inoltre ha un grande senso dell'igiene, gli metta una cassetta di sabbia, proprio come fosse un gatto, e lo porti fuori al guinzaglio, come fa col suo cane. Certo, non lo esibisca troppo, magari esca la mattina presto o di notte... il Wenge non ama essere oggetto di troppa curiosità.

– E cosa mangia?

– Mangia molto, in questa fase della sua crescita. Niente

crocchette o cibo della sua tavola. Solo carne e pesce crudi. Lo porti vicino all'acqua o in un bosco. È capacissimo di nutrirsi da solo.

– E come?

– È, diciamo così... un eccellente predatore... ma non è pericoloso, se viene trattato con affetto... non morde, non attacca gli umani, è docilissimo. Certo, ha un carattere forte, ma le obbedirà in tutto e per tutto. Ripeto, se lei lo amerà.

– Ancora non lo so – dissi io.

Gli occhi del Wenge si chiusero e si riaprirono. Emise un altro gemito. Balzò a terra, mi si accucciò ai piedi.

– Be', lo ammetto, – dissi – possedere un animale così unico solletica la mia vanità. È un maschio o una femmina?

– Il Wenge è ermafrodito. Ora è maschio, ma può cambiare sesso due o tre volte nella vita. Come vede, è una somma di meraviglie. Allora, lo porta con sé?

– Un'ultima domanda. Quanto crescerà?

– Oh, fino a sedici metri – disse Yugi, e rise fragorosamente. – Ma non lo vede? È un esserino, potrà tutt'al più diventare come un cane di media taglia. Comunque io sono qui a disposizione, per qualsiasi problema.

– Va bene, – sospirai – spero di non pentirmi.

Il Wenge lanciò uno strillo di contentezza. Fece una strana capriola e aprì la bocca. I suoi denti erano impressionanti, su due file. Ma richiuse la bocca, e di nuovo con quell'espressione adorante, si strusciò sulle mie gambe. Entrò nella gabbietta da trasporto scodinzolando.

Tutto iniziò quel giorno.

Il Wenge non fu ben accolto.

– Questo è We – lo presentai. Il gatto Gigolò rizzò il pelo, il cane Tom abbaiò. Invano cercai di farli andare d'accordo. Alla fine il Wenge si rintanò sotto il divano e lì rimase.

Feci una ridicola ramanzina sull'ospitalità ai due vecchi occupanti. Sembravano inferociti, spaventati. Diedi loro da mangiare, ma non facevano che ringhiare, soffiare e rizzare il pelo. Improvvisamente il gatto mi graffiò a sangue. Non l'aveva mai fatto. Provai a portare al Wenge il piatto con la carne cruda che avevo preparato. Ma l'ultimo arrivato non usciva da sotto il divano. Infilai il piatto sotto. Sentii tranguggiare. Poi silenzio.

Decisi che era meglio tenere i tre separati per la notte. Verso l'alba udii un verso strano. Una specie di ansito feroce, e rumore di unghie sul pavimento. Non ci feci caso.

La mattina il gatto era sparito. Non mi preoccupai. Usciva spesso dalla finestra, e andava in giro per i tetti. Era un gatto forastico e poco cordiale. Quando avevo affittato la casa, la locataria aveva imposto come condizione che lo tenessi con me.

In quanto al cane Tom, era in terrazzo e ringhiava a tutto, ai piccioni e ai passanti. Non lo avevo mai visto così infuriato. Gli feci vedere il guinzaglio ma non volle uscire. Allora cercai il Wenge.

Stava ancora rintanato, lo chiamai, venne fuori strisciando sulle zampe tozze. I suoi occhi mi sembrarono tristissimi, rossi come se avesse pianto. Passando davanti al cane, mostrò i denti, ricambiato. Sarebbe stata una convivenza difficile.

Misi il guinzaglio al Wenge, che lasciò fare con docilità e mi guardava con quella sua espressione di fiducia e affetto, sbavando. Uscimmo sul pianerottolo. Davanti all'ascensore incontrammo il signor Savini.

Costui era l'inquilino più odioso, cattivo, risentito, razzista del palazzo. Da anni ogni giorno sporgeva reclami contro tutti, a me ne aveva già mandati tre per chissà quali fastidiosi rumori notturni, musica troppo alta, addirittura i suoni del mio computer. Viveva in fondo al corridoio, a cinquanta metri dalla mia porta, ma pretendeva di essere disturbato da ogni mio passo. Tutti gli inquilini del palazzo, per lui, erano nemici. Più di una volta aveva aggredito verbalmente Annabella, la mia ex fidanzata, dandole della puttana per il suo abbigliamento.

Come sempre non salutò, vide il Wenge e disse:

– Non so cos'è quella bestiaccia, ma non la faccia entrare in ascensore con me! Ho già detto che proibirei ogni tipo di animale in questo condominio. Oltretutto stanotte ha ululato.

– Ululato mi sembra troppo. È quasi afono, forse ha mugolato un po'. Lo lasci ambientare, ce l'ho da poco.

– È anche brutto. Sembra un pesce. Ma già, è di moda tra voi snob circondarvi di animali bizzarri. Credete di rendervi interessanti, vero? Be', io detesto tutti gli animali a due e quattro zampe... E adesso mi faccia prendere l'ascensore da solo.

Fece un passo. Il Wenge gli si mise davanti ai piedi e lo guardò con aria di sfida. Gli occhi gialli brillarono e scoprì i denti.

– Ha visto? – disse Savini quasi rantolando. – Mi vuole attaccare! Lo tenga fermo o gli tiro un calcio. Io soffro di cuore, se mi spaventa la denuncio.

Scomparve nell'ascensore e sentimmo i suoi improperi sprofondare nell'abisso.

– Disprezza tutti, ed è anche padrone di metà del palazzo – dissi al Wenge, che srotolò la coda, come ad approvare.

La passeggiata fu un mezzo dramma. Ogni cane che incontravamo rizzava il pelo e abbaiava. Dai più piccoli ai più grandi, tutti sembravano odiarlo o temerlo. Due signore fecero un balzo di paura, una disse "ma cos'è, un aborto?". Solo una ragazzina incuriosita gli si avvicinò e lo carezzò. Il Wenge emise il suo gemito soddisfatto e le diede la zampa.

Siate gentili, avrei voluto dire, è solo un po' eccentrico. Possibile che ne abbiate paura?

– Cazzo che mostro – disse un ragazzotto.

– È sicuro che può girare per strada? – chiese un uomo anziano.

– Ma è nato così o è andato sotto una macchina? – commentò un altro.

Arrivammo ai giardini pubblici. Mi assicurai che non ci fosse nessuno nei paraggi e lo lasciai libero. Con mio grande stupore, partì di corsa e si tuffò nel laghetto.

Scomparve. Restò sotto forse due, tre minuti. Ero veramente sconcertato. Poi riemerse e aveva catturato un'enorme carpa che si dibatteva. Con un morso le staccò la testa, con altri due la divorò. Non avevo mai visto una voracità simile. Si rituffò e stavolta uscì dall'acqua con in bocca una tartaruga. Spaccò il carapace con una sola azzannata, e mi pose davanti il corpicino grigio e nudo, come un dono.

– We, – dissi – non si fanno queste cose.

Mi guardò contrito. Poi sbranò la tartaruga e si mise al mio fianco. Guardai se qualcuno aveva assistito alla scena. Nessuno, per fortuna.

Tre giorni dopo, la situazione non era migliorata. Il gatto non era ritornato. Tom e We continuavano a ringhiare e a evitarsi. Di notte il Wenge mugolava e il signor Savini venne a battere alla porta, dovetti calmarlo. We mangiava come un tirannosauro, un chilo di carne alla volta, e soprattutto pesci e polpi, di cui era ghiottissimo, ingoiava i tentacoli come spaghetti. Mi sembrava già un po' cresciuto, ma forse era un'impressione.

Quella sera dovevo vedere la mia ex fidanzata e convivente. Annabella mi aveva lasciato il mese prima, di colpo, senza una spiegazione. La amavo ancora, ma lei non voleva più saperne di me. Era una cena per decidere quali mobili avrebbe portato via. Un triste appuntamento, pensai.

Così fu. Lei si mostrò subito freddissima, faceva solo le carezze a Tom, che era il suo cane.

– Per ora – disse – tienilo ancora tu, la mia casa nuova non è ancora pronta. Verrò a riprenderlo in settimana.

– Come vuoi, – dissi – visto che decidi tutto tu ormai. Comunque anche io ho un animale.

– Tu? E cosa?

– Un... va be', diciamo un protocane anfibio esotico. Vuoi conoscerlo? Bada che non è bellissimo, ma è particolare.

– Fammelo vedere.

Non ci fu bisogno di chiamarlo né di stanarlo. Il Wenge, senza che ce ne fossimo accorti, era alle nostre spalle. Ci venne vicino, mi mise una zampa sulle ginocchia. Poi guardò Annabella.

– Ma è orribile, – disse lei – cosa ti salta in mente! Non è un cane, sembra... sembra...

– Uno scarto dell'evoluzione, – dissi io – ma mi farà compagnia, adesso che sono... solo. Trattalo bene.

– Non farlo avvicinare...

Il Wenge si fermò davanti a noi, con gli occhi attenti, come se volesse capire la situazione. Ci guardò mangiare e continuava a fissarci. Avrei detto che l'espressione nei suoi occhi fosse di gelosia, assoluta gelosia nei miei confronti. Quando presi Annabella a braccetto e la portai sul divano, saltò su anche lui. Annabella urlò.

Lui si rintanò umiliato.

Provai a abbracciare Annabella, mi respinse, ma rideva. Mi disse che non mi aveva mai sentito così focoso e lo ero, non l'avevo mai desiderata tanto. Se ne andò senza neanche salutarmi, mentre ero in bagno. Mi misi a letto senza riuscire a dormire. Mi svegliai alle sei. Il Wenge era in terrazzo e guardava fuori. Chiamai Tom.

Non c'era più. Forse Annabella lo aveva portato con sé, per non lasciarlo col Wenge? Ma perché non mi aveva avvisato?

Andai a lavorare in preda a un oscuro turbamento.

Tornai tardi, alle dieci. Tom non c'era. Il Wenge non mangiò, sembrava sazio. Stavo per mettermi a letto quando sentii un rumore. Andai nell'ingresso e... il Wenge aveva la zampa sulla maniglia della porta, l'aveva già aperta per metà. Lo sgridai. Quanta intelligenza c'era in quella strana creatura?

Due giorni dopo la situazione precipitò. Anche il cane Tom era sparito, Annabella non ne sapeva niente. Scoprii strane macchie scure sul tappeto. Ero nervoso e agitato. Il Wenge appariva e spariva, e ogni volta avevo l'impressione che controllasse ogni mio gesto e pensiero, come se fosse diventato il padrone della casa. Ma forse era solo stanchezza, non mi occupavo da mesi che di licenziamenti, proteste, situazioni di crisi. Stavo diventando spietato, tutto mi infastidiva, i colleghi mi evitavano. Il grande lamento dell'Umanità Delusa mi faceva venire la nausea. Il peggio tocca a tutti, pensavo. Anche quel giorno, dopo essermi occupato di un taglio di posti in una piccola azienda di giocattoli, tornai a casa stanchissimo e di malumore. Crollai sul divano, una strana sonnolenza mi fece dormire fino alle otto. Feci un brutto sogno, pieno di grida, vidi una foresta misteriosa dove suonavano tamburi e c'era aria di battaglia. Gli occhi del Wenge, enormi, mi apparivano tra i rami. La sua coda mi indicò minacciosa, mi destai di colpo. Udii la sirena di un'ambulanza. Poi voci e passi sulle scale. Uscii sul pianerottolo e vidi su una barella il signor Savini morto, pallidissimo, con gli occhi sbarrati e la bocca deformata da un'orribile smorfia.

La portinaia mi venne vicino. Anche se faceva finta di piangere capivo che non gliene importava nulla.

– Ho sentito un urlo terribile, sono salita. Lei non l'ha sentito? Era lì, steso davanti all'ascensore. Aveva gli occhi sbarrati, come se qualcosa lo avesse terrorizzato. Niente sangue, solo una piccola ferita al mento, forse se l'è fatta cadendo.

Stetti in silenzio. Notai la ferita, come il segno di un colpo, o una frustata. Cercai chissà quale indizio tutto intorno.

I poliziotti mi interrogarono brevemente, ma la causa della morte era chiara: un infarto, ne aveva avuti già due. Non avevo udito niente? Avevo la radio accesa, risposi mentendo, senza sapere perché. Mi dissero di restare a disposizione. La porta del mio appartamento era aperta, ma il Wenge non si fece vedere. Meglio così.

Quando si furono allontanati, We sbucò dal nulla e scodinzolava, come se fosse contento. Anzi, nei suoi occhi c'era un'espressione di gioia feroce.

Non dormii. Qualcosa di orribile era entrato nella mia vita, e dovevo sapere. La mattina dopo decisi di tornare alla bottega di Alp.

Diluviava. Girai tutto il quartiere, mi persi, percorsi vicoli mai visti prima, mi impantanai nelle pozzanghere, il fiume gonfio scrosciava invisibile e fragoroso. Finalmente trovai la piazza. La pianta sembrava cresciuta a dismisura, i fiori brillavano come fiamme. Spostai i grandi rami, la vetrina era appena visibile, c'era una serranda abbassata e la scritta CHIUSO FINO A LUNEDÌ.

Una settimana era passata, da quando avevo preso con me il Wenge, e non potevo restituirlo, né chiedere chiarimenti. Il signor Yugi mi aveva mentito. Lasciai ben visibile sulla vetrina un biglietto da visita con scritto *Mi chiami subito*.

Camminavo sotto la pioggia e una tempesta di pensieri cercava un ordine, senza trovarlo, l'angoscia si stava impadronendo di me. Quando tornai a casa trovai il Wenge, mi sembrò ingrassato e cresciuto. La sua vista mi divenne insopportabile. Lo trattai male, lo lasciai senza mangiare, ma lui continuava a guardarmi con i grandi occhi spalancati e un'espressione quasi di compassione. Una volta inciampai nel suo corpo, gli tirai un calcio. Emise un mugolio, non reagì. Poi mi accorsi che mi fissava, da dietro al divano. Il suo sguardo era astuto, e la coda si muoveva come quella di un serpente.

– Cosa sei? – dissi.

Mugolò come sempre, fece un balzo inatteso e sparì.

Stavo pensando di liberarmene, di caricarlo in macchina e abbandonarlo in un luogo lontano. Ma un fatto nuovo cancellò quel progetto. Annabella tornò improvvisamente. Suonò alla porta verso le nove di sera, bagnata di pioggia, bellissima. Disse che doveva vedere i suoi mobili e capire come portarli via. Ma sembrò una scusa. Mi guardava come prima della nostra rottura, con seducente ironia. Si fermò a cena. Le raccontai gli strani eventi appena accaduti. Della sparizione del gatto e del cane. Della misteriosa morte del signor Savini, della sua espressione di terrore. E dei soffi feroci che udivo ogni tanto.

Lei non sembrò impaurita.

– Perché non dici quello che pensi? – disse lei. – Tutto è cominciato da quando quella bestia è entrata nella tua casa.

– Proprio così – ammisi.

– Pensi che abbia ucciso lui il signor Savini? Andiamo, cosa ti succede? Di fatto, sembra che tutto vada bene per te. Odiavi quel gatto, il cane e anche quel vecchiaccio. Mi nascondi qualcosa? Dai, hai abbandonato il mio Tom da qualche parte, vero?

– No, ti giuro.

– Io invece penso – disse lei, e mi si strinse vicino – che da quando quella bestia è entrata qui tu sei cambiato. Eri pigro, distratto. Ora sei frenetico, deciso, attivo, come quando ti ho conosciuto. C'è qualcosa in te... di sensuale, di feroce, che non hai mai avuto... non mi hai mai guardato così.

Tutto esplose all'improvviso. Resistette un attimo, la baciai mordendole le labbra. La portai in braccio in camera e facemmo l'amore selvaggiamente. Ero davvero senza freni, gridavo, la presi in tutti i modi dolci e brutali, lei era stupita e sopraffatta, avvertiva dentro me una passione straziante. Dopo quel divampare, mentre la guardavo dormire, pensai che era di nuovo mia. E che avrei ucciso chiunque avesse voluto portarmela via.

Il giorno dopo il Wenge era sparito. Era nascosto da qualche parte. In un angolo vidi una camicetta di Annabella strappata con i denti. Lo cercai dappertutto, trovai solo un mucchio di feci giallastre. Poi apparve, con gli occhi stravolti da rapace notturno, il pelo ritto. Ansimava. Sembrava dirmi: stai lontano da quella donna. Era geloso, lo sentivo. E provavo un piacere sadico nel vederlo soffrire.

Annabella tornò la sera dopo. Era molto seria, tremava.

– Ho ripensato a quello che è successo ieri – sussurrò. – È vero, ti ho provocato, ma sei stato violento, mi fai paura. Non credo di volere ricominciare. Forse c'è ancora attrazione tra di noi, ma non possiamo tornare insieme.

La guardai. Vidi che era spaventata da me.

– Un'ultima volta, Annabella. Stanotte. Poi ti lascerò libera, lo giuro.

Di nuovo le balzai addosso, e lei per desiderio o paura mi lasciò fare. Non ricordo nulla, se non le mie grida animalesche, e la fame di lei che mi divorava. L'idea di perderla mi faceva impazzire. Finché dopo il mio ennesimo assalto lei disse "basta, ti prego" con una voce accorata che mi fermò.

Mi feci forza, dovevo allontanarmi da quel letto. Incontrai lo sguardo del Wenge nella penombra. Andai a dormire sul divano, di nuovo caddi in un sonno pesante e pieno di incubi. Sentii dei rumori, ma ero come paralizzato, non riuscivo a uscire da quella trance. Poi un lamento mi svegliò. Vidi una striscia di sangue sul pavimento. Entrai nella camera dove dormiva Annabella.

Era stata aggredita, morsa, graffiata, il volto era tumefatto. La toccai, emise un lamento, per fortuna era ancora viva.

È ora di chiudere i conti, pensai. Chiamai l'ambulanza e la polizia, andai in cucina e presi un coltello a mannaia, il più grosso che avevo.

Poi lo cercai. Era nascosto nel bagno. Mi aspettava dietro il vetro smerigliato. La sua ombra mi sembrò enorme.

Entrai. Era addossato al muro, con i grandi occhi rossi e lacrimosi.

Ruggì per la prima volta, un suono nuovo, scoprì i denti. Di nuovo con la coda sembrò indicarmi.

– Ora so cosa sei – dissi.

Avevo capito tutto. C'era un mostro in quella casa.

Con un colpo di mannaia gli staccai la testa.

Infilai il corpo in un sacco dell'immondizia, mi sembrò improvvisamente piccolo e leggero. Suonarono alla porta. Ma non era la polizia. Era il signor Yugi.

Guardò il sacco, non ebbe dubbi su cosa conteneva. Gli occhi gli si riempirono di lacrime.

– Ero in ansia per voi, – disse – ma è andata anche peggio di come temevo. Ho trovato il suo biglietto, ho letto sul giornale della morte di quel signore. E cosa è successo ancora?

– Il Wenge... – dissi io a voce bassa – ha quasi ucciso la mia ex fidanzata.

– No – disse il signor Yugi, sedendosi con calma. – Ha pochi minuti di tempo prima che arrivino l'ambulanza e la polizia. Mi racconti la verità.

Crollai sul divano, mi accorsi che avevo le mani e le braccia sporche di sangue. Tutto mi fu spaventosamente chiaro. Parlai quasi senza riconoscere la mia voce.

– Ora ricordo tutto – dissi. – Ogni volta che incontravo lo sguardo del Wenge, avvertivo il suo potere. Non so se è ipnosi o quale altro sortilegio, ma sentivo la malvagità e la fame di vendetta crescere dentro me. È stato lui.

– No signore, – disse Yugi con calma – è stato lei.

– Sì, – risposi – avevo sempre odiato quel gatto. Quando mi graffiò non lo perdonai. Lo strangolai e lo buttai nella spazzatura. Maledetto parassita, lui e la mia padrona di casa. E anche il cane Tom. Era la prova vivente dell'abbandono di Annabella. Mi vendicai. Lo portai al laghetto dei giardini, lo stordii con una bastonata, lo buttai in acqua. E quando quell'odioso vecchiaccio mi fermò davanti all'ascensore, e aprì la bocca per la solita lamentosa scenata, sentii la furia divampare. Gli dissi che lo avrei ammazzato lì, su quel piane-rottolo. Portò la mano al petto, ebbe un attacco. Non solo non lo soccorsi, ma lo colpii con un pugno. E lo guardai morire. Ma Annabella no... non sono stato io.

– È stato lei, lo sa bene. Quando la polizia esaminerà quei graffi capirà che non sono gli artigli di un animale, ma le sue unghie. E il sangue che ha sulle mani non è solo del Wenge, è di quella donna. Quando le ha detto che stava nuovamente per lasciarla, lei l'ha odiata. Tutto il suo furore si è scatenato. Anche il Wenge si è spaventato, era troppo persino per lui, ho sentito che mi chiamava.

– Come fa a sapere queste cose? E perché me lo ha dato, perché? – gridai furibondo.

– Il Wenge ha questo potere. Tira fuori ciò che di istinto selvaggio e di ferocia primordiale c'è dentro di noi. Ciò che l'evoluzione ha nascosto, ma non cancellato. Il Wenge sceglie un padrone e lascia che tutto il suo male esca. Le tribù di quel paese lontano lo sanno e non fingono, in nome suo sono le più sanguinarie e le più spietate. Tribù cannibali, da sempre.

– Chi siete? E perché proprio a me...

– Il nostro compito è smascherare la crudeltà della razza umana. Non cambierete, ma dovrete guardare dentro il vostro cuore spietato. Appena l'ha vista, il Wenge ha capito cosa si nascondeva dietro alla sua cosiddetta normalità. E anche io ho capito.

– Lei è un giudice miserabile, – gridai – lei sapeva che avrei ucciso! Lei è un assassino quanto me.

– Speravo che lei si fermasse – mormorò. – Ma è vero, anche io sono colpevole. Lei non doveva uccidere il Wenge, e io dovevo salvarlo. Mi sarebbe servito ancora.

– Ora racconterà tutto? – dissi con voce rotta, senza riuscire nemmeno a piangere.

– No, – disse Yugi con un sospiro – lei racconterà. E ora vado. La polizia non mi troverà. Io posso ancora scappare.

– Non uscirà da quella porta, – gridai – anche lei deve pagare. – E alzai il coltello.

Yugi mi guardò, i suoi occhi divennero gialli e brillanti, mi paralizzò. Lentamente si diresse verso la porta.

– Scappi pure, – gli gridai – ma non potrà più ideare i suoi diabolici piani. Per lei e i suoi mostri è finita!

– No, – disse con un ghigno – ho altri dodici Wenge. Non è finita.

Lo sentii scendere le scale con calma, col sacco in spalla. Poi entrò il mondo, la barella, e la polizia. E iniziai a raccontare, con un filo di voce.

Voi mi credete? Loro mi crederanno?

2.

Numeri

Il signor Zefiro si svegliò una mattina di domenica, e notò
un insolito silenzio. Neanche un'auto che passava, né voci di
bambini in cortile o comizi di gabbiani sui tetti, e nemmeno
il televisore a tutto volume della vecchia dirimpettaia.

– Bene, – si disse – è festa per tutti.

Pensò di fare una passeggiata con annesso vettovaglia-
mento, poiché quella sera aveva invitato a cena la fidanzata
Ottavia. Accese la televisione per le notizie e soprattutto per
il meteo, odiava essere sorpreso dalla pioggia senza ombrello.

Ma lo schermo esibì una crepitante nebbia grigia. Inutil-
mente il signor Zefiro azionò tre multiformi telecomandi.
Non funzionavano non solo i canali digitali, ma anche la tanto amata Pay tv.

– Probabilmente si è danneggiata l'antenna, – sospirò – e
oggi è impossibile trovare un tecnico...

Andò a suonare alla dirimpettaia, per sapere se anche lei
avesse il televisore guasto, ma non rispose. Strano. Era una
vecchia che non usciva mai.

Allora, pregiudizialmente munito di ombrello, uscì in
strada e si diresse verso il bancomat, perché aveva pochi
spiccioli in tasca ed era sua intenzione comprare delikates-
sen per la cenetta. La città era deserta e sembrava il set abbandonato di un film. Eppure erano le otto e mezzo. Vide

solo qualche lontano passante e lo spettro di un tram vuoto. Andò al solito sportello bancomat e digitò il suo pin, ma sullo schermo apparve la scritta

Carta non autorizzata

– Porca miseria, – disse tra sé – ieri funzionava!

Riprovò due o tre volte invano. Poi rinunciò, ricordando che spesso i bancomat divorano le carte di cui dubitano. La banca era chiusa, impossibile chiedere aiuto. Attraversò la strada, provò a un altro sportello. Nuova scritta, stessa delusione.

Prelievo non consentito

Vai a capire, pensò, forse si è smagnetizzata la carta, o i circuiti sono guasti, o le macchie solari...

Pensò di consolarsi bevendo un caffè, ma il suo bar preferito era chiuso, con la serranda abbassata. Strano, era sempre aperto la domenica. Ed era chiuso anche il minimarket del minipakistano che magari avrebbe potuto fargli credito.

Ebbe un attimo di sconforto, contando le monete in tasca. E non poteva rischiare l'umiliazione del bancomat difettoso alla cassa del supermarket, magari con dieci in fila dietro di lui.

Ma già, pensò illuminandosi, posso fare la spesa col computer!

Era stata Ottavia a fargli conoscere quella moderna opportunità. Ti registravi, sceglievi, mandavi una mail con l'ordinazione e ti portavano la spesa a casa. Anche di domenica, anche fino a mezzanotte, anche le seppie, comodissimo. E pagavi una volta al mese.

Aprì il computer, digitò il suo account, si collegò con il sito Comprasicuro 106. Ma apparve la scritta:

Account di cliente non riconosciuto

È impossibile, pensò, adesso telefono a Ottavia, magari lei sa come risolvere il problema.

Ma Ottavia non rispondeva. Anzi, una voce soave e spietata disse:

– Spiacenti, il numero da lei chiamato è inesistente.

Ma che razza di giornata, pensò, anche i telefoni hanno problemi. Macchie solari, tempeste magnetiche, hacker coreani? Adesso provo a mandarle una mail.

Nuova brutta sorpresa. Quando cercò di collegarsi al server apparve la scritta:

User o password non validi

Provò altre cinque, sei volte, e intanto cominciava a incazzarsi. Altro che nuove tecnologie, era in atto un preistorico caos. Ma non si arrese, e chiamò al telefono il Servizio clienti della Mail.

Una voce soave e spietata disse:

– Prema uno per le nostre offerte, due per un nuovo contratto, tre per darci dei soldi e basta, quattro negli altri casi.

Premette quattro. Ascoltò due volte *Over the Rainbow* di Kamakawiwo'ole e due *Nikita* di Elton John. Poi finalmente una voce dolce e spietata disse:

– Operatore 106, come posso aiutarla?

– Signorina, io ho un account con voi, ma oggi non funziona.

– Mi dica l'account...

– Zefiro@eccetera.it

Silenzio di tomba per tre minuti.

– Spiacenti, – disse all'improvviso la voce dolce e spietata – ma non ci risulta nessun account con questo nome.

– Controlli bene, cazzo! – urlò Zefiro. – Ce l'ho da anni, non può essere sparito, cosa succede?

– Spiacente, ma non sono abilitata per questo tipo di informazioni. Mandi un fax.

– Dove?

– Vada sulla mail alla voce Reclami.

– Ma la mia mail non va, cazzo! – urlò, e aggiunse altre considerazioni contro i Credi monoteistici. Fumò nervosamente e poi decise che avrebbe richiamato l'operatore 106 e fatto un gran casino.

Ma non ci riuscì. Perché intanto il telefono si era scollegato.

Nessun segnale di campo, morto.

Lo spense, lo riaccese, lo torturò a lungo, ma non diede segno di vita.

Era così arrabbiato che gli era venuta la nausea, e gli girava la testa. Calmati, si disse, e ricordò di avere una scheda telefonica di riserva, con dentro cinque minuti di conversazione. La sostituì con mano tremante. Chiamò il suo gestore telefonico.

Ascoltò due delle *Quattro stagioni* di Vivaldi.

Poi una voce rispose:

– Prema uno se vuole informazioni sulle bollette due per telefonia fissa tre se vuole conoscere le nostre offerte quattro se vuole un nuovo numero cinque se le interessa un'auto usata sei se vuole segnalare un guasto sette se vuole sentire una voce che le dice che il servizio del tasto sei è sospeso la domenica otto se vuole sentire la *Nona* di Beethoven nove se vuole parlare con un operatore.

Premette nove. Ascoltò le due rimanenti *Stagioni*. Una voce dolce e suadente disse:

– Operatore 106, in che modo posso aiutarla?

– Il mio numero non va più, la sto chiamando da un altro, e mi aiuti in fretta perché la scheda si sta esaurendo.

– Mi dispiace, ma se vuole sapere perché il suo numero non funziona deve chiamare da quel numero non da un altro.

– Mi prende per il culo?

– Non sono abilitata a darle questo genere di informazione.

Subito sullo schermo del telefonino apparve la scritta:

CREDITO ESAURITO

E il telefonino si spense del tutto. Il signor Zefiro si stese sul divano e nuovamente fumò, con mani tremanti. Mondo falso! Solo voci, mai un volto, mai una faccia, una persona vera su cui sfogare l'ira. Solo scritte, musiche, attese, voci dolci e spietate. E i manager a giocare a golf chissà dove.

– Si nascondono, i bastardi – disse, e si accorse di aver finito le sigarette.

Uscì nervosissimo e si diresse alla macchina distributrice automatica.

INSERISCA LA CARTA D'IDENTITÀ PER DIMOSTRARE
DI AVERE PIÙ DI DICIOTTO ANNI.

CARTA INSERITA. ATTENDERE PREGO.

CARTA NON VALIDA. L'EROGAZIONE DEL PRODOTTO NON È POSSIBILE

– Ho quarantasei anni e fumo da trenta! – gridò prendendo a cazzotti la macchina.

PER RECLAMI MANDATE UN FAX ALLA DITTA PRODUTTRICE,
HUANG SHUNG DI SHANGHAI.
IL FUMO UCCIDE

Al signor Zefiro venne da piangere, gli mancò il fiato, si sedette sul marciapiede come un barbone. Nemmeno un'anima viva a cui chiedere l'elemosina di una sigaretta. Solo in cielo, un enorme stormo di uccelli che cambiava forma e direzione, mosso da un misterioso accordo.

Beati loro, pensò.

Tornò a casa. Digitò sulla pulsantiera il codice per aprire il cancello. Non si aprì. Tirò calci sulla grata. Suonò dal portinaio. Non rispose. Suonò da Armaroli, Biondi, Cicero. Nessuno era in casa.

A quel punto corse all'auto. L'unica che può salvarmi, pensò, è Ottavia.

Ma l'auto non riconobbe il segnale della chiave elettronica e non si aprì.

Prese a calci la portiera che ululò l'allarme, e vomitò il nulla che aveva mangiato.

Andò a piedi da Ottavia. Camminando nel lungo viale, notò tre cose.

Uno, incontrò solo tre persone, che lo incrociarono come se non lo vedessero.

Due, era mezzogiorno ma era quasi buio.

Tre, lo stormo volò sopra la sua testa, si allungò, si divise in due e si ricompattò danzando, quindi formò un perfetto ovale e mentre Zefiro guardava incantato accadde qualcosa di inatteso: tra le migliaia in volo un uccello, uno solo, venne urtato, e cadde a capofitto. Atterrò con un piccolo tonfo proprio a un metro da lui. Restò lì inerte, col beccuccio spalancato. Lo strano incidente aumentò il turbamento del signor Zefiro, e l'affanno del cuore.

Arrivò alla villetta di Ottavia. Suonò ma lei non aprì. Urlò con quanto fiato aveva in gola. Nessuno rispose né dalla finestra della fidanzata né dalle case dei vicini. Tirò un sasso, ruppe un vetro. Nessuno protestò.

La rabbia fu tale che sentì scoppiare la testa, davanti ai suoi occhi tutto diventò nero e svenne.

Quando si riprese, gli batteva forte il cuore e sentiva una

penosa oppressione al petto. Un infarto, pensò, doveva correre al pronto soccorso, ma non vedeva un taxi, non aveva il telefonino per chiamarlo né i soldi per pagarlo. Per fortuna, proprio sotto casa di Ottavia c'era un posto di polizia.

Era chiuso. Suonò al citofono. Si aspettava una voce rude e sudista, invece la solita voce dolce e spietata disse:

– Di cosa ha bisogno?

– Non sto bene... vorrei chiamare un'ambulanza.

– Non è nostro compito...

– La prego, non ho telefono né soldi in tasca e sto male, molto male...

– Lei è un extracomunitario? – chiese la voce.

– Sono cittadino di questo paese da quarantasei anni, cazzo! – gridò.

– Mantenga la calma. Mi fornisca i dati del suo documento di identità.

Il signor Zefiro li comunicò, con voce affannata. Passò un minuto, fortunatamente senza Vivaldi, solo un rumore di risate tra colleghi. Il peso sul cuore aumentava, faceva fatica a respirare. Tornò la voce dolce e spietata.

– Mi dispiace signore, ma il suo documento non è valido.

– Non è possibile... l'ho usato ieri... oggi è un giorno maledetto, ma la prego, ricontrolli...

– Spiacenti, non siamo abilitati a aiutarla, signore – rispose la voce.

Il signor Zefiro si trascinò a piedi al pronto soccorso, ansimando. Lo stormo di uccelli si era fermato su un albero e strillavano tutti insieme, con frastuono beffardo.

Il pronto soccorso era ovviamente chiuso. C'era il solito citofono, con una telecamera indagatrice. Premette il pulsante.

– Inserisca la tessera sanitaria nella fessura alla sua destra e attenda – disse la solita voce.

Con le ultime forze il signor Zefiro eseguì l'operazione.

Ebbe appena il tempo di sentire l'ennesimo esemplare di operatore 106 dire:

– Mi dispiace signore, ma la sua tessera non è valida.

E stramazzò.

Si svegliò in una camera bianca, con una luce funerea e le finestre chiuse. Era a letto, con una flebo nel braccio. Vide un comodino con un telefono e i suoi vestiti su una sedia. Non c'era neanche il bagno. Trascinando la flebo, andò alla porta, ma era chiusa. Chiamò al citofono. Rispose la ben nota voce.

– Infermiera 106, cosa c'è che non va?

– Sono qui alla camera... non so qual è il numero... la porta è chiusa e non c'è il bagno e...

– Certo, lo sappiamo bene – rispose la voce dolce.

– E io come faccio? Quando viene un dottore a visitarmi? Quando mi portate da mangiare? E cosa c'è nella flebo?

– Non sono abilitata a fornire queste informazioni – rispose la voce.

– Ma abbia pietà, – gridò il signor Zefiro – io sono qui per guarire e mi trattate così?

Seguì un lungo silenzio, poi una musica che sembrava venire da molto lontano.

– Mi dispiace signore, – disse l'infermiera, o dottoressa, o secondino – lei non è qui per guarire.

– E per cosa allora? Sono malato o no?

– La sua malattia non prevede una cura. Lei è stato scollegato. Tutti i suoi numeri, password, pin, account, iban, schede, codici, documenti eccetera non sono più validi. Lei non esiste più.

– E allora?

– E allora stia calmo e lasci che la flebo la sedi e la scolleghi definitivamente...

Il signor Zefiro si sentì all'improvviso debolissimo e dovette sdraiarsi.

– Signorina... mi dica almeno... perché.

– Non sono abilitata a fornire questo tipo di informazioni, signore – rispose la voce.

Il signor Zefiro stavolta non provò neanche a riusare il telefono. Prese il lenzuolo e si coprì la testa.

La flebo scendeva goccia a goccia. L'ultima immagine che gli apparve nella mente fu quella dell'uccellino sull'asfalto.

3.

Sonia e Sara

Ama tamquam osurus.

CICERONE

Visione dall'alto. Sono le otto di mattina e la piazza più grande della città è trasformata in bivacco e accampamento. Non si tratta di guerra, né di terremoto. C'è una folla di migliaia di creature stanche ma allegre. Ci sono decine di tende da campeggio montate nelle aiuole, qualcuna anche sul cemento. Sacchi a pelo, gente seduta per terra, cartelli e striscioni. E non si tratta nemmeno di politica.

Una moltitudine di gnomi esce sbadigliando dalle tende, si raduna in gruppi, prende d'assalto i bar, ma soprattutto si incolonna in una larga fila, un fiume di testoline che attraversa la piazza in diagonale, sorvegliato da poliziotti assonnati e ambulanze premurose.

Se dall'alto il nostro sguardo plana e scende, ci accorgiamo che gli gnomi sono perlopiù gnome, ragazzine dai dodici ai quindici anni, quasi tutte con una bandana sulla testa e magliette colorate con impresso il medesimo disegno, quattro giovani efebi ridenti; le stesse facce raffigurate su cartelli e striscioni. C'è anche qualche maschietto, e qualche raro adulto, ma il novanta per cento sono lunghi capelli e braccia magre e pantaloncini corti che fasciano culetti e culotti, occhieggiati neutralmente o con un pizzico di pedofilia da poliziotti e passanti. Fa caldo.

Da una mini-tenda gialla dove avevano passato la notte

uscirono Sonia e Sara. Sonia bionda piatta e esile, nasetto all'insù, qualche lentiggine. Sara castana e occhicerulea, sopracciglia folte e scure, un po' più in carne. Sonia con bandana bianca e maglietta rosa con le quattro solite facce. Sara con bandana gialla e maglietta rossa con le stesse facce.

Un fotografo passò davanti a loro. Urlarono e mostrarono un cartello disegnato a mano.

Vennero fotografate, con strilli di gioia. I destinatari del cartello erano gli abitanti del mondo intero ma soprattutto i Plastic Boys, fichissima boy-band inglese, quanto mai amata dalle gnome di quell'età.

Il bivacco la fila, il ninfeo raduno il bandanato gregge, il delicato sabba era in corso perché un Megastore di Musica in fondo alla piazza distribuiva un cd comprando il quale, con annesso sovrapprezzo, si poteva avere un biglietto per il concerto dei Plastic Boys. Allo stadio, quella notte. Unica data in Italia.

E poiché, *because*, i biglietti erano esauriti, *sold out*, da mesi, quella era l'ultima occasione, *last chance*, e migliaia di gnome si erano radunate nella piazza, per l'agognato lasciapassare verso la porta del paradiso.

Erano stanche, molte avevano intrapreso un lungo viaggio, da sole, a gruppi, qualcuna con genitori. Ma una radiosa speranza accendeva i loro volti, trasfigurava l'acne, snelliva i polpacciotti e le rendeva tutte adorabili e dementi.

– Accidenti, – disse Sonia guardando la marea di corpi – qualcuno ci è passato davanti stanotte...

– Non credo, – disse Sara – più o meno siamo ancora a metà della fila. Ce la faremo.

– Dovevamo venire prima – sospirò Sonia.

– Cosa potevamo fare di più? Abbiamo anche dormito qui.

– Sì, ma siamo arrivate a mezzanotte. Dovevamo arrivare ieri pomeriggio. Uffa.

Vicino ai loro piedi, qualcosa che sembrava un mucchietto di stracci si animò. Una piccola gnoma rossa con la faccia da fatina irlandese uscì come un bruco da un sacco a pelo, le guardò e disse:

– Che ore sono?

– Le otto.

– Ho fame, – disse la rossetta, stirandosi e sbadigliando – sapete dove c'è un bar?

– Ce ne sono parecchi da quella parte là, – disse Sonia indicando con la manina dalle unghie fucsia – ma non ci fidiamo a mollare il posto. Sai, sono capaci di smontarti la tenda e passarti davanti. Ieri notte due gruppi di ragazze hanno fatto a graffi e pugni, si tiravano i capelli, un casino.

– Per i Plastic Boys anche io sono pronta a uccidere – disse la rossetta con voce cavernosa.

– Noi pure – disse Sara. – Da dove vieni?

– Dalla Sicilia e mi chiamo Carmen, – disse la rossetta – e voi?

– Noi abitiamo in città. Ma cazzo, chi poteva immaginare che ci sarebbe stata tutta questa fila?

Un elicottero ronzò sopra la loro testa.

– Ci sono dentro loro, i Plastic – gridò una voce eccitata, e per un attimo tutti gli occhi si alzarono al cielo, le mani si protesero e si alzarono grida.

– Ma no, – disse Sara – non vedete che è un elicottero della polizia?

– E poi a quest'ora Mark dorme, – sospirò la rossetta con aria sognante – lo dice la pagina web ufficiale. Mark è il più pigro del gruppo, arriva sempre in ritardo. Ma è anche il più bello, poi secondo direi Nathan, e terzo...

– No, dai, Mark è bello e Nathan è il più infisicato, ma vuoi mettere con gli occhi azzurri di William? – disse Sara.

– Il mio preferito è Lorenzo, – intervenne Sonia – adesso si è fatto crescere la barba. È un vero uomo, ha diciassette anni, è il più macho.

– Ma è gay – disse una spilungona occhialuta piombando nella conversazione. Alle sue spalle sbucò una Mamma al Seguito, una quarantenne spiritata con jeans bucati sulle ginocchia.

– Miriam, smetti di dire parolacce – disse con voce stanca.

– Mamma ho detto gay, mica frocio.

– Senti, Miss Quattrocchi, – disse Sonia – chi ti ha interrogato? Sono gli invidiosi che dicono che Lorenzo è gay. È fidanzato con una giovane attrice brasiliana.

– Argentina – la corresse Miriam l'occhialuta. – Ma sai, può sempre essere una copertura. Te lo concedo, Lorenzo è un sanazzo, maschio latino, ma vuoi mettere Mark, con quei capelli biondi sempre spettinati? Dio, come glieli spettinerei io.

– Miriam ti prego – disse la mamma.

– Mark è mio – disse la rossetta. – Anche se lui è il più bello, quello che mi fa più sesso è Nathan.

– Ma dai, – disse Sonia – Lorenzo ce l'ha il doppio di Mark.

– Ragazze vi prego – disse la mamma di Miriam.

– Il doppio? E come lo sai?

– C'è un sito su internet dove ci sono le notizie sexy su

tutte le boy-band. Dice che nelle boy-band quelli che l'hanno più lungo sono Lorenzo e Jack dei Wrong Direction.

– Ma piantala, cretina – disse la Spilungona. – Non esiste un sito così, i Wrong sono roba per vecchie ventenni, e non si parla così dei Plastic Boys. Si amano tutti insieme, incondizionatamente. Io li scoperei tutti.

– Miriam ti pre...

– Mamma piantala. E ricordati che tra poco dobbiamo andare da chi sai tu...

– Mi è appena arrivato un sms – mormorò la mamma con aria furtiva. – Andiamo.

Miriam e Madre si allontanarono sculettando con diverso stile generazionale, lasciando misteriosamente il posto nella fila.

– Insopportabili, – ringhiò Sara – ci dovrebbe essere un comitato che stabilisce se uno è degno di essere un fan dei Plastic Boys.

– Sì. E io non dovrei essere qui con un milione di persone davanti – sospirò Sonia. – Nessuno ama Lorenzo come me.

– Ma dai, Lorenzo è gay, ma chi se ne frega – disse la rossetta. – Io voglio una brioche, crepo di fame. Chi me la va a prendere?

Non si sa se perché avevano sentito la conversazione o per destino, due sacchi a pelo si animarono e uscirono due sedicenni nerdoni brufoloni, uno col pizzetto e un altro con dei jeans stramerdi e l'aria di chi non si lavava da Natale (era luglio).

– Ehi, salve pupe – dice il Sozzo, grattandosi il sedere. – Cazzo che fila.

– Ho fame – dice Pizzetto.

Rapida e letale, Carmen la rossa si toglie la maglietta e sfodera una minicanotta con due tette sconvolgenti.

– Dai ragazzi, – trilla – è pieno di bar qua intorno, se ci

portate delle brioche vi teniamo il posto. Io sono Carmen. Hai una sigaretta?

– Calma, calma, – dice Sozzo – ne ho solo tre. Però mica male la tua scollatura...

– Tutto unplugged – ride la rossa.

– Furbastra – sibila Sara a bassa voce. – Attenta che questa ci frega.

– L'ho capito subito. Altro che fatina irlandese, questa è una zoccola internazionale – risponde Sonia.

– Allora ci andate? Tranquilli, teniamo il posto noi – trilla Carmen.

– No, Marco, tu resti, io vado a prendere da mangiare, – dice Pizzetto sbadigliando – ma attenti che tra un po' la fila si muove, vedo il servizio d'ordine e i poliziotti che si preparano.

– Se ce la fai prendi anche un panino – dice Marco Sozzo. – Ehi ragazze, è bello essere qui. Biondina, hai delle belle gambe.

– Sentite, voi sfigatoni – dice Sonia. – Siete dei veri fan o siete qui per cuccare?

– Siamo veri fan – dice Sozzo senza guardarla negli occhi.

– Ah sì? – dice Sara. – Allora dimmi, in che anno si sono conosciuti i Plastic Boys? Come si chiama il cane di Mark? Chi è il loro stilista di riferimento?

Sozzo vacilla. Ma a salvarlo c'è un urlo. La fila finalmente ondeggia e si muove.

– Ehi ragazze, – grida Carmen alla folla – ho sentito la radio. Dice che distribuiscono dei biglietti anche all'Hotel Hilton, e che ci sono due dei Plastic alla finestra.

– Col cazzo che mi freghi, – ringhia una con la frangetta – nessuno si sposta da qui.

– Ehi, tutti all'Hilton! – grida ancora Carmen.

– Ma lo sai che sei davvero una bastarda? – dice Sara.

– Per i Plastic si gioca duro, – ringhia la rossetta – se non riesco a arrivare a quei biglietti mi ammazzo. I soldi li ho presi dal portafogli di mio fratello che ascolta solo Death Metal. Per i Plastic, si rischia la vita!

– È proprio così – fanno eco una decina di vocette folli, versi di cerbiatte mannare.

Una smilza con la coda di cavallo esce dalla tenda, vede il sole, barcolla e sviene. Subito piedini premurosi la scavalcano e avanzano.

– Ehi, chiamate un'ambulanza, una in meno – grida la Frangetta.

Torna Pizzetto con le brioche. Viene circondato.

– Ehi ragazze. Mica sono gratis. Un bacetto?

– Senza lingua – dice Sonia.

– Allora senza crema – dice Pizzetto.

Stanno contrattando sul tipo di bacio e relativo compenso quando vedono qualcosa di orribile. La Spilungona e la Mamma al Seguito stanno risalendo la fila al contrario, e la Spilungona agita trionfalmente un biglietto...

– Ehi, non vale! – grida la rossetta.

– Mi dispiace per voi, ragazze, ma mia madre conosce il padrone del negozio, quindi abbiamo avuto il biglietto direttamente da lui.

– Tua mamma è una pompinara! – grida Sara.

– Come ti permetti – dice la Spilungona, e sta per saltarle addosso, poi capisce la trappola. Se si avvicina, verrà sbranata e derubata.

– Non ci casco, sfigate...

– Miriam, andiamo via...

– Tua mamma è una pom-pi-na-ra e tu dentro al negozio ti sei fatta sbattere da tutti i commessi – grida la rossetta furibonda.

– Crepa – dice la Spilungona, e corre al riparo tra due poliziotti.

Dalla fila parte un coro di voci melodiose sulla specialità erotica della mamma di Miriam, quadrisillabata con enfasi.

– Ehi ragazze, – dice il saggio Sozzo – ci sono ancora ore e ore di fila, non è meglio se vi calmate?

– Calmarsi un bel cazzo, – grida Sara – si vede che non sei un vero fan! Ma ti rendi conto che se perdo questo concerto la tournée europea è finita? Fanno una sola data a Mosca. In Russia, a un milione di chilometri! Ma come ci vado a Mosca, se non ho i soldi...

E giù un pianto a dirotto di dieci secondi.

– Dai che ce la facciamo – dice la rossetta.

– Coraggio, – incita Sonia – la fila si muove, avanziamo.

– Allora il bacio? – dice Pizzetto.

– Ma sei una piattola!

Passano tre ore, passano quelli che vendono le bibite, passa uno stronzo del tiggì che chiede perché siete qui, passa l'ambulanza e porta via tre pulcine svenute e una Mamma al Seguito quasi morta, passa un vendibandane, passa un rasta strafatto che chiede se qualcuno ha visto Tina che ha la maglietta rossa dei Plastic, e non si è accorto che intorno a lui ci sono tremila magliette rosse dei Plastic, e intanto gnome euforiche passano in senso inverso alla fila, sono le fortunate che hanno conquistato il biglietto, camminano volando e danzando, e scambiano insulti e sfottò con quelle in coda.

Caldo, stanchezza, nausea, e un piccolo spiraglio di sogno... sarà tutto così il futuro?

Finché Sonia e Sara vedono finalmente avvicinarsi l'insegna del Megastore di Musica su cui troneggia un cartellone gigante con Markwillorenzonat i loro angeli, e passa la fatica.

– Dai, quante ne abbiamo davanti... duecento?

– Trecento almeno.

– Ne morissero la metà – sibila la rossetta.

Sono le cinque del pomeriggio. Da quanto sono in piedi? Ore e ore, ma adesso sono le prime della fila e il tormento sta per finire. Entrano, ecco l'attimo magico che porta al paradiso, ma è molto diverso da come lo avevano immaginato. Di colpo scoppia il caos, sentono che alle spalle la gente spinge impazzita, vengono proiettate dentro al negozio, travolgono il servizio d'ordine, cadono, si rialzano. Sono in un grande spendodromo bianco con aria condizionata, da ogni angolo poster di rockstar e divi vari ammiccano. Capiscono subito che qualcosa non va. Due poliziotti stanno portando fuori una madre che urla e strepita. Due ragazzine di undici-dodici anni stanno piangendo appoggiate al muro. Si sentono urla e imprecazioni, e vola anche una scarpetta.

– Che succede? – dice Sonia.

– Sono finiti, – urla Carmen che ha capito – i biglietti sono finiti! Un minuto fa.

– No, ditemi che è un brutto sogno – urla Sara.

La polizia sta cercando di reggere la carica delle gnome. Un uomo con gli occhiali neri parla in un megafono.

– Per favore, calma. I biglietti sono esauriti, purtroppo, fatevene una ragione. Andate via, non fatevi male. Fatevene una ragione.

Fatevene una ragione? Notti e notti di sogno, mentre i tuoi genitori si insultano al piano di sotto, tu e William Occhi Blu, in una Cadillac, davanti allo schermo di un cinema all'aperto...

Fatevene una ragione? L'anoressia l'ospedale e poi il ritorno e l'insonnia e io e Lorenzo, sul mare, che corriamo sulla spiaggia, musica "More than friends".

E il tuo sogno qual era, Carmen?

– Non può finire così, – dice la rossetta, con in mano un ciuffetto di capelli di provenienza misteriosa, il trucco sfatto – io ammazzo qualcuno.

Ecco che arriva uno strano angelo, o un diavolo. È un ragazzo alto, riccio, brutto, col naso storto. Ha un badge con scritto *Antonio D.* Fa cenno alle ragazze di avvicinarsi. Ha il gilè rosso del negozio.

– Ehi, voi tre... venite qui.

Le ragazze si avvicinano con cautela.

– Io ho... ehm, non ho il cd, ma ho due biglietti... – dice a bassa voce. – Li ho messi da parte. Ovviamente... costano un po' di più, devo guadagnarci, io rischio.

– Ma sei un bastardo! – dice Sara.

– Be', se la metti così allora li vendo a qualcun altro, non è un problema – dice risentito il riccio.

– Quanto vuoi? – chiede la rossetta.

– Centoventi euro l'uno.

– Centoventi? Ma è quasi il triplo! – grida indignata Sara.

– Non li abbiamo, quei soldi... – mugola mesta Sonia.

– Be', – dice Antonio D – se non avete i soldi ci sono altre soluzioni... se qualcuna di voi viene di là, nello spogliatoio... ci si mette d'accordo, capite?

Parla guardando nel vuoto, il porco, neanche ha il coraggio di guardarle in faccia.

– Io ci penso su – dice Carmen.

– Ma sei matta, che schifo! – dice Sonia.

– In fretta però, tra poco chiudiamo – dice Antonio D facendo finta di non sentirla.

– Senti bello, – propone Sonia – io ho cinquanta euro, la mia amica Sara cinquanta, dai, facci cento... ti diamo anche la tenda, ne vale altri cinquanta almeno.

– Sei pazza? – dice Sara – cento euro? Tutto quello che abbiamo! E poi un solo biglietto in due?

– Meglio di niente – dice Sonia. – Allora, maniaco sessuale?

– Va bene, fuori i cento euro. E la tenda tenetevela.

– E se il biglietto è falso?

– Non è falso – dice lui mettendoglielo svelto in mano. – Controlla, è come tutti gli altri.

– Va bene. E tu Carmen, che fai?

– Ci penso – dice lei.

In quel momento grida e spintoni, la polizia carica, caccia tutti fuori. Si ritrovano per terra, sul marciapiede, tra pianti e parolacce. Scappano, a gambe levate.

Dopo la battaglia sono sull'autobus, stravolte.

– Ce l'abbiamo – dice Sonia, e contempla il biglietto color oro, la scritta *Plastic Boys* in nero, e le adorate facce che sorridono in filigrana.

– Sì, ma come facciamo, chi va al concerto e chi no? Tiriamo a sorte?

– Ci pensiamo dopo.

In quel momento vedono balzare sull'autobus la rossetta. Stravolta, con la maglietta alla rovescia. Tira fuori dalla borsa il biglietto del concerto, sorride. Non le ha viste.

– Troia – sibila Sonia. – Che schifo, con quel viscido.

– Dai, è un problema suo – dice Sara.

– Non si merita il biglietto, ha tradito Mark – brontola Sonia, con uno sguardo cattivo.

– Non mi dire che vuoi...

– Hai capito benissimo... seguiamola.

Dopo sei sette fermate la rossetta scende. È il quartiere cinese, mezza periferia. Non si è accorta che la stanno seguendo.

Ora cammina più in fretta, forse sente la loro ombra alle spalle. Le gnome le sono addosso di corsa. Sonia la tira per i capelli, Sara cerca di strapparle la borsa. Calci, pugni. Ma Carmen non molla.

– Aiuto... siete pazze... aiuto! – grida. – Lo so chi siete, lo so.

La menano di brutto ma non molla, si difende come una tigre. Allora Sonia prende una pietra da terra. Sara grida. Arriva un grosso cinese, si mette in mezzo, le separa... Carmen scappa.

– Voi matte – dice il cinese.

– Fatti i cazzi tuoi – ringhia Sonia.

– Butta via quella pietra – dice Sara. – Non l'avresti mai fatto, vero?

– Tu cosa dici?

Mezz'ora dopo stanche, stravolte, sudate, entrano in casa di Sonia e salgono nella sua camera al primo piano. Il poster gigante dei Plastic Boys le accoglie. Tutto intorno ritagli di giornali, un Mark surfante, pelucheria varia e un mercatino di vestiti, calze e slip buttati qua e là. E musica a tutto volume, ovviamente dei Plastic.

– Che casino, – dice Sara – sembra camera mia. Posso fare una doccia?

– Vai. Ma non perdere troppi peli dalle sopracciglia...

– Stronza – dice Sara, e si infila biotta in bagno. – Tu non ti lavi?

– Dopo. E sbrigati. Non abbiamo tempo, tra un'ora mia madre torna. E sarà arrabbiatissima perché ho dormito fuori casa. Mi ascolti?

Sara esce dopo un minuto, con i capelli bagnati e l'accappatoio di Sonia che le sta abbondante, sembra il nano Cucciolo.

– Sono pronta, – dice – ma adesso dobbiamo decidere in fretta, è già tardi. Una di noi due deve rinunciare al concerto.

– Lo so, – sospira Sonia – non è bello amica mia, ma dobbiamo farlo. Tiriamo a sorte?

– Troppo semplice, – dice Sara – per i Plastic ci vuole qualcosa di più... fatale, di romantico...

– Allora, – dice Sonia – so dove papà tiene una pistola. Sogna sempre di sparare a un ladro.

– Stai scherzando?

– Adesso vedi se scherzo.

Esce dalla stanza e torna poco dopo. Ha in mano una

vecchia pistola a tamburo, e una pallottola. La carica, sa come si fa, lo ha già fatto.

Guarda Sara negli occhi, senza emozione apparente. I Plastic cantano "love is a game".

– Ti va la roulette russa? Per i Plastic si muore, lo abbiamo detto tante volte.

– Stai scherzando? Dai, tiriamo a sorte...

– Hai cambiato idea adesso? Hai paura?

– Non ho paura.

Sono le dieci allo stadio illuminato a giorno e gremito da cinquantamila gnome e gnomi in attesa. Ed ecco un urlo, e un'esplosione. Sono saliti sul palco Mark, Lorenzo, Willy, Nathan. Tutti vestiti di bianco come angeli.

– Vi amiamo – sussurra Mark al microfono.

– Anche io – grida una vocetta estasiata, persa nel gran coro di estasi e grida. E due occhi commossi brillano, e il cellulare riprende quel momento meraviglioso.

È Sonia?

Dov'è Sara?

È Sara?

Dov'è Sonia?

4.

Il gigante

Čudnye istorii

– Stiamo arrivando, – disse Arkadij – è stato un viaggio di merda. Lo yacht ballava e beccheggiava, è mai possibile che uno compri una barca di trenta metri e debba soffrire il mal di mare? Di' a quella testa di cazzo che me l'ha venduta che deve subito risolvere il problema, se no gli mando i ragazzi a bruciargli il cantiere. No, non sono sulla Rolls, sono su un cazzo di Mercedes, qua le stradine sono strette e mi hanno detto che era meglio una macchina piccola. Sì, non è male questa Toscana, un po' come nei quadri antichi che ho a Mosca. Ma la villa l'ho comprata solo perché voglio il vigneto e dare delle gran feste, in campagna ci sono nato e non me ne frega un cazzo di tornarci. Ho letto i dati del gas e del petrolio, sono in crescita, ma se qualcuno del governo esagera con le tangenti, digli che gli faccio fare la fine di chi sanno loro. E adesso non mi rompere i coglioni fino a stasera...

L'oligarca Arkadij sbuffò. Al suo fianco vide gli occhioni azzurri di Ljuba che si era appena svegliata. Le infilò una mano tra le cosce e disse:

– Sveglia, pigrona. E non sbadigliare così, che mi fai venire dei pensieri.

– Uffa, pensi solo a quello...

– Senti troietta, – disse Arkadij – ti ho presa che friggevi patatine e sculettavi tra i tavoli, adesso vesti come una regina e ti sto portando in un castello italiano. Vedi di non rompere...

– Va bene, Kaša – disse Ljuba. – Ma sei sempre così nervoso ultimamente.

– I soldi, amore, – sospirò Arkadij – sono una gran bella cosa, ma li devi difendere. Non puoi mai stare tranquillo. Pescecani dovunque. Devi prevedere tutto.

– Non si può prevedere tutto – disse Ljuba scuotendo la testa. – Sì, questa campagna è bella, ma è... come posso dire... superba, vanitosa... la campagna russa è più umile, più dolente... mi ricorda una pagina delle *Anime morte*.

– Non ricominciare, bellezza. Lo so che sei laureata in Gogol', non farla lunga. Sarà un grande scrittore come dici tu, ma è morto povero e pazzo... anzi, non nominarlo nemmeno, porta sfiga... Anatolij guida piano, porco diavolo.

– La strada è sconnessa, padrone, – disse l'autista, un gigante con un collo da bue – ancora una curva e ci siamo.

– Prima cosa da fare, asfalteremo tutto – disse Arkadij. – Ma che cazzo è quello?

Una specie di astronave puntata contro il cielo svettava al centro del viale.

– Direi... che è un albero, – disse Anatolij – e anche immenso.

– Un albero in mezzo alla strada?

– Sì, ma *nema problema*, la strada si allarga e possiamo passare di lato.

– Non voglio nessun cazzo di albero davanti al cancello di casa mia, – disse Arkadij mentre l'auto attraversava la grande ombra – e poi cos'è?

– È un pino, mi sembra, – disse timidamente Ljuba – non ne ho mai visto uno così, guarda che tronco enorme.

– La mia puttanella se ne intende di grossi tronchi, vero? Forza, giù gli zaini.

Le tre Mercedes blindate entrarono nel parco. Da una

scesero le guardie del corpo, un quartetto di pugili da film. Dall'altra due omaccioni iniziarono a scaricare bauli e valigie. Dall'ultima scesero Anatolij, due metri di automedonte, poi Ljuba, uno e ottanta senza tacchi, e Arkadij, uno e sessantacinque con gli stivaletti e il rialzo.

La servitù era schierata, una ventina di persone. Arkadij li passò in rassegna come un capo militare.

– Le cameriere sono tutte brutte, – disse sottovoce a Anatolij – cacciale via e prendi due o tre fighe. Chi è lo chef? – chiese poi a voce alta.

– Siamo in tre in cucina, – disse un uomo alto con le basette folte – io sono il primo chef Geraldo, al suo servizio.

– Bravo Geraldino, stasera voglio bistecca al sangue, – disse Arkadij – e se non è tenera torni subito a casa. E dov'è quello dei vini?

– L'enologo, il dottor Nicolai, – disse Geraldo – arriva nel pomeriggio.

– Porco diavolo, – sbottò Arkadij – io arrivo da Montecarlo per vedere le mie vigne e questo coglione non si fa trovare? Ditegli che lo voglio qui subito dopo pranzo. E chi è il giardiniere?

– Il giardiniere sta lavorando nel roseto – disse un uomo pallido che si presentò come Pietro, il maggiordomo.

– Allora ditegli che si prepari a tirar giù quell'albero in mezzo alla strada.

A quella frase il plotone della servitù sembrò percorso da una ventata di paura. Una cameriera, la più anziana, si coprì il viso con le mani.

– Credo... che l'albero non sia un problema del giardiniere – disse il maggiordomo.

– Che c'è? Sono il padrone o no? Se decido di abbatterlo, qualche sindaco del cazzo può forse impedirmelo?

– No, certamente, – disse il maggiordomo – però aspetti

di parlarne col dottor Nicolai. Oltre che di vigne si intende anche di alberi, è un botanico assai stimato.

– E sai cosa mi frega – disse secco Arkadij. – Anatolij, portami subito il mio fucile, voglio sparare un po' prima di pranzo, vedo dei bei fagiani nel prato.

La servitù lo guardava in silenzio.

– Bene, signori – disse Arkadij con tono risoluto. – Leggo nei vostri occhi che mi considerate un fottuto arricchito arrogante, ma metto subito in chiaro una cosa: non fate gli schifiltosi, il vecchio padrone è morto suicida per debiti, e se io non avessi comprato questa villa, sareste disoccupati. Dovrete obbedire ciecamente a me, alla mia signora, a Anatolij e al più sciocco dei miei gorilla. Servitemi bene o fuori dai coglioni. Chiaro?

– Sì – dissero alcune flebili voci in coro.

– Andiamo Ljuba, – disse Arkadij – collaudiamo i materassi.

Arkadij esaminò le stanze della villa, incurante dei trilli di Ljuba che scopriva meraviglie ovunque. L'unica cosa che gli interessava era lo schermo televisivo gigante che aveva fatto montare e i trofei di caccia. I quadri dei vecchi proprietari, poi, gli diedero sui nervi.

– Via anche questi ritratti, – disse – tutti aristocratici, corrotti, perdenti, tutti morti male. Portano sfortuna.

– Ma sono dipinti antichi. Guarda questo. Ti assomiglia anche un po'.

Ljuba si beccò uno schiaffone. Era abituata, ma le fece male.

Arkadij dormì fino alle quattro del pomeriggio, si alzò, contemplò il paesaggio e si sentì di buonumore. Indossò una tuta da footing e scese. Il dottor Nicolai lo aspettava. Arkadij quasi gli rise in faccia. Era un ridicolo azzimato giovane con un naso da uccello, baffetti e capelli alla paggetto. Indossava un abito di velluto che sembrava avere cento anni. Si diedero la mano e quella dell'enologo finì stritolata. Frocio, pensò subito l'oligarca.

– Benvenuto alle vigne della villa, dottor Abramov – disse il giovanotto. – È un piacere conoscerla.

– Non sono dottore. Ma lei è davvero un enologo, Nicolai? Così giovane?

– Giovane? Magari, – sospirò Nicolai – ho quasi quarant'anni. Sono nipote e figlio di enologi famosi, di cui emulo indegnamente l'arte. Mi occupo di vigne da sempre.

– Le sue referenze sono eccellenti, – disse Arkadij – mi dicono che lei è un genio nel ramo. Ma per favore, niente balle ecologiste o biologiste, voglio buon vino e tanto, col mio nome sull'etichetta.

– Lo avrà – disse Nicolai con un inchino esagerato.

Ma che razza di caricatura, pensò Arkadij. Questi italiani. Una volta venivano in Russia a fare i ricchi puttanieri, adesso li stiamo comprando pezzo per pezzo. E ci ossequiano. Ma attento signor Nicolai, so riconoscere subito chi mi odia.

Visitarono le vigne. Ancora più estese di quanto l'oligarca credesse. Soddisfatto, passava davanti ai filari e coglieva qualche chicco acerbo mentre Nicolai gli illustrava il tipo di uva, il vino che ne sarebbe nato, parlava di qualità del suolo, di innesti e tagli.

– Qui cresce tutto, – disse Nicolai – è una terra generosa. Forse non come una volta, ma ha ancora la sua magia.

– A proposito di robe che crescono. Quel cazzo di albero mostruoso in mezzo alla strada. Cos'è?

– È un pino Guizzardo alto venticinque metri, – disse

Nicolai – ha quattrocento anni e una volta dava nome anche alle vigne, le vigne del Gigante. Ma ora non più.

– Perché?

Nicolai non rispose e continuò a camminare.

– È un albero... un po' strano, ma bellissimo.

– Be', entro domenica lo abbattiamo, – disse Arkadij – non voglio che i miei ospiti ubriachi ci sbattano contro. Che senso ha un albero in mezzo alla strada?

Il giovanotto cambiò immediatamente espressione. Sembrava che cercasse di contenere un'irrefrenabile ira. La bocca, da rosea e femminea, diventò dura, sprezzante. Ma subito si ricompose e parlò con calma.

– Lei è il padrone qui. Ma prima che decida di abbatterlo, mi conceda di raccontarle la sua storia... o la sua leggenda.

– Sono russo, adoro le fiabe, – disse Arkadij, e si sdraiò sull'erba – ma le concedo dieci minuti: dopo devo trombare la mia betullina.

– Il pino ha quattrocento anni. Lo piantò il duca Faldini, tra i primi proprietari della villa. Alla sua morte violenta, e a quella del figlio, subentrò una famiglia lorenese, i Delvaux. Per due generazioni, sotto il Granducato di Toscana, furono loro i padroni, e resero celebri le vigne. Ma l'ultimo discendente, Marcel Delvaux, dopo la morte improvvisa di un nipote non volle accettare l'eredità, e tornò in Francia. La villa e il terreno passarono in proprietà prima a un mercante veneziano, poi a una ricca famiglia di possidenti di Siena. Fino a quando scoppiò un misterioso incendio, il capofamiglia morì e i senesi se ne andarono. Gli ultimi proprietari, i conti Sansevero, venivano dal Sud. Sembrava che tutto andasse bene, avevano unito l'esperienza delle vigne del Salento alle tradizioni di questa terra. Ma prima il conte Sansevero rimase ucciso in un incidente d'auto. Poi sua moglie fu trovata strangolata. Infine fu il figlio a sparire. La villa è rimasta per vent'anni di proprietà dell'ultimo dei Sansevero, che l'ha amministrata diciamo così da lontano. Veniva una volta all'anno, controllava e se ne andava. Poi l'anno scorso si fermò una settimana... e lei sa certamente del suicidio... Adesso l'ha comprata lei.

– Ma che storia cruenta. Peggio che le lotte tra noi oligarchi. E perché questa ecatombe?

– Lei crede alle leggende, ha detto. Be', la dinamica di queste morti violente è ogni volta diversa. Ma secondo le voci che girano qui, la causa è sempre l'albero.

– Il pino gigante? E in che modo?

– Tutte le persone morte avevano mostrato l'intenzione di liberarsene. Una specie di... ossessione forse.

– Quindi?

– Quindi la gente dice che l'albero è maledetto, e chiunque lo danneggerà pagherà con la vita.

– Ho ascoltato anche troppo, – disse con fastidio Arkadij – lei è un fottuto ambientalista e sta cercando di fregarmi.

– Io farò quello che lei desidera, – disse Nicolai – ma le consiglio di osservare bene quell'albero e in particolare i suoi strobili.

– I cosa?

– Le pigne. Sono molto più grandi del normale, arrivano a venticinque centimetri di lunghezza, e sono di forma assai strana. Deve guardare soprattutto quelle più in alto. Rendono l'albero un esemplare unico...

– D'ora in avanti, – disse Arkadij alzandosi in piedi – lei si occuperà solo di vino. E domani mi mandi due boscaioli per abbatterlo.

– Nessuno dei paesani lo farà, – affermò tranquillamente Nicolai – hanno paura.

– *Nema problema* – disse Arkadij, e prese in mano il cellulare.

– Anatolij, – disse – voglio qui entro due giorni un camion e quattro dei miei ragazzi con la sega più grossa che riescono a trovare. Non fare domande.

Rimise in tasca il telefono e concluse sorridendo:

– Tutto risolto. Domani visiteremo le mie cantine.

La notte Arkadij dormì male. Ljuba si era messa tanta lingerie da sembrare un albero di Natale, ma niente era servito a far funzionare la sonda del grande petroliere.

Dopo aver dato la colpa al fagiano ripieno e al vino, l'uomo si mise a fumare su una poltrona del terrazzo. Il paesaggio era così bello che inteneriva anche un'anima morta come la sua. Alberi, campi e colline azzurri sotto la luna, e le luci da presepe di un paese arrampicato su un cocuzzolo.

Arkadij tornò a letto, ma smaniava agitato. Sentiva un rumore, come uno scorrere di fiume, e non capiva cos'era. Stava già per chiamare il maggiordomo e fargli un cazziatone, pensando che venisse dalle cucine o dall'aria condizionata, quando si accorse che era il vento. Un vento leggero e freddo. Andò di nuovo sul terrazzo. Poco lontano, vide il grande albero che si scuoteva furiosamente, come percosso da una bufera. Erano i rami a creare quel frastuono, un canto iroso, la rabbia di un cuore inanimato.

– Cosa guardi, Kaša? – disse Ljuba andandogli premurosamente vicino.

– Non capisco, – disse Arkadij – c'è una brezza da nulla. Eppure guarda come si scuote l'albero. Forse là il vento tira forte.

– A cento sazhen di distanza non può cambiare il vento, – disse cupamente Ljuba – io credo che quell'albero... abbia dei poteri... tu credi ai demoni, Arkadij?

– Sei una maledetta ignorante siberiana – disse l'oligarca. – Sono stufo delle tue superstizioni. Io sono nato in campagna ma sono diventato miliardario a Mosca e non con le leggende, ma col gas e il petrolio...

– Che vengono da sottoterra, – disse Ljuba – e sono ossa e sangue di morti.

Arkadij ebbe un brivido e pensò di schiaffeggiarla, ma il volto di Ljuba era pallido e impaurito.

– La cameriera più vecchia mi ha raccontato la storia di questo posto. È orribile, Arkadij. Vuoi sentirla?

Arkadij scosse la testa, ma era curioso:

– Se hai deciso di non farmi dormire, ti ascolto, ma non più di dieci minuti, poi prendo il sonnifero.

– Però non arrabbiarti e non picchiarmi – disse Ljuba.

– Promesso, tesoro, – ghignò Arkadij – farò come sempre.

– Il Gigante è maledetto – disse Ljuba. – Io sono nipote di uno šaman, ho sentito un brivido quando gli siamo passati sotto. Ho visto i demoni nascosti nei suoi rami. Le loro piccole facce nere...

– Cominciamo bene – disse Arkadij.

– Devi sapere in che modo sono morti, nel corso degli anni, i proprietari di questa villa – disse Ljuba con gli occhi azzurri spalancati. – Il duca Faldini, il primo padrone, fu ucciso da un ramo che gli cadde addosso mentre andava a cavallo. Suo figlio si impiccò allo stesso albero. Nessuno dei lorenesi morì di morte violenta, ma la leggenda dice che spesso presentavano strane ferite, come di piccole punte di freccia. Finché un bambino di sei anni morì cadendo su un ramo biforcuto, ai piedi del Gigante. L'ultimo dei lorenesi se ne andò dicendo "non voglio più saperne di questo posto, e dei suoi diavoli". La famiglia di Siena che venne dopo di loro potò l'albero e ne tagliò i rami. Mentre lavoravano, tre boscaioli rimasero feriti. I rami furono fatti a pezzi per farne legna da ardere. La notte che il primo ciocco bruciò nel camino, la villa prese misteriosamente fuoco, il proprietario non ebbe scampo. Anni dopo, il conte Sansevero morì schiantandosi in auto contro il tronco. Sua moglie fu trovata strangolata sotto i rami, il figlio, che si era lanciato impazzito con l'accetta contro l'albero, sparì nel nulla...

– E nessuno è mai morto per una pigna in testa?

– Non scherzare. Quello che ti sto dicendo riguarda anche noi. Tutti questi morti avevano manifestato un'idea comune.

– Cioè?

– Avevano tutti intenzione di abbattere il Gigante. Perciò tu non lo farai. Lascialo dov'è, non svegliare i demoni.

– Ljuba, – disse Arkadij – sparisci e vai a dormire su qualche divano. Se no son botte.

L'oligarca prese due pastiglie di sonnifero, dormì agitato. Sognò che era bambino, e che qualcosa lo afferrava per i piedi e lo lanciava in aria. Sognò piccole frecce che lo colpivano. Si svegliò alle sei di mattina, nervosissimo. Faceva già caldo. Prese il fucile, e andò a caccia.

Sparò a due lepri, le mancò. Le inseguì dentro un macchione, lo attraversò e si trovò proprio ai piedi del pino. Eppure gli sembrava di essere andato in direzione opposta. Guardò in su, e vide sulla cima le pigne giganti. Prese il binocolo per osservarle meglio. Erano davvero strane. Bitorzolute, scure. E gli sembrò...

Ma all'improvviso sentì un tremito sotto i piedi. Come se le radici dell'albero si muovessero. Impaurito, arretrò. E finì proprio in braccio a Nicolai.

– Ha sentito una vibrazione, vero? – disse l'enologo. – Be', non si spaventi, non è il terremoto, è un fiume sotterraneo. Un ruscelletto, non l'Acheronte.

Arkadij accettò la spiegazione. Ma lo infastidiva lo sguardo dell'altro. Sembrava timido e mite, ma nei suoi occhi passavano lampi strani. Come il piacere sadico di chi guarda qualcuno dibattersi impaurito. Arkadij non era un uomo facile da spaventare, ma fiutava il pericolo.

– Andiamo in cantina – disse.

La visita fu lunga e rasserenò l'oligarca. Un tesoro sotterraneo li aspettava. Botti enormi e meravigliose, barilotti e damigiane, lunghe file di bottiglie pregiate. Un regno prezioso e profumato, ed era tutto suo. Stapparono una bottiglia di rosso e bevvero, Arkadij osservava golosamente i formaggi in stagionatura. Nicolai ne scelse uno ancora molle, e lo mangiarono insieme al vino, seduti su due botticelle.

– Un rosso del 2006, – disse l'enologo – un taglio tra Sangiovese e le uve nere della vigna che ha visto ieri.

– Lo chiameremo... Ljuba – disse Arkadij alzando la bottiglia.

– In onore della sua fidanzata?

– No, che c'entra quella puttanella? In onore di mia nonna.

Prese di tasca il telefono, ma non c'era campo.

– Qua sotto non prende. Be', metteremo un telefono fisso.

– A chi voleva telefonare? – chiese l'enologo.

Si faccia i fatti suoi, avrebbe detto in occasioni analoghe Arkadij. Ma ogni circostanza gli sembrava annunciare un destino imminente, e doveva scoprire quale. Perciò rispose con calma.

– Volevo telefonare a Anatolij. Per avere la conferma che domattina arriveranno i ragazzi per abbattere l'albero.

Nicolai impallidì. Arkadij pensò che quel volto gli ricordava qualcuno, ma non sapeva chi. L'enologo tracannò un gran sorso di vino come per prendere coraggio, poi disse:

– La prego di non farlo.

Arkadij si sentì avvampare d'ira ma si contenne.

– Perché? Per quelle leggende?

– Non sono leggende, – disse l'enologo – l'albero ormai sa che lei è un nemico. E si difenderà.

Arkadij scattò in piedi, e stava per coprirlo di insulti. Ma Anatolij arrivò, correndo.

– Padrone, venga su, Ljuba... – ansimò.

– Cos'è successo?

– Niente di grave, ma venga. Era andata a vedere l'albero gigante ed è stata attaccata dalle vespe.

Raggiunsero in fretta il primo piano e la camera da letto. Era già arrivato un medico. Ljuba sembrava una buffa bambola rigonfia, era stata punta dappertutto.

– Le ho fatto un'iniezione di cortisone – disse il medico. – Per fortuna non è allergica, ma sono vespe abbastanza grosse e fastidiose. Fanno spesso il nido ai piedi del Gigante.

– Quando non ci sarà più quel maledetto albero, non ci saranno più nemmeno loro – disse Arkadij, osservando il volto martoriato di Ljuba.

Il medico sembrò voler dire qualcosa, ma Nicolai gli fece segno di tacere. Ljuba lanciò un lamento teatrale.

– I demoni, Arkadij. Li ho visti!

– Bene. Faremo a pezzi anche loro.

Anche quella notte Arkadij non dormì. Restò sul terrazzo, mentre Ljuba russava, col naso tumefatto. Fumò in continuazione. Camminò guardando i ritratti della galleria. Facce di ricconi dilapidatori e perdenti, pensò. Telefonò. I ragazzi col camion e gli attrezzi erano in viaggio. Entro mezzogiorno tutto sarebbe finito. Non avrebbe più dovuto ascoltare le leggende di quella terra. Un luogo che si fingeva dolce e mite ma era spietato come una tundra, pensò, raggomitolandosi nella poltrona del terrazzo.

Una folata di vento freddo lo fece rabbrividire. Guardava l'albero, non gli era mai sembrato così enorme e vicino. E improvvisamente vide i rami agitarsi, come se fossero nuovamente attraversati dalla bufera.

Uno dei rami si alzò al cielo, come un gigantesco tentacolo, e si allungò verso la casa. C'erano almeno duecento metri di distanza, ma sembrava proprio che potesse arrivare fino alla camera di Arkadij. E così fu, si abbatté contro i muri, entrò nella stanza con fragore di legna e foglie, come il graffio di un mostro. Un ramo lo afferrò per la vita e lo strinse. Al ramo era attaccata una pigna, Arkadij la vide, lanciò un urlo e...

E si svegliò. Si era addormentato sulla poltrona. Un brutto sogno. Ma un sogno che lo aveva sconvolto. Ora doveva sapere, subito.

Corse fuori in tuta e scarpe da ginnastica. Teneva alla cinta un coltellaccio. Chiamò Anatolij.

– La scala più alta che c'è, subito...

– Cosa volete fare, padrone? Sono le sei di mattina.

– Voglio salire su quell'albero e guardare quelle dannate pigne. Qualcosa vuole spaventarci, ma non ci riuscirà.

– È sicuro? – disse Anatolij. – La sua gamba...

Arkadij aveva tre cicatrici di pallottole nella gamba destra, ricordo di una discussione tra gentiluomini.

– Cazzo, anche tu cominci a aver paura?

Si erano svegliati anche alcuni della servitù. Portarono la scala sotto l'albero, la appoggiarono al tronco. Di nuovo i rami presero a agitarsi per quel vento misterioso.

– Tenetela ben ferma. Non mi fai paura, vecchio demonio, – disse Arkadij – adesso salgo in cima e ti do una bella scrollata.

La scala era lunga ma non abbastanza per raggiungere i rami più alti. Arkadij iniziò agilmente a salire. Era stato un atleta in gioventù. Voleva arrivare alle pigne. E lo fece.

La luna illuminò gli strobili. Arkadij cercò di staccarne uno, ma non ci riuscì. Poi sentì un cigolio, come di una porta che si apre a fatica.

Vide ognuna delle pigne muoversi e girarsi verso di lui. E guardarlo. Perché non erano pigne, ma teste, orribili teste di legno scolpite. Ognuna ritraeva un volto, e Arkadij li riconobbe. Erano i morti che aveva visto nella galleria dei ritratti. Il duca, e suo figlio, con i lineamenti stravolti dall'impiccagione. La sposa strangolata. Il figlio, con centinaia di aghi infissi negli occhi, il bambino con la gola squarciata, e altri volti di boscaioli. I trofei di quel gigantesco demone! Tutti coloro che avevano sfidato l'albero ora erano prigionieri dei suoi rami, per sempre. E spalancavano la bocca per gridare. Ma non si udiva nessun suono se non il vento furioso tra i rami. L'albero si scrollò come un cavallo imbizzarrito.

– Anatolij, – gridò Arkadij – aiuto!

Nessuna risposta. Erano fuggiti tutti.

Arkadij cercò di aggrapparsi, ma dai rami una fitta pioggia di aghi iniziò a colpirlo al viso e alle braccia. Come piccole frecce lo martoriavano, non vedeva più nulla, il sangue lo accecava.

Infine riuscì a aprire gli occhi. E vide davanti a sé il proprio volto, scolpito nello strobilo, con un'espressione di indicibile terrore.

L'albero continuava a squassarsi. Il ramo su cui Arkadij stava a cavalcioni iniziò a scricchiolare. Guardò giù, era almeno a quindici metri da terra. Il ramo cedette. Cercò di afferrarsi a un altro ramo. Ma sapeva già di essere perduto.

Precipitò, a braccia spalancate.

5.

Hänsel@Gretel.com

Nehmt Abschied, Brüder,
ungewiss ist alle Wiederkehr...

È l'ora dell'addio, fratelli,
chissà se tornerem...

In un bosco solitario delle Alpi bavaresi c'era la capanna di un taglialegna che si chiamava Schultz. Era vedovo e aveva due figlioletti, Hänsel und Gretel, biondi e abbastanza in carne. Schultz segava tronchi tutto il giorno, tornava stanco morto, e doveva anche cucinare perché i figli mangiavano come un'orda di lupi. Andavano malvolentieri a scuola e passavano il tempo a raccogliere castagne e funghi che vendevano per comprarsi merendine e hot dog. E mai che con quei soldi aiutassero il padre.

Inoltre si lamentavano in continuazione, perché la capanna era misera, spoglia e senza nessuna attrattiva tecnologica.

– Papà, me lo compri lo Spiel Boy? – diceva Hänsel.

– Papà, sono l'unica nella mia classe che non ha uno smartphone – piagnucolava Gretel.

– E abbiamo la televisione con un solo canale perché a te interessano solo il calcio e le donne nude dopo mezzanotte.

– E non abbiamo un computer e neanche un iPad e neanche il wi-fi.

– E il mio amico Ludwig è figlio di un falegname però ha il Nintendo e il gioco del calcio Fifa con i giocatori che hanno le facce uguali ai veri.

– E io non posso vedere le Winx e non posso giocare a Ammazza lo Zombie.

– E non abbiamo neanche il cancello col telecomando...

– E la mia amica Ulla ha il cellulare con l'app che individua tutti i gay che ci sono nella foresta...

– Basta! – urlò Schultz, che era un uomo mite e buono ma beveva litri di Jägermeister e aveva un poster di Göring in camera da letto. – Io mi faccio il mazzo da mattina a sera e voi non fate che lamentarvi e abbuffarvi, ieri ho comprato sei barattoli di Nutella e li avete finiti in un giorno, siete grassi come porcelli, non ce la faccio più a mantenervi, adesso fuori dai coglioni...

Ciò detto, li caricò su una vecchia Prinz e li mollò in mezzo a un bosco lontano.

– Vi amo figlioletti miei, – disse piangendo – ma non posso mantenervi, l'indigenza me lo impedisce. Buona fortuna.

– Che ti venga un canchero, papà – disse Gretel salutandolo con la manina.

– Che ti caschi un abete in testa sul lavoro – disse Hänsel con gli occhi umidi.

Così i due fratellini si trovarono nella paurosa solitudine del bosco. Non si vedeva nessun sentiero e enormi alberi li sovrastavano, misteriosi rumori risuonavano tra i cespugli, e in lontananza ululavano i lupi.

– Come faremo a ritrovare la strada? – disse Gretel.

– Ho un'idea: lasciamo cadere un sassolino ogni dieci metri, così segneremo il percorso – disse Hänsel.

– Vaffanculo te e i sassolini, – disse Gretel – basterebbe un cellulare col Gps e saremmo a posto. Invece eccoci qui, perduti come due stronzi.

– Te l'ho sempre detto che babbo è un filonazista – disse Hänsel.

– Se è per quello lo sono anche io. Ma lui è anche pezzente, fallito e alcolizzato...

– È andata così, – sospirò Hänsel – adesso dobbiamo salvare il culo. Andiamo di là.

– No, – disse Gretel – di là.

E si avviarono. Cammina cammina, cominciò a piovere, faceva freddo e i due poveri bambini cercavano riparo sotto gli alberi, ma erano fradici e intirizziti, e ai piedi avevano le infradito. Gli ululati dei lupi si facevano sempre più vicini. Si sentivano già perduti, quando udirono un rumore inconfondibile: era un cellulare, la suoneria era la *Settima* di Beethoven.

Seguirono il rumore. E... prodigio, stupore e meraviglia!

In mezzo a una radura c'era la casa più bella e moderna che avessero mai visto. Tutta legno e vetrate, di classe energetica A+. Sul tetto coibentato c'erano almeno tre parabole. E sotto il porticato di abete bianco era visibile un computer Mac da ventidue pollici con router wi-fi e almeno sei o sette cellulari di modelli diversi.

– Ma è un sogno! – disse Gretel.

– E il marzapane? – disse Hänsel.

– Ho anche quello, ragazzi – disse una voce suadente. Sulla porta apparve una donna con occhiali da vamp, alta e con un elegante vestito nero. Aveva un'ottantina d'anni ma era splendidamente rifatta e truccata, e ne dimostrava la metà.

– Bambini, cosa fate lì sotto la pioggia? – disse. – Su, entrate.

– Possiamo? – dissero i piccoli.

– Adoro i bambini sperduti – disse la donna con un sorriso smagliante. – Mi presento, mi chiamo Vanessa von Vettel e mi occupo di casting.

– Per il cinema?

– Più o meno. Entrate, accomodatevi. Avete fame?

– Un poco – dissero i due in coro.

Mangiarono dodici Cordon bleu surgelati, un chilo di piselli in scatola, sessanta bastoncini Findus e quaranta merendine al cocco.

– Be', ragazzi, l'appetito non vi manca, – disse Vanessa – ma noto con dispiacere che siete sovrappeso. Non va bene. Dovrete dimagrire.

– E perché? – chiesero i due.

Vanessa sorrise diabolicamente. Azionò un telecomando e le porte della casa si chiusero a saracinesca. Un altro tocco sul telecomando e una gabbia calò su Hänsel imprigionandolo. Ancora un tasto e Gretel si trovò addosso un collarino con microchip.

– Non accolgo i bambini per beneficenza – ghignò. – Io sono una strega malvagia, se non foste così fessi lo avreste capito subito. Fornisco bambini ai ricchi pedofili di tutto il mondo. Ma a loro piacciono i bambini belli e snelli. Voi siete due porcellotti senza nessuna attrattiva. Quindi vi metterò a dieta, e quando sarete carini e desiderabili, vi venderò.

– Aiuto, aiuto – gridarono i due.

– Nessuno vi sentirà. Questa casa è insonorizzata secondo le più moderne normative europee. Dovrete obbedirmi, o vi elimino nell'inceneritore. Tu, caro ragazzo Hänsel, dovrai fare ogni giorno due ore di pesi e tapis roulant, e abolire i carboidrati.

– Piuttosto crepo.

– Ma nella gabbia avrai una PlayStation e tutti i giochi appena usciti.

– Yuhuuu – disse Hänsel.

– Tu, Gretel, dovrai dimagrire della metà, ti insegnerò a ballare, a vestirti sexy e altre cosette.

– No brutta puttana. Ahia!

– Non essere volgare o ti appioppo un'altra scossa a trecentottanta volt col collarino. Obbedisci e avrai tutti i dvd delle Winx e anche una pagina Facebook, naturalmente sotto il mio controllo.

– Vabbè – disse Gretel.

– E non cercate di scappare, – disse la strega – io non ci vedo molto bene, ma la casa è protetta da allarmi, telecamere e da un dobermann ex Decima Mas. Attenti a voi!

I due bambini iniziarono così la loro prigionia. La strega usciva spesso e loro passavano tutto il tempo a videogiocare e a navigare nel web. Ma i computer erano controllati, e la sola volta che Gretel riuscì a scrivere *Sono una povera bimba, aiutami a andare via da questa casa* ricevette una ventina di messaggi porno e una pubblicità della Ryan Air.

Ma il vero problema per i due fratellini era la fame. Mangiavano solo zuppe di verdura, würstel di soia e porchetta di tofu. Non ne potevano più.

Finché una notte, esplorando la casa, Gretel fece una straordinaria scoperta. In un angolo della cucina c'era una botola nascosta. Da lì si scendeva in cantina, c'erano prosciutti, formaggi e salmone selvaggio indomabile e affumicato a volontà. La strega era una buongustaia.

Così quando Vanessa tornava, faceva le foto ai ragazzi, li pesava, e si accorgeva che non solo non dimagrivano, ma continuavano a ingrassare.

– Ma che razza di metabolismo avete – diceva. – Accidenti, i miei clienti continuano a chiedere merce e io non posso presentarvi così.

– Abbia pazienza, – disse Gretel, ballando e facendo tremare il pavimento – prima o poi diventeremo due gran fighi.

Ma dopo un mese la situazione era la stessa. La strega, che ci vedeva sempre meno, tastava i polpacciotti di Hänsel e il culone di Gretel, e sospirava. Non capiva. Finché un giorno ebbe l'idea di andare a ispezionare la cantina e si accorse che mancavano prosciutti e formaggi e non c'era più neanche una fettina di salmone selvaggio e indomabile.

– Carognette bulimiche, – disse la strega – quello è il cibo che servo quando faccio le feste per i miei depravati clienti. Ma ora vi ho scoperto, adesso sì che dimagrirete. Hänsel, cento flessioni. E tu Gretel, vai a fare il lettino abbronzante.

Passarono un paio di mesi e Hänsel e Gretel erano irriconoscibili. Hänsel era un bell'efebo biondo e ariano e Gretel una fighetta curvilinea con maliardi fuseaux.

La strega li mise in rete ed ebbero dodicimila "mi piace" sui siti pedofili clandestini. Subito arrivò una mail da un ricchissimo cliente.

Gentile strega Vanessa, i due fratellini mi piacciono, scrisse, *li vengo a prendere domani. Allego ricevuta di versamento sul suo conto corrente.*

– È fatta! – disse la strega fregandosi le mani. – Mi ci è voluto un po' di tempo, ma sono riuscita a vendervi e a fare un buon affare. Siete contenti?

– Mica tanto.

– Suvvia! Incontrerete gente molto affettuosa. Certo, un po' pervertita, ma il mondo è crudele, prima o poi vi sarebbe toccato. A casa vostra sareste morti di fame, invece così morirete in mezzo agli agi, e farete felici un sacco di persone.

Hänsel si mise a piangere.

– Morire proprio adesso che ero all'ultimo livello del videogioco! – disse.

– Non è detto. Lascia fare a me – disse sottovoce Gretel.

Quella sera Gretel si vestì da cheerleader e andò dalla Von Vettel.

– Strega, visto che ormai vengono a prenderci, vorrei presentarmi bene. Mi piacerebbe fare un ultimo lettino solare. Abbronzata e con gli occhi azzurri sarò irresistibile – disse con un sorriso malizioso.

– Hai ragione, – disse la strega – sarai un vero bocconcino.

Andarono al lettino, che sembrava un po' una capsula e

un po' una cozza. Gretel fece finta di sdraiarsi, ma con una mossa rapida sgambettò la strega e la fece rotolare dentro. Poi chiuse il coperchio e alzò la temperatura a trecento gradi.

– Aiuto, fammi uscire brutta stronza – disse la strega.

– Ti farò uscire solo quando sarai... cotta a puntino. Quest'anno va di moda l'abbronzatura totale – sghignazzò Gretel.

Insomma bruciarono la strega, caricarono sul suo Suv tutti i computer, i videogiochi, i gioielli e i contanti e guidati dal Gps tornarono a casa. Il taglialegna li vide arrivare con grande stupore.

– Figli miei, – disse – quanto mi siete mancati! E che bella roba portate.

– Già, un sacco di roba. E di gran valore.

– Siamo ricchi! – esclamò il taglialegna.

– No, papà. Io e Hänsel siamo ricchi – disse Gretel. – Tu ci hai mollato in mezzo al bosco, col cazzo che ti diamo qualcosa.

– Ma nella fiaba dei Grimm, quando i bambini ritornano, dividono tutto col padre...

– Forse nella fiaba, ma qui non succederà. Apriremo un negozio di computer in città, ricatteremo tutti i pedofili di cui abbiamo gli indirizzi, e tu continuerai a spaccarti la schiena.

– Ma... almeno un telefonino – disse il taglialegna.

I due si guardarono.

– Va be', babbo Schultz. Avrai un vecchio Nokia con una svastica sulla custodia e un videoregistratore vintage per vedere un po' di cassette porno.

– Grazie, grazie – disse Schultz con le lacrime agli occhi.

E vissero tutti felici e contenti.

6.

Il mercante

*If you don't like the effects
Don't produce the cause.*

Parliament-Funkadelic

Il commendator Boutbout, il più grande mercante d'armi del mondo, entrò nel suo ufficio al trecentesimo piano del grattacielo Iwa a Kuala Lumpur. Aprì il finestrone e vide solo nuvole, e un'autostrada lontana.

Si mise in maniche di camicia, accese un sigaro, prese le sue numerose pastiglie e notò sul tavolo il

*Rapporto annuale sul bilancio aziendale dell'Iwa,
International Weapon Association*

Aprì, lesse due pagine e gli andarono di traverso l'acqua, l'ultima pastiglia e un pezzo di sigaro.

Suonò a tutto spiano il dimafono per chiamare il direttore amministrativo, nonché suo segretario personale, Buoncuore.

Questi entrò. Era occhialuto e pallido, e si vedeva che aveva una gran paura del boss. Gli tremavano le gambe e corse in fretta a sedersi.

– Dottor Buoncuore, – disse il boss sbuffandogli il fumo in faccia – non so come sia potuto succedere, ma nel rapporto di quest'anno c'è un colossale, ridicolo errore. Chi l'ha scritto?

– Be', – disse il direttore – come da trent'anni, l'ho compilato io. Ovviamente, raccogliendo i dati da tutte le sedi.

– E come mai questo sbaglio?

– Io... non capisco... – disse Buoncuore con voce tremante – non c'è nessuno sbaglio.

Il commendatore si alzò in piedi, sbatté irosamente il rapporto sulla scrivania e tuonò:

– Nessuno sbaglio, mi dice? Dottor Buoncuore, da vent'anni la nostra industria fa utili che vanno dai sei ai nove miliardi di dollari. E adesso, leggo qui, la cifra finale del bilancio è: meno duecento dollari...

– È proprio così – disse il direttore.

– Se è uno scherzo, non mi piace – e il commendatore gli puntò contro il sigaro come la canna di una pistola.

– Non è uno scherzo...

– Ma chi vuole prendere in giro? Forse le nostre armi sono diventate scadenti? Non sono più l'ultimo ritrovato della tecnologia?

– No, no, – disse Buoncuore pulendosi gli occhiali imbarazzato – sono perfette.

– E allora? I nostri clienti hanno da lamentarsi di qualcosa?

– Assolutamente no.

– Avevamo ammortamenti, debiti, conti da saldare? Controlliamo o no metà delle banche mondiali? Abbiamo o no il monopolio del settore?

– È così...

– E allora, porca puttana, mi spiega come mai da sette miliardi di dollari dell'anno scorso siamo passati a questo "meno duecento dollari"?

– Commendatore, lei legge i giornali? – chiese il direttore con un filo di voce.

– No, – disse Boutbout – sono un mucchio di merda pacifista. Pieni di retorica imbelle, melense accuse alle guerre e ipocrite foto di bombardamenti e sgozzamenti. Io faccio il venditore, non mi interessa l'opinione pubblica, mi interessa l'opinione dei militari, dei terroristi, delle multinazionali del crimine...

– Ecco il punto – disse il dottor Buoncuore. – Quest'anno... come negli anni precedenti... ci sono state molte, moltissime guerre... alcune straordinariamente cruente e con grande perdita di vite umane...

– E allora? Non è tutto a nostro vantaggio?

– Non più: i clienti abituali hanno smesso di comprare le nostre armi.

Il boss vide l'espressione sconsolata di Buoncuore e capì che la faccenda era seria.

– Ma noi non abbiamo concorrenza, – disse spegnendo il sigaro con rabbia – cosa cazzo è successo?

– Be', vede, commendator Boutbout, una cosa che non avevamo previsto... sono finite... le risorse.

– Si spieghi meglio...

– In questi anni i nostri clienti hanno ucciso, grazie ai nostri prodotti, cinque miliardi e mezzo di persone. Più le mortalità varie, qualche catastrofe naturale, epidemie nei campi profughi, suicidi di veterani e un po' di accoltellati negli stadi... insomma...

– Insomma?

– I nostri clienti non comprano più armi... perché non si possono più fare guerre, né grandi né piccole...

– Il mercato... è in calo?

– Più che in calo, in estinzione... – sospirò il dottor Buoncuore. – La popolazione terrestre è oggi ridotta a seicentododici persone, di cui la metà lavora nella nostra azienda.

– Vuole dire che... siamo rimasti senza materia prima? – disse Boutbout.

– Ahimè sì, – disse Buoncuore con un sospiro – sono finiti gli uomini...

7.

La mummia

*Don't get mad
Get even.*

Aerosmith

Non c'era donna più mite e amabile della professoressa Antonietta, egittologa insigne, tra le più esperte del mondo. Tutto il personale del Museo Darwin era d'accordo. Tutti le volevano bene e si davano da fare per aiutarla. Ugualmente, tutti convenivano che non c'era persona più odiosa, presuntuosa e arrogante del professor Gardenia, nuovo direttore del museo, politicante insigne ed esperto di null'altro che di intrallazzi.

Quella sera Antonietta stava spiegando a una classe delle medie i misteri delle mummie. Erano in una delle cinque sale del suo reparto, la Sala dei Re, la più grande e antica. Alle pareti erano appese lastre di geroglifici, e quattro sarcofaghi facevano da sentinelle ai lati. Decine di reperti antichissimi dormivano nelle teche. La professoressa parlava dietro a un tavolo su cui erano disposti gli ingredienti, da lei ben conosciuti e studiati, necessari alla mummificazione egizia. Il catrame del Mar Morto, la mirra, l'olio di cedro. Come una sacerdotessa, spiegava ai bambini affascinati e un po' impauriti la ricetta per preparare una mummia.

– Prima bisogna eliminare tutta l'acqua possibile – diceva con dolcezza. – Si deve perciò aprire il corpo, liberarlo dalle interiora, il cervello, i tessuti molli e i liquidi, e poi richiuderlo. Quindi il corpo viene lavato con cura, cosparso di sali e lasciato asciugare per quaranta giorni. Come sapete, ragazzi, i sali assorbono l'acqua e infatti spesso si mettono gli alimenti "sotto sale" proprio per conservarli a lungo. Poi...

Una campanella suonò fragorosamente. Una voce all'altoparlante annunciò che il museo stava per chiudere e bisognava sgomberare.

– Ma non sono ancora le sei, – disse Antonietta a Rolando, il custode del reparto – mancano dieci minuti. Avevo chiesto al direttore se potevo restare un poco di più. Non riuscirò neanche a terminare la spiegazione...

Il custode scrollò le spalle e indicò con un'occhiata i piani alti, da cui era partita l'ingiunzione. Antonietta si guardò intorno e gli alunni l'avevano già dimenticata. Chiassosamente, si radunarono attorno alla loro insegnante e ingobbiti dagli zainetti lasciarono la sala.

La professoressa sospirò e rimise a posto i vasi e le bottigliette di oli profumati. Radunò i suoi appunti in una cartella e poi, in modo quasi furtivo, aprì una porticina su cui era scritto *Prossima apertura*. Entrò nella Sala De Valentin. Così era chiamata una saletta quasi buia, dove erano ammucchiati reperti ancora da catalogare, sarcofaghi in restauro, ossami e decine di teschi che la salutarono ghignando. Antonietta si diresse verso un angolo dove c'era una forma coperta da un telo. Lo scostò. Apparve una piccola mummia scura, in una teca di vetro. La professoressa la guardò con interesse quasi amoroso.

– Tu – disse sottovoce – sei davvero un mistero. Un affascinante mistero... se solo riuscissi a decifrare...

Ma il suo colloquio col passato fu interrotto dalla voce rauca dell'altoparlante. Era l'odiosetta Ranetta, segretaria del professor Gardenia.

– La professoressa Antonietta è desiderata urgentemente nell'ufficio del direttore. Ripeto, urgentemente...

Sospirando, l'egittologa lasciò il reparto e facendo risuonare i suoi passi nel vasto corridoio si incamminò su per lo scalone, salutando le scimmie imbalsamate e il pitecantropo di cartapesta, fino a arrivare al piano degli uffici.

Incrociò la Ranetta che usciva di corsa, truccandosi, verso chissà quale peccaminosa serata.

– Svelta, la sta aspettando – le soffiò in faccia.

Piccola ruffiana, pensò Antonietta. Ma subito si pentì del pensiero, perché come abbiamo detto era dolce e incapace di cattiveria. In fondo l'odiosetta Ranetta faceva il suo lavoro.

Riprese fiato, si sistemò i capelli grigio topo e bussò alla porta del direttore. Al suo "avanti!" imperioso, entrò quasi con un inchino.

Il boss era lì, sulla regale poltrona di pelle, i piedi sulla scrivania. Piccolo e tronfio, con la barbetta ben curata e i capelli tinti color birra. Era vestito con una giacca cremisi che lui trovava irresistibile ma che gli dava un'aria da presentatore da circo. Aveva arredato l'ufficio col peggio reperibile nel museo. Un gran fallo di maiolica, quattro lampadari pomposi, una tigre strabica impagliata. Ma soprattutto dietro a lui incombeva, occupando l'intera parete, un enorme quadro fine Ottocento. Era una tela di Jean Merighi, pittore francese esotista-troppista-pompierista, intitolata *La cour d'Aménophis*. Vi era ritratto il faraone letteralmente farcito di oro e gemme, tra cortigiani e danzatrici, in una reggia favolosa quanto improbabile. Il quadro era talmente pieno di errori e anacronismi da risultare ridicolo. Nessun palazzo egizio era mai stato simile a quello, un incrocio tra una Versailles da cinema, l'atelier di una costumista delle Folies

Bergère e un Mtv Award. Le ballerine erano sinuose e paffute, con bikini tigrati e stivali. Il faraone aveva scarpe e trucco da drag queen. Ma a Gardenia piaceva follemente. Era un perfetto ignorante, ma conosceva le mode. E sapeva vendere.

– Professoressa, come è andata la lezione? – chiese con uno sbadiglio a piene fauci.

– Oh, gli alunni erano molto interessati... certo, avevo ancora tante cose da spiegare... mi sarebbe bastata mezz'ora.

– Secondo lei – disse con malgarbo Gardenia – dovrei tenere aperto il museo mezz'ora in più per quindici ragazzetti? Sa cosa costa mezz'ora in straordinari, illuminazione, riscaldamento eccetera?

– Capisco – mormorò mestamente Antonietta.

– Professoressa, parliamoci chiaro – disse Gardenia. – Le visite al suo reparto questo mese sono state circa duemila. È poco, anzi pochissimo. Bisogna fare qualcosa per far entrare più gente. Non siamo qui per pochi esteti, ho un bilancio da far quadrare. Il settore egizio è un lusso, uno spreco...

– Ma è molto... conosciuto... è anche un centro di ricerca, abbiamo dei reperti nuovi... d'altronde il mese scorso ha già licenziato un mio collega e dimezzato il budget...

– Ecco il punto – disse Gardenia seccato. – Ho tagliato i costi, ma non basta. Lei è una brava e stimata scienziata, ma qua non siamo al Nobel, siamo in un grande museo che costa un sacco di soldi, e il mio compito è far tornare i conti. Gli sponsor non sono contenti. Il suo reparto non attrae visitatori, non funziona. La galleria degli animali funziona, il reparto dei gioielli antichi funziona, il nuovo reparto Moda nei Secoli funziona, la vendita dei gadget funziona. Dobbiamo cambiare, dobbiamo modernizzare. Mettere schermi, video, interattività. Questo è ciò che piace adesso. Ha visto che successo il Godzilla col megaschermo?

– Certo, ma non è scienza, è...

– È un dinosauro fotogenico, è stata un'idea vincente. Ce ne vorrebbe qualcuna per il suo vetusto dipartimento...

– Io... posso pensarci... – disse Antonietta.

– Me lo auguro, professoressa. Il suo reparto è sempre uguale da anni, è... la mummia del museo, non si offenda. Se non troviamo un'idea per rilanciarlo, al prossimo consiglio d'amministrazione dovrò chiuderlo. O quantomeno, ridurlo a una o due sale.

– Oh no, – disse Antonietta – cinquanta mummie in due sale, non si può.

– Ah sì? E cosa faranno? Una manifestazione sindacale di cadaveri? – rise Gardenia. – Una o due sale basteranno. Nelle altre tre metteremo dei video. Che ne so? Film sui faraoni. Animazioni, un videogioco Trova la Tomba. Al posto del custode, due belle ragazze vestite da Nefertari... Non mi guardi con la faccia stralunata, le sto salvando il posto di lavoro... ci vuole qualcosa di nuovo.

– Oh, c'è una cosa nuovissima – disse Antonietta con entusiasmo. – L'ultima mummia arrivata...

– Sai che novità – sospirò Gardenia.

– No direttore, mi ascolti. Questa è particolare... enigmatica...

– In che senso? – disse il direttore, con fievole interesse.

– Be', è stata trovata il mese scorso in una tomba anomala a Deir el-Bahari. Si ritiene appartenga alla XVIII dinastia, 1550-1525 a.C. Gli anni del grande faraone Amenofi.

– Quello del mio quadro – disse Gardenia, con un lampo di interesse.

– Esatto. Mi complimento con lei. Be', quando Amenofi morì per cause oscure, gli succedette Tutmosi I. Ma non sappiamo perché, né in che modo. In realtà non conosciamo nulla di quest'uomo, tranne che intorno a lui stavano due donne misteriose, Senseneb e Ahmose. La tomba appena scoperta è collegata alla supposta tomba di Tutmosi, ma è stata... nascosta. Solo con gli ultrasuoni sono riusciti a scoprirla. È ben venti metri sotto la prima tomba, si raggiunge attraverso un cunicolo strettissimo ed è... un enigma...

– In che senso? Tipo arca perduta?

– Più o meno. Le pareti sono piene di immagini di Anubi, il dio dei Morti. Ci sono poche suppellettili. Il bendaggio è diverso da quello di una mummia normale. Ha le braccia legate sul petto da una specie di gioiello-manetta, e tra le mani tiene una tavoletta incisa. Le scritte per ora sono molto difficili da decifrare, ma sicuramente si tratta di una maledizione. La mummia è definita "colei che sa fare del male" e "la nera maga". Però il sarcofago è ricchissimo, come quello delle regine.

– Be', perché le hanno fatto una tomba così ricca, se era una specie di strega? E perché hanno fatto di tutto per nasconderla?

Antonietta capì che Gardenia si stava incuriosendo.

– La mia ipotesi è che il faraone si sia liberato di lei, ma non abbia avuto il coraggio di negarle una sepoltura regale. Forse perché l'amava... o la temeva...

Gardenia giocherellò col fallo di ceramica. Chissà quali idee ultramoderne gli frullavano per la testa. Ma sembrava interessato.

– Uhm, – disse infine – cerchi di decifrare il più possibile. Forse potremmo trovare una storia avvincente. Amore, morte, vendetta. Non le solite scempiaggini storiche e le sfilze di dinastie...

– Oh sì, mi dia questa possibilità – disse Antonietta.

– Va bene, domani sera verrò a vedere la mummia, – disse Gardenia – ma non le prometto niente. Ripeto che per me il suo reparto deve essere ridimensionato, o cancellato. Qui comando io.

– Come un vero faraone – disse Antonietta.

– Proprio così – disse Gardenia soddisfatto.

Tutto il giorno dopo Antonietta lavorò al suo computer, nel piccolo ufficio attiguo alla Sala dei Re. Cercava di decifrare, ingranditi sullo schermo, i geroglifici della tavoletta. Non aveva mai visto niente di simile. Un primo strato di segni, tracciati con precisione, era comprensibile. Ma poi era stata sovrapposta una seconda serie di segni, incisi rozzamente. Qualcuno aveva scritto sul già scritto. Forse la stessa mano, o mani diverse? E perché si era deciso di rendere tutto così difficile da interpretare?

Entrò nella Sala De Valentin e si sedette vicino alla mummia, come al capezzale di un malato. Stava per aprire la teca quando all'improvviso ebbe un capogiro, quasi uno svenimento, e sentì come se un fiume in piena la invadesse. Un fiume di immagini, di rumori, di odori acri e penetranti. Si sentì mancare. Pensò che era stata troppo tempo concentrata davanti al computer. E le sembrò anche di sentire una voce, un lamento lontano di donna. Si riprese, respirò con calma e aprì la teca. Sfiorò la mummia con una mano. Di nuovo la testa le girò, il fiume la invase e sentì distintamente un grido, un urlo di sconfinato terrore. Ebbe paura, chiamò il custode.

– Rolando, c'è qualcuno in giro?

– No professoressa, – disse il custode – qualcosa non va? La vedo pallida.

– Credo sia solo stanchezza – disse Antonietta, prendendosi la testa tra le mani.

– Sta lavorando troppo. Tra poco vedrà il direttore? Crede che chiuderanno il reparto? Dovrò cercarmi un altro lavoro?

– Non saprei Rolando, non disperiamo. Dipende da stasera. Sa se oggi viene il dottor Gomma?

– Non lo so... non ha orari quello.

Il dottor Gomma aveva ventisei anni, occhiali fosforescenti, capelli fucsia, ed era l'esperto di computer. Un nerd geniale che le dava una mano nel decifrare le iscrizioni. Gomma era sicuro che gli egiziani fossero marziani. Avevano già inventato il computer, ma avevano rinunciato a usarlo per non farsi scoprire dai terrestri. I geroglifici erano i resti di un linguaggio iconico-informatico, e le piramidi erano state costruite col teletrasporto o con gru azionate da astronavi. Come dubitarne?

Erano le otto, due ore dopo la chiusura, e Antonietta era rimasta sola al pianterreno. Il museo era pieno di echi e fruscii, parecchi topi abitavano i corridoi e le biblioteche.

Di nuovo guardò la mummia, e le mani legate sul petto.

– Cara amica, ho poco tempo per inventarmi una storia interessante e orrifica per il dottor Gardenia. Aiutami tu.

L'aveva appena pensato che un nuovo mancamento, più forte dei precedenti, la stordì. Forse svenne, forse si addormentò. Quando si svegliò sentì uno strano profumo di mirra e bitume. Si mise al computer come in trance, e scrisse. Lavorava frenetica e neanche si accorse che alle sue spalle era arrivato Gardenia, insieme a un tipo allampanato, con gli occhiali neri e i capelli lunghi da rocker.

– Ecco la professoressa che fa gli straordinari, come sempre! – esclamò il direttore. – Be', vediamo cosa ha trovato per convincerci. Le presento il dottor Casaletto, della Virtual, la ditta di animazioni che si occupa dei nostri filmati e della robotica. Ed è anche... un nostro grande sponsor.

– Piacere – disse Casaletto, porgendole una mano inanellata.

– Allora, ci fornisca una bella sceneggiatura – disse Gardenia. – Questa è la sua mummia? Sembra come le altre.

– Non lo è, – disse Antonietta – e la sua storia potrebbe essere questa. Torniamo a Amenofi... il suo collega faraone...

Gardenia sorrise compiaciuto.

– Be', quattromila anni fa il grande Amenofi muore, Tutmosi I sbuca dal nulla e diventa re. Come e perché? Una delle tante ipotesi è che Amenofi sia stato avvelenato. Tutmosi era medico e stregone, e sua madre Senseneb era esperta di erbe. In tutto questo, il ruolo più misterioso è quello della regina Ahmose. Non era una principessa, al contrario di quello che si è pensato fino a qualche anno fa. I suoi unici titoli sono "Moglie del Re" e "Sorella del Re". Che potrebbe voler dire amante o chissà cosa.

– È lei la nostra mummietta?

– Sono sicura di sì. Ma i misteri sono tanti. I geroglifici della sua tomba sono invocazioni a Anubi il dio dei Morti e in uno di essi si legge la frase "a te viene lentamente portata la strega". Ma credo che le scritte più importanti siano quelle incise sulla tavoletta tra le mani ammanettate. Ho decifrato alcune parti:

e io scelsi la maga più oscura... nelle vostre mani il sangue di Amenofi... maledetta tu sia, per quanto ti ho desiderato... che tu muoia amata come una regina e maledetta come la peggiore delle donne... nascosta qui, inferiore perché nessuno...

– Abbiamo bisogno di tutto il testo! – disse Gardenia. – Cosa facciamo, un audio a singhiozzo?

– Se mi lascia tempo, posso decifrare il resto.

– Be', però sembra una vera storia di amore morte e vendetta, – disse Gardenia – un vero drammone. Che ne pensa, Casaletto?

Il rocker annuì.

– Proviamo a immaginare la storia – proseguì Antonietta con foga. – Probabilmente Ahmose insieme a Senseneb aiutò Tutmosi a liberarsi di Amenofi e a divenire faraone, ma subito dopo congiurò contro di lui. O forse voleva confessare il delitto... E Tutmosi la uccise, pur amandola ancora. Le diede una sepoltura regale, ma non insieme a lui, sotto la sua tomba, dentro le profondità "inferiori" della terra. E sulla tavoletta ci sono altri segni che non riesco a decifrare, sono come... deformati rispetto ai geroglifici normali... solo uno è chiaro e dice: *Vendetta*.

– Direi che non è male – disse Casaletto, che stava prendendo appunti.

– Quindi le interessa? – disse Antonietta.

– Venga nel mio ufficio – disse Gardenia, con piglio deciso.

Era ormai notte, salirono lo scalone in silenzio. Il direttore la fece accomodare e le offrì persino da bere. Parlava all'orecchio di Casaletto e rideva. Antonietta era nervosa.

– La sua è una bella storia, – disse infine Gardenia – secondo me ce l'ha anche un po' astutamente romanzata. Ma raccontata a voce non funzionerebbe. Vero, Casaletto?

– No, – disse Casaletto – però potrebbe essere la base per un ottimo video. Cartoni animati, o usando una bella attrice, tutto in digitale. I livelli delle tombe mi ricordano i videogiochi. Si potrebbe intitolare: *La maledizione di Amosia*.

– Ahmose.

– Quello che è... Insomma, potrebbe essere uno dei video del nuovo reparto.

– Non capisco.

– Professoressa. Tutto sta per cambiare. Non è curiosa?

– Curiosa di cosa?

– Abbiamo un grande progetto – disse Gardenia. – Dopodomani parto per New York, starò via una settimana a studiare i musei di ultima generazione. Tornerò e tra due settimane presenteremo il nuovo piano Darwin Two, il museo verrà completamente ristrutturato. Abbiamo trovato nuovi sponsor. Tre quarti del museo saranno spostati su supporti digitali. Schermi e video interrativi. Il suo reparto si chiamerà Storie dell'Antico Egitto.

– Ma... i materiali, i reperti?

– Verranno filmati, i visitatori li vedranno ancora. La maggior parte naturalmente la venderemo. I tedeschi e i cinesi hanno fatto ottime offerte. Le sue mummie faranno un bel viaggetto.

– E io? – disse Antonietta, trattenendo a stento una lacrima.

– Lei resterà come consulente per le sceneggiature, – disse Gardenia con un sorriso perfido – cioè ci aiuterà a realizzare tante bellissime storie come quella che ha appena raccontato...

– E il resto del museo?

– Verrà quasi tutto digitalizzato – disse Casaletto con improvviso tono da padrone. – Ovviamente ci sarà grande risparmio di spazio e metà, l'ala nord, verrà venduta a privati... forse un albergo, forse una casa di moda. Questo rilancerà il Darwin e...

– Non è una buona idea – lo interruppe a sorpresa Antonietta. – Una cosa è vedere una mummia dal vero e una cosa assistere a una storia improbabile sullo schermo. Una cosa è sentire gli odori dell'imbalsamazione, vedere le tecniche antiche, e altra cosa è farci un video...

– Buona idea, – disse Casaletto – un video sull'imbalsamazione... un po' pulp, molti dettagli.

La professoressa Antonietta non riuscì a trattenere la rabbia.

– Insomma avete deciso... è tutto finito.

– Tutto ricomincia – disse Gardenia. – Il museo si modernizza, il bilancio è salvo, gli sponsor restano. E lei potrà lavorare da casa... tanto tra due anni sarebbe andata in pensione, no?

– E chi si occuperà del trasloco? Chi avrà cura di queste cose preziose?

– Non si preoccupi. Arriveranno gli esperti tedeschi o cinesi... penseranno a tutto loro.

– Mi preoccupo! – urlò di colpo Antonietta, quasi stupita dal suo stesso impeto. – Sono secoli di storia, sono oggetti, corpi e segreti che hanno attraversato le epoche... cancellare tutto questo grida vendetta!

– Professoressa, – disse Gardenia – si calmi! Non l'ho mai vista così.

Era vero. Sembrava un'altra persona, si era alzata in piedi scarmigliata e ansimava.

– Lei – disse facendo un passo in avanti – è... un assassino...

Gardenia restò senza fiato. Poi parlò gelido.

– Farò finta di non aver sentito, professoressa. Domani per favore porti via tutte le sue carte e il computer e vuoti l'ufficio. A sera verrò a salutarla e mi consegnerà le chiavi del reparto. E mi darà qualcosa di scritto sulla storia della mummia, se vuole. Adesso se ne vada, io e Casaletto dobbiamo parlare di budget.

– La saluto, faraone – disse Antonietta sbattendo la porta.

Antonietta non dormì. Era dispiaciuta di aver perso il controllo. Era come se qualcuno avesse parlato attraverso di lei. Tutta la notte sognò di soffocare, si svegliava col fiato mozzo e l'alba la trovò inquieta e spossata. La mattina arrivò tardi al museo e cominciò a radunare le sue cose in uno scatolone, sotto l'occhio triste di Rolando. Poi cercò di lavorare ancora un po'. Era l'ultima volta, pensò, che vedeva quelle stanze in cui aveva lavorato per quarant'anni. Un'eternità.

– Quarant'anni mi sembrano lunghi... – disse guardando la mummia. – Ma che dire di te, sorella, che mantieni il tuo mistero da quattromila anni?

Si sentiva triste, e ancora piena di rabbia. Quando si avvicinava alla mummia di Ahmose provava una specie di scossa elettrica, un morso nell'anima. Era come se udisse una voce troppo lontana per capire le parole. Doveva fare qualcosa ma non sapeva cosa. Non aveva ancora deciso se consegnare a Gardenia la "sceneggiatura". Forse era meglio che il mistero di Ahmose rimanesse inviolato. Ma sì, gli scriverò due pagine, pensò infine... Da sempre ci sono stati faraoni e sudditi, re e amanti, delitti e ingiustizie. Adesso come quattromila anni fa. Che senso aveva pensare a quell'unica parola – *Vendetta* – che aveva decifrato dai geroglifici del secondo strato?

Già, i geroglifici misteriosi. Stava per mettere via nello scatolone i fogli stampati del computer. Ci posò sopra gli occhiali e attraverso le lenti vide i segni ingranditi e deformati. Avevano un nuovo aspetto. Subito il suo sguardo corse alla mummia, come se questa la chiamasse, chiedesse attenzione... Guardò le mani ammanettate. Chiuse gli occhi, vide.

E capì, in un attimo.

Chiamò subito al telefono il giovane Gomma. Sapeva che era nel suo ufficio, sentiva i bassi del suo gruppo rock preferito rimbombare nel corridoio. Il genio dei computer si presentò, coi capelli fucsia sconvolti e una sigaretta in bocca.

– Licenziano anche me, – disse – vogliono cambiare tutto, i bastardi. Rovineranno il nostro museo per farci una sala videogame. Preistoria! E pensano di essere moderni! Cosa possiamo fare?

– Non tutto è perduto. Aiutami, ho scoperto qualcosa.

– Sono qua, baby – disse Gomma.

– Non siamo mai riusciti a decifrare il secondo strato dei geroglifici. Sono... eccentrici, per così dire. Ma mi è venuta un'idea. Immagina che tu debba scrivere sdraiato sulla schiena, a pancia in su. Non puoi alzarti e non puoi muovere la testa. E non puoi muovere bene le mani, e neanche tenere alto il foglio. Come scriveresti allora?

– Sdraiato senza alzare la testa e con le mani impedite? Be', non sarebbe facile. Dovrei scrivere senza vedere quello che scrivo. Tenere il foglio sulla pancia e immaginare quello che scrivo.

– Esatto... senza riuscire a vedere... come diventerebbe allora la tua scrittura?

– Be', sicuramente modificata... diciamo che probabilmente ne verrebbe fuori una deformazione dei segni, una prospettiva allungata... più o meno un'anamorfosi.

– Esatto... allora prendi i geroglifici misteriosi. Sei in grado di interpretarli come se fossero soggetti a una leggera anamorfosi?

– Sì, forse ho un programma grafico per farlo.

– E quanto ti ci vuole?

– Un tempo egizio. Dieci minuti.

Gomma lavorò febbrilmente. I segni misteriosi mutarono, la loro forma si rivelò.

– Per Tutankhamon, – disse Gomma – ora sono diversi. Sono assolutamente, chiaramente...

– Interpretabili – disse Antonietta. – Grazie.

– Vuoi che resti?

– No. Ora tocca a me – disse Antonietta.

Passò meno di un'ora. Antonietta telefonò a Gardenia.

– Direttore, venga giù nel reparto – disse. – C'è qualcosa di nuovo, che rende la storia straordinaria e affascinante per i suoi progetti... si fidi.

– Non è un trucco per perdere tempo? – rispose Gardenia.

– Venga. C'è una sorpresa.

Erano trascorsi cinque giorni. Antonietta era regolarmente al suo posto di lavoro, nella Sala De Valentin. La mummia di Ahmose era al centro della stanza, e la teca era aperta. Su un tavolo erano disposte boccette e anfore da cui provenivano odori intensi. Una montagna di sale brillava in un vaso di vetro. Antonietta stava apprestandosi a qualche particolare intervento su un reperto. Spalmò una benda di mirra odorosa, e riempì di liquido una siringa.

– Mi ci è voluto un po' di tempo, direttore, – disse allegra – ma alla fine ci sono riuscita. Il secondo strato di geroglifici era stato scritto in una situazione difficile da immaginare. Questo me li faceva sembrare illeggibili. Ma una volta risolto il mistero, li ho decifrati. La scritta dice:

La mia accusa è ingiusta. Non ho commesso alcun delitto. La mia vendetta attraverserà i secoli. Madfuna hajia.

Non mi chiede cosa vuol dire *madfuna hajia*? Stia attento, sto per svelarle la soluzione: i segni sulla tavoletta sono di mani diverse. I primi sono stati incisi per ordine del faraone e contengono i motivi per cui Ahmose venne uccisa, e la sua ira di amante tradito.

Gli altri segni... be', lei non ci crederà, ma sono stati scritti da Ahmose. Con un anello d'oro appuntito che le ho trovato al dito, quando ho aperto le bende. L'anello forò il tessuto e lei li incise, con grande sforzo e senza poterli vedere. Li graffiò con le mani incatenate, sdraiata, avvolta nelle fasce. Capisce adesso? *Madfuna hajia* significa: sepolta viva.

Sì, la crudeltà del faraone fu tale che Ahmose fu avvolta nelle bende e fatta morire lentamente in quella tomba. Infatti la mummia presenta i segni di una doppia fasciatura. La prima, molto stretta, che porta traccia di residui organici e liquidi, fu fatta quando lei era ancora viva. Il secondo bendaggio fu fatto dopo la morte, quando il mummificatore terminò l'opera. Non si accorse, o non volle accorgersi, che Ahmose aveva raccontato la sua fine nella tavoletta. Una storia davvero crudele e spaventosa, direttore. Sarebbe straordinario metterla nei suoi nuovi video. A proposito, come mai tutti la cercano e ogni decisione sembra sospesa? Dicono che lei sia scappato con la cassa a New York. Ma non è vero, io so cos'è accaduto veramente. Io e Ahmose lo sappiamo.

Ahmose in questo momento è a casa mia, l'ho spedita insieme alle altre casse quando ho sgomberato l'ufficio. Avrò tutto il tempo per studiarla. Perché vede, non ho la minima intenzione di contestare le sue decisioni, non voglio restare ancora al Darwin. Ma devo finire un lavoro. Il mio lavoro è lei. Mi scusi se per prepararla meglio le ho offerto quel tè con laudano e artemisia. Probabilmente anche gli egiziani usavano queste erbe per stordire le vittime. Forse anche Ahmose fu drogata così, quando la calarono viva nella tomba.

Ma ora abbiamo mezzi moderni. Adesso le farò un'iniezione che la calmerà. È la sola deroga al protocollo egizio.

Il resto sarà tutto proprio come è accaduto quattromila anni fa, si fidi della mia esperienza di studiosa. Mi dispiace se lei ci metterà un po' a morire, ma la vendetta è una cosa seria, e Ahmose vuole così. Quindi ora chiuderò la teca di vetro e aspetterò con pazienza, solo io ho le chiavi di questa sala. E quando mi accorgerò che lei è... tranquillo, eternamente tranquillo, le farò una mummificazione degna... di un faraone. È contento direttore? Non risponde? Ma già, anche se riuscisse a parlare o gridare, bendato com'è, chi la potrebbe sentire? Ma a respirare ci riesce, vero? Sono stata brava a fasciarla?

Dalla mummia venne un gemito e una mano si contrasse.

– Tornerò domani. *Madfuna hajia*, direttore – disse Antonietta. – Buonanotte.

Spense la luce, chiuse la porta, e i suoi passi risuonarono sul pavimento del museo deserto, insieme a un grido strozzato.

8.

Candy

Lei è così nuda, è unica.
È la somma di te e dei tuoi sogni.
Montala come un monumento, gradino per gradino.
Lei è solida.

ANNE SEXTON

Molto diversi i due uomini, seduti nel grande terrazzo dell'albergo, davanti alla baia ingorgata da yacht e velieri. Un arcipelago di legno e vele, neanche lo spazio per nuotare. Le alberature e le antenne dondolavano pigramente, si udivano musiche diverse e sui ponti oziavano padroni ed equipaggi. Era un mare di lusso, l'albergo era di lusso, ed erano di lusso anche i long drink in mano ai due, calici in technicolor da cui sbucava l'albero maestro della cannuccia.

Il primo personaggio era vestito di tutto punto, anche se era un pomeriggio afoso. Giacca celeste, pantaloni bianchi e mocassini di pelle sottilissima, praticamente due pantofoline. Era un esemplare di cinquantenne abbronzatissimo, con zigomi lustri di lifting. Il sorriso era una smagliante paresi. Non sudava, i capelli catramati non prendevano vento, l'orologio d'oro sfavillava al sole.

Gli sedeva al fianco un suo coetaneo senza attrattiva alcuna. Grassottello, coi capelli radi e grigi e rughe impietose sul volto. Indossava una camicia verdognola con spalline militari, chiazzata di sudore, pantaloni marron quasi invernali e sandali ortopedici. Non era ovviamente abbronzato, ma paonazzo. E il long drink, nelle sue mani, non possedeva la pittorica bellezza dell'altro, ma sembrava un desolato tentativo di agghindare una gazzosa. Per di più, mangiava patatine e olive con l'avida goffaggine di un bambino.

– Quando ti deciderai a prenderti una vera vacanza, Walter? – disse l'abbronzato. – È metà agosto e sei bianco come un verme.

– Ai computer non interessa il mio look, Marcello – rispose Walter.

– Sei un programmatore brillante, ma sei rimasto il povero sfigato che eri a scuola – disse Marcello. – Ho cercato di spronarti a essere un uomo di successo, ma ormai hai cinquant'anni e non c'è più niente da fare.

– Be', certo io non sono te – disse Walter succhiando un sorso di beverone. – Ma come vedi, eccoci insieme allo stesso congresso.

– Sì, – disse Marcello – ma io sono il più grande venditore di applicazioni per telefonini del paese, tu sei un piccolo programmatore. Io parlerò di World Market nella sala grande. Tu ammorberai pochi intimi con i tuoi algoritmi, in una saletta decentrata.

– Senza il mio lavoro, niente internet, applicazioni o telefonini – disse con fioca fierezza Walter.

– Questo è vero – disse Marcello, improvvisamente eccitato. – Be', visto che ci siamo rincontrati, festeggiamo! Che ne dici se ti... insegno... a divertirti un po'?

– A divertirmi? E come?

– Vedi quelle due ragazze che si sono appena sedute là in fondo? La mora con la tutina attillata, e la bionda con la schiena nuda e la mini di pelle? Ti piacciono?

– Be', sì... sono... alte.

– Dimentica che sei sposato, un po' di entusiasmo, Walter! Be', se vuoi le invito al nostro tavolo.

– Le conosci?

Marcello rise e gli diede una gran pacca sulla coscia, gesto che infastidiva Walter fin dai tempi del liceo.

– Walter, sveglia! Non importa conoscerle. Sono Candies, caramelle? Capisci?

– Vuol dire che?

– Certo, sono sintetiche, sono due modelli Pixar-Kiteh di penultima generazione, perfette nei movimenti, solo un po' lente. E guarda la pelle, l'incarnato, lo sguardo. Hanno cinquanta piccoli motori interni, sono di gel siliconato e bioderma, contengono più circuiti e dati del tuo computer.

– Be', sì, sono perfette, ne ho vista qualcuna alla fiera del Virtuale, è sempre più difficile distinguerle dalle donne vere.

– Non per un occhio esperto come il mio – disse Marcello. – Vedi, riconosco subito il modo che hanno di studiare la situazione e cercare un cliente. Coi loro occhioni bluetooth hanno già puntato i due target su questo terrazzo, quelli che hanno l'app pronta per loro. Io e quello sceicco da una tonnellata, mezzo addormentato sul dondolo. Ma quello è già in compagnia di due troie.

– E qual è la differenza fra... troia e Candy?

– Interessante discussione filosofica, Walter. Potrei dirti che ci mettono meno a truccarsi, che non ti spiegano perché fanno quel mestiere, e che la differenza non è prima né durante, ma dopo. Bisogna provarlo. E io l'ho già provato molte volte, quasi cento per l'esattezza.

– Perciò?

– Perciò, ora ti faccio vedere.

Marcello carezzò il telefonino, le ragazze sorrisero.

– Vedi, si sono collegate subito, stanno controllando la mia carta di credito e i miei ultimi contatti con Candystore, la loro ditta. Poi manderanno un messaggio, o verranno qui a dirci se sono libere stasera.

– Ma io non voglio... non credo che mi piacerebbe.

– Uffa, sei proprio una lagna. Prova una volta, almeno. Potrai studiare i loro algoritmi... sono più sexy di un iPad, non trovi?

– Ma... se ne stanno andando...

– Già, è strano. Anzi, non è strano. Lo sceicco ha rilanciato, quel bastardo, lo vedi col telefonino in mano? Secondo me ha proposto una tariffa tripla speciale, e le ha invitate a una festa. Infatti vanno da lui.

– Ti hanno fregato.

– Una donna vera ti frega, una Candy semplicemente sceglie la soluzione commerciale migliore. Pensi che ti abbiano trovato sudaticcio e sgradevole? Ti senti respinto?

– No, ma... insomma, allora è tutta questione di soldi.

– Sei ridicolo, Walter. Pensavi che ci fossero in ballo i sentimenti?

– No, però... qualcosa di simile all'orgoglio, al corteggiamento.

Un'altra pacca sulla coscia risuonò sul terrazzo dell'hotel.

– Anche io ho i soldi. Potrei rilanciare. Ma non lo faccio. Ci sono Candies molto più belle. Tra un po' ne conoscerai una.

– Sei ancora ricco, Marcello? – chiese Walter con voce incerta.

– Perché me lo chiedi?

– Be', le voci girano... hai fatto bancarotta tre volte, sei fallito poi hai ripreso l'attività... hai fregato un sacco di investitori, hai avuto due condanne per evasione fiscale, e adesso ti ritrovi a capo di un'azienda informatica... Come fai?

– Ho scoperto da tempo il segreto, – disse Marcello, strizzando l'occhio – basta fallire al momento giusto. Farsi dare i soldi, nasconderne un po' da qualche parte. Poi dire, ragazzi non ne ho più. Se volete vi ridò il venti per cento. E ricominciare. E spendere, spendere, fregarli con l'apparenza. Fai debiti grossi, Walter, buchi di milioni. Non andrai mai in galera per quelli, perché ti tireresti dietro altra gente. In galera ci vanno i pezzenti. Io ho fatto fallire una squadra di calcio, un'agenzia di spettacolo, una società immobiliare, ho messo in crisi almeno tre banche. Eppure, con qualche piccolo ricatto e qualche assessore amico, sono più che mai sulla cresta dell'onda. Ti farò una confidenza. Come liquidità, sono quasi a secco da mesi. Ma ho la Ferrari in leasing, tre case intestate a una zia pensionata, un guardaroba da Hollywood, questo albergo mi ospita gratis perché porto gente al loro casinò, e domani sera avrò venduto tutte le nuove app e intascherò i soldi. Poi se le app non funzionano, pazienza, fallirò e ricomincerò...

– Ho capito. Matematicamente, si potrebbe definire una teoria della sottrazione di Davids.

– Cosa?

– Niente, niente... ma insomma non sei cambiato da quando a scuola vendevi l'hascisc e le copie dei miei compiti di matematica.

– Sono quello che tu non sei riuscito a essere, – disse Marcello – e in fondo mi ammiri.

– Un poco sì, – convenne Walter con una smorfia – spesso ammiro quello che non capisco. Ma non vorrei mai essere come te.

– Non ti piacerebbe avere una Candy alla settimana, diversa, sexy, sorprendente?

Walter sospirò.

– Ho una moglie noiosa, sfiorita in fretta, ma mi sta vicina, mi sostiene.

– E il sesso?

– Be', dopo trent'anni, lasciamo perdere. Era diverso all'inizio, quando volevo conquistarla. È bello il corteggiamento, il desiderio, l'attesa...

Marcello diede una manata sul tavolo scompigliando le olive.

– Ma dai! Roba di secoli fa. Una perdita di tempo col rischio di un rifiuto, un investimento senza profitto. Con le Candies vai sicuro. Niente rinvii, tattiche, strategie, isterie, cene coi suoceri, mal di testa improvvisi e tu-non-mi-ami-più. Basta con le donne cosiddette vere, un contatto telefoni-co e via. E sono una meglio dell'altra, ogni modello è specia-le, e a letto... ti assicuro, hanno un sacco di pornobyte.

– Ne hai avute molte?

– Da cinque anni ormai solo loro – disse Marcello, allun-gandosi sulla sedia e guardando il mare. – E mi hanno reso sinteticamente felice... o quasi.

– E... insomma... ti sei mai... innamorato?

La risata di Marcello fu fragorosa e seguita da un tale raptus di ilarità da rovesciare il tavolo, il long drink, le pata-tine e ogni delizia annessa.

– Walter, tu sei davvero scemo... innamorarsi di una bam-bola... sei patetico.

– Chiedevo – disse Walter quasi umiliato. – Sono belle, hanno il settanta per cento delle espressioni umane... so che sono programmate per lunghe conversazioni... se uno avesse un po' di fantasia potrebbe, per una notte, credere che... in-somma, che abbiano un sentimento. Non un sentimento umano, ma qualcosa che può emozionarti.

– Nessun sentimento, – disse Marcello – piacere e basta. Ogni tipo di piacere, sono pronte a tutto. Cento volte più di una banale prostituta in carne e ossa.

– A tutto?

– Ti spiego. Quando ti accettano come socio del Candy-store, devi firmare un lungo contratto. Anzitutto, ovviamen-te, vogliono la tua carta di credito. Poi, appena sei nell'albo dei clienti puoi scegliere il tipo di contatto, possono anche farsi vive loro a sorpresa. Ogni volta si definiscono durata e limiti della prestazione. Le scegli con un piccolo video sul cellulare... vedi ad esempio questa, Eva 45? Ha tre cuori gial-li, *very sweet*, questa ne ha tre rossi, *very hot*... questa è *shy comedy*, fa finta di essere timida poi si scatena... Poi ci sono i costumi, l'attrezzeria e ovviamente il menu sesso. Seicento-dodici voci, da *anal* a *fisting*, a *strap-on vegetables*, a...

– Basta, basta, – disse Walter – conosco bene questi elenchi. Ho lavorato in una ditta di antivirus contro i siti per pedofili. So di cosa parli.

– Allora sai che i programmatori del Candystore sono i migliori... possono basarsi su una tua sceneggiatura, puoi combinare trecento strutture di storie. Ovviamente c'è sempre il momento in cui non trovi la Candy che vorresti o ti manca qualcosa, ma ti assicuro che sono soldi ben spesi.

– Cosa vuol dire che... ti manca qualcosa?

– Be', – disse Marcello abbassando la voce – posso confidarmi con te? C'è il rischio che dopo un po' gli incontri con le Candies si assomiglino. In realtà ci sono anche troppe regole. Il Codice di Lealtà Virtuale, il CLV, è una vera palla. Mancano cose... forti... come minorenni, sottomissione, sangue, violenza... capisci?, cose non programmate, istinto puro e brutale.

– Ma ho letto che c'è anche un settore per questo...

– Sì, le Snuff Candies, ma sono di qualità pessima, fatte in Thailandia o in Russia. Sono bambolotte che puoi massacrare senza una vera reazione, e se ti becca la polizia son grane. No, quello è un mercato per piccoli depravati. Ma profanare e andare al di là delle regole con una Candy di classe... quello è speciale.

– E si può?

– Non si può. Ma succede – sogghignò Marcello.

– In che senso? – chiese Walter, un po' spaventato dal sorriso cattivo dell'altro.

Marcello si mise gli occhiali da sole azzurrati. I suoi occhi sembravano quelli di uno squalo.

– Be', due o tre volte mi sono davvero divertito. Una l'ho picchiata fino a romperla, c'erano pezzi in tutta la camera. Hanno arti straordinariamente complessi. La seconda l'ho impalata con un grosso bastone di ferro. Mentre lo facevo ripeteva "procedura sconosciuta, ti prego di interrompere". Ma con la terza è stato straordinario. Nastassia 5S, bionda, occhi azzurri, una fata meravigliosa! La prima volta mi è piaciuta tanto che la seconda mi sono voluto cavare tutte le voglie. L'ho legata e ho cominciato a torturarla e lei ripeteva con voce dolce "non capisco, c'è qualcosa che non ho fatto bene?". Poi ha iniziato a fare uno strano rumore, una specie di gemito. E piano piano l'ho stretta alla gola. È stata l'unica che sembrava soffrire davvero. Si dibatteva e diceva "non premere lì, ho dei sensori delicati", e gli occhi le brillavano come gemme. Ha tentato di dibattersi, l'ho tenuta ferma. L'ho soffocata, se il termine è adatto. È rimasta bianca, inerte, le vibrava solo una mano. Mi è piaciuto moltissimo.

– Ma... dici che sono bambole e poi ti accanisci così... sei proprio strano. E cosa hai detto al Candystore?

– Ho detto la verità, l'avrebbero scoperta comunque. In fondo è come avere un incidente con una macchina a nolo. Mi hanno inviato dei messaggi interminabili. Le prime due volte mi è arrivata una multa per comportamento non corretto, danneggiamento, inadempienza contrattuale eccetera. Ho pagato e mi hanno reinserito nell'albo clienti. Per Nastassia ancora non ho ricevuto niente. Mi faranno la solita ramanzina, mi solleciteranno a pagare i danni... poi tutto come prima.

– Ma non capisco... è come se avessero previsto anche questo.

– Proprio così. Forse sanno che i loro clienti sono dei veri bastardi. Ma non pensiamo al passato, godiamoci il presente. Sta arrivando Ker 88. È una Candy di sesta generazione, la più perfetta che c'è sul mercato. Costa il doppio ma ne vale la pena.

Anche Walter restò senza fiato. Sul terrazzo era apparsa una donna bellissima, con capelli lunghi e ondulati, un vestito nero scollatissimo, grande cappello, borsetta di raso e collana di corallo. Sembrava una diva anni cinquanta, una Lauren Bacall. Sorrise e si sedette vicino ai due, accese una sigaretta. Walter restò incantato dal realismo con cui aspirava e soffiava il fumo.

– Ciao Ker 88, – disse Marcello – sei meglio che nel video.

– Anche tu non sei male – disse Ker con voce bassa e sensuale. – Lui è un tuo amico?

– Sì, Walter Godin. Un programmatore di computer. Non è mai stato con una Candy.

– Prima o poi dovrà provare, signor Walter – disse Ker. – Col mestiere che fa, lei dovrebbe conoscerci bene... un po' come uno psichiatra, no?

Walter restò strabiliato. Era programmata anche per qualcosa che sembrava ironia.

– Bene, – disse Marcello – ho scelto il programma 106, che prevede che io e te adesso andiamo sul mio yacht, delizia, e poi c'è un tuo strip e poi...

Ker spense la sigaretta e parlò con voce neutra. Si rivolse a Marcello dandogli del lei.

– Il suo programma, egregio cliente, è stato invalidato. Sono qui per comunicarle che lei non fa più parte dell'albo Candystore. Ci deve ancora pagare sei prestazioni. In più, c'è il danneggiamento dell'unità Nastassia 5S e le sanzioni per la violazione del CLV, Codice di Lealtà Virtuale... la multa sarebbe di trecentomila euro.

Marcello sembrò furibondo e la prese per un braccio. Lei si liberò con forza inaspettata.

– Senti, bella. Non capisco questo tuo comportamento. Sei qui per un incontro o no?

– Sì, ma ho una programmazione precisa. Lei deve pagare.

– Pagherò, nel contratto c'è scritto che ho mezzo milione

di credito, prima di interrompere il rapporto. Posso fare un versamento dalle Bahamas entro poche ore.

– No. Legga bene il contratto. Il tempo per il pagamento è scaduto e lei è stato cancellato dall'albo con procedura 34 A. Ma non è questa la cosa più grave. Per il suo comportamento con l'unità Nastassia 5S, le viene imposto il provvedimento Nex.

– Ma... è un provvedimento che conosco bene, – disse Walter stupito – ci ho lavorato, ma si applica solo in caso di crimini di guerra.

– No, la Candystore ha comprato dall'esercito l'intero pacchetto dati e quindi ora ha il diritto di applicarlo nei confronti dei clienti.

– Va bene, – disse Marcello con aria di sfida – e allora cosa fate? Mi sbattete fuori, sono espulso? Be', chi se ne frega, ci sono altri due grandi siti che trattano Candies, uno arabo e uno russo, andrò da loro, non siete i soli sul mercato.

– Temo che non potrà – disse Ker alzandosi in piedi. Sembrava altissima, e teneva la mano nella borsetta.

– Voglio proprio vedere come lo impedirete – ghignò Marcello.

– Abbiamo un accordo con la Harem Arabia, e abbiamo appena comprato tutte le Candies russe. Controlliamo il mercato.

– Ci sono sempre i siti illegali, – disse Marcello – e adesso vattene o ti prendo a schiaffi, troia di silicone...

– Credo che lei non abbia capito la gravità della situazione – sospirò Ker. – Signor Godin, leggo nei miei dati che lei conosce la procedura Nex. Vuole spiegarla al suo amico?

– Preferirei di no – disse Walter.

– Registro il suo rifiuto. Be', la procedura Nex prevede, oltre alla cancellazione dall'albo dei clienti, anche l'eliminazione fisica dell'inadempiente. Non possiamo permettere che gente come lei, Marcello, distrugga prezioso materiale della nostra ditta, per di più un modello unico. E inoltre il suo esempio potrebbe diffondersi presso altri utenti.

– È uno scherzo, vero? – rise Marcello. – Ma già, il programma 106 prevedeva "serata sorprendente". Come ho fatto a non pensarci...

Ker estrasse dalla borsa una pistola e la puntò con calma.

– Applico la procedura Nex in conformità alle leggi del contratto mondiale di prestazioni biosimilari e al Codice di Lealtà Virtuale.

– Straordinario – disse Marcello a Walter. – Sembra un film horror, vero?

Ma Walter si era nascosto sotto al tavolo. Marcello avanzò verso la donna.

– Eseguo – disse Ker, e sparò, colpendolo in petto.

Marcello cadde a terra. Lanciò un'imprecazione. Cercò di rialzarsi, era ancora vivo.

– Signorina, – intervenne Walter – la prego, so che è programmata con precisione e che non ha sentimenti, ma la prego di rianalizzare i dati procedurali della sua missione e vedere se c'è il modo di interromperla. È la vita di un uomo, contro la vita... diciamo così, di una creatura virtuale, la prego di resettare...

– La procedura è equa e in conformità al Codice – disse Ker, e sparò ancora due volte. Marcello non si mosse più.

Ker 88 guardò Walter negli occhi, rimise lentamente la pistola nella borsetta e gridò:

– Per Nastassia!

Con un balzo di parecchi metri, fuggì dal terrazzo.

9.

Voodoo Child

Ogùn Badagrì
General sanglant
Saizi z'orage.

La stanza era in penombra, e piena di occhi. Un'unica lampada simile a quelle di una sala operatoria illuminava uno smisurato letto con baldacchino. Al centro, tra cataste di cuscini di tutte le fogge, stava sdraiato un uomo magrissimo, in pigiama di seta rossa. Tutto intorno, sguardi di vetro. Centinaia di peluche, orsetti diabolici, conigli mannari, e personaggi di Disney cui la luce fredda conferiva un aspetto maligno. Un Topolino con la faccia da killer, un Peter Pan sospeso al soffitto come un pipistrello, una Minnie che sembrava una puttanella da angiporto. Decine e decine di cigni di vetro sul pavimento, vasi cinesi preziosissimi vicino a cavallucci di legno, bambolotti e giganteschi pupazzi da luna park. Era la camera di un Napoleone rinfanciullito, o del figlio capriccioso di un faraone. O semplicemente, il regno di un miliardario moderno ossessionato dai giocattoli.

L'uomo col pigiama rosso sembrò riemergere dal sonno e si lamentò. Su di lui vegliava un nero vestito elegantemente, seduto col gomito appoggiato a un carrello dove c'erano tutte le medicine del mondo. Si chiamava Conrad ed era un medico.

– Quanto ho dormito? – disse l'uomo magro.

– Tre quarti d'ora – sospirò il medico.

– Accidenti, è poco. Dammi il Propofol, Conrad – implorò l'uomo magro, mettendosi a gambe incrociate tra i cuscini. Era nero anche lui, ma pallidissimo, e portava i capelli ricci chiusi in una retina.

– No, MJ. Il Propofol è fortissimo, hai già passato la dose stanotte. Aspettiamo almeno tre ore...

– Immagino... che saranno tre ore lunghe – disse MJ. Si prese la testa tra le mani, quindi abbracciò stretto un orso gigante di peluche. Fuori dalla stanza si sentì il grido di uno strano animale, e poi versi di uccelli.

– Facciamo passare questo tempo insieme – disse tranquillo Conrad. – Posso fumare?

– Vai alla finestra – disse MJ, con voce stanca. – Be', la cosa migliore che posso fare è raccontarti ancora una volta tutto da capo, no?

– Sì, – disse Conrad – anche se la tua storia non me l'hai mai raccontata davvero. Vorrei conoscerla nei particolari.

– Stanotte, te lo giuro, ti dico tutto – disse MJ.

– Cominciò con mio padre, il mio ambizioso fottuto violento insensibile padre. Eravamo nove figli. "Non vi manterrò tutta la vita," ripeteva sempre. "Quindi dovete imparare un mestiere." E il mestiere ovviamente era la musica. Aveva fatto il chitarrista, prima di lavorare come operaio. Ci faceva studiare canto e ballo dodici ore al giorno. Guidava lui le prove. Chi si fermava, veniva picchiato. A volte neanche andavamo a scuola. Mia madre non poteva farci niente.

– Pace all'anima loro.

– Babbo si accorse subito che io ero quello con più talento, ballavo meglio degli altri e cantavo con uno stile tutto mio. Forse avrei dovuto nascondermi, fingere di non essere così dotato. Ma in fondo, anche io sognavo il successo. Però non pensavo di essere speciale. Finché non arrivò quell'uomo.

Conrad soffiò un anello di fumo, la sua faccia si fece seria.

– Avevi dieci o undici anni, no?

– Credo. Ci eravamo esibiti in un brutto locale con spogliarellisti. Entrò in camerino quell'uomo con la faccia spaventosa. Era nero, gigantesco, e portava un cappello a cilindro bianco e un abito nero, una specie di frac. Sorrideva come un teschio, mai visti dei denti così, e aveva dei cerchi intorno agli occhi. Non so se era un disegno, o un tatuaggio.

– Ti ricordi come si chiamava?

– Papà lo chiamava il Barone. Ci fece tornare sul palco per fargli vedere quanto eravamo bravi. Quello stava seduto in platea, teneva tra le gambe un bastone con il pomello a testa di diavolo. Mi sembrava che i suoi occhi brillassero rossi nel buio, come quelli delle farfalle notturne. Alla fine dell'esibizione, puntò il bastone contro di me. Non so perché, ma mi sentii raggelare.

Quando il Barone Nero se ne fu andato, mio padre mi chiamò. Era insolitamente gentile. Aveva degli strani segni sul braccio. E disse:

"Figlio, oggi è un grande giorno per te. Il barone Mackandal ti ha scelto. Abbiamo fatto un patto. Ti darà dieci volte il talento che hai adesso. Devi esserne degno. È un dono che si fa a pochi".

"Un patto? E in cambio?"

"Un giorno ti spiegherò," tagliò corto mio padre.

– Ricordi la data? – disse Conrad.

– No. Ricordo però che il giorno dopo mi sembrava di essere posseduto. I piedi andavano da soli, volavo. Inventai passi nuovi. E cantavo senza affanno. I miei fratelli e sorelle erano strabiliati e invidiosi. MJ, dicevano, sei drogato, ti sei fatto di qualcosa?

Mio padre sogghignava. E riprese a farci provare giorno e notte, e giù cinghiate, e schiaffi, se non rendevamo come voleva lui. Cominciammo a fare spettacoli, dappertutto, eravamo cinque in scena, ma la stella ero io. Diventavo sempre più bravo... e il successo arrivò subito, enorme, travolgente. Il resto, in parte lo sai.

– No, non so molto. Hai detto che mi avresti raccontato tutto. Perché hai cambiato pelle?

– Cominciò con una piccola macchia rosa, e poi altre più grandi sulla faccia e sul corpo. Una malattia che si chiama vitiligine. La maledizione era cominciata.

– La maledizione del Barone?

– Sì. Mio padre non ne volle parlare per anni, ma un giorno che era ubriaco vuotò il sacco. "Il barone Mackandal è uno stregone, ti ha dato tutto il tuo talento," disse. "Ma in cambio vuole la tua anima. Un giorno dovrai acconsentire, gli dovrai dare dieci gocce del tuo sangue..." E poi si pentì di aver parlato, era impaurito, disse che aveva scherzato, cercò di ridere... una risata falsa e penosa.

– Diceva la verità?

– Per un po' non seppi cosa pensare. Ma il gigante con la faccia da teschio tornò, lo sentii litigare con mio padre, e da allora cominciarono nuovi tormenti. La vitiligine divenne grave, sbiancavo. Mi mettevo un sacco di cerone. Dissero che mi vergognavo di essere nero. Non era vero. Poi cominciai a sanguinare e a respirare male dal naso. Me lo sono rifatto due volte. Certo, me l'hanno reso più sottile, ma non era un fatto estetico, il motivo principale era che avevo questi disturbi.

– Devo crederti?

– Sì, perché sei il mio medico, sai che è vero. Come è vero che poi misteriosamente cominciò a cedermi la faccia, la pelle si screpolava, dovevo nascondermi. Stavo diventando un mostro... come quelli di *Thriller*.

– Il punto più alto della tua carriera...

– Sì, – rise Michael – molti si sono chiesti dove avevo trovato tutti quei bravi ballerini zombie. Be', è stato facile, è bastato chiedere al Barone.

– Lo hai incontrato?

– Sì. Gli dissi che se mi aiutava avrei mantenuto il patto, subito dopo il video... ma il successo mi inebriò, non volevo morire allora... E poi accadde di tutto. La mia faccia andò in pezzi, le accuse di plagio, i processi...

– E quella storia dei bambini?

– Cominciai a essere ossessionato da loro. Costruii Neverland, la riempii di giochi e animali, per attirarli. Ma con quei piccoli non ho mai fatto niente, lo sai bene. Ci ho soltanto dormito insieme. Avevo letto che il voodoo si ferma solo davanti ai bambini. Tu sai quanti soldi ho pagato, quanti genitori ipocriti mi hanno ricattato. Ma era più forte di me...

– Insomma, tutte le cazzate e le follie che hai fatto, tutta colpa di quel Barone?

– Sì, sua e del patto con mio padre... e della maledizione.

Il medico si alzò in piedi e camminò lentamente per la stanza. Poi disse:

– Sai cosa credo, Michael? Penso che tu non mi stia dicendo la verità. Che tu abbia inventato l'uomo teschio e la confraternita zombie per nascondere la tua vanità, i tuoi capricci, la tua onnipotenza di bambino viziato.

– No, Conrad, – disse Michael con un gesto di stizza – almeno tu devi credermi. Il voodoo e il rock camminano insieme. Elvis era normale, poi cominciò a avere visioni, me lo ha detto la sua ex moglie Priscilla. Mi ha raccontato che dopo un concerto a New Orleans, un gigante vestito di nero cominciò a seguirli. Lui impazzì, si ammazzò di cibo e barbiturici. E cosa vuoi che ti dica di Jimi Hendrix? Conosci i testi delle sue canzoni. E Jeff Buckley? Era in riva al Mississippi, e sentì una strana musica di tamburi. Giurano che c'era un uomo vestito di nero, che si immerse nel fiume e lo invitò a seguirlo...

– Basta, – disse il dottore – sono stanco di queste fandonie.

– Loro mi aspettano, Conrad – disse Michael, quasi piangendo – loro non vogliono che faccia questi ultimi concerti. Mi cercano, hanno adepti dappertutto. Ma giuro, dopo questa tournée scomparirò. Mi nasconderò a Lucerna, in Europa, c'è un bellissimo castello sul lago laggiù, vivrò normalmente e invecchierò, non mi troveranno. Sono stanco di questa maledizione.

– Va bene. Adesso calmati.

– Voglio dormire – disse Michael. – Solo quando dormo mi dimentico di quell'uomo e del patto. E della mia anima, delle gocce di sangue e... ti prego, aiutami.

– Va bene Michael – disse il dottor Conrad. – Ti preparo l'inalatore. Adesso il Propofol ti addormenterà, lentamente. Ma non devi abituarti a prenderlo...

Michael si lasciò mettere docilmente la mascherina. Sorrise. Si udì il sibilo lieve del gas che usciva dalla bomboletta. Poi MJ chiuse gli occhi.

Il medico gli sentì il polso. Era fioco, ma stabile. Si voltò, come a cercare qualcuno nella stanza. Alle sue spalle qualcosa che sembrava una grande ombra era in attesa. Si udì una musica impercettibile, e il ritmo di un tamburo ararà.

Il dottore annuì e parlò a voce bassissima, come rispondesse a qualcuno. Estrasse dalla tasca un pupazzetto di stoffa, con una giacchetta rossa e i guanti bianchi. Gli conficcò uno spillo nel petto e lo buttò in mezzo agli altri giocattoli.

Poi, con una siringa aspirò dal braccio magro di Michael dieci gocce di sangue. Lasciò la fiala sul tavolo.

Uscì dalla stanza, fece due telefonate agli organizzatori del concerto di Londra. Poi tornò. La fiala col sangue non c'era più.

Prese il polso di Michael, non lo sentì battere.

Fumò tranquillamente una sigaretta. Coprì il volto di Michael Jackson col lenzuolo. Poi chiamò l'ambulanza.

10.

Reset

Non piangere sulla mia tomba,
io non sono lì.

Canto navaho

Benvenuti all'inferno. Quaranta gradi roventi, nella piccola stazione di servizio al confine col deserto. Il riflesso del caldo deformava tutto, il paesaggio fluttuava come fosse sott'acqua. Il distributore giallo di benzina sembrava un marziano perplesso, che cercava di capire in quale pianeta era capitato. Il sole incendiava le lamiere della baracca con le pubblicità scolorite, il dispenser di bibite e l'insegna *Panini, birre e qualche volta giornali*. Un soffio di vento caldo portava in giro odore di benzene e animali cotti imprecisati. Una radio, o forse un coyote, ululava *You gotta move*. Quaranta gradi, ed erano appena le dieci.

C'era una sola preziosa macchia di verde e ombra, un saguaro gigantesco che sopravviveva allungando disperatamente le radici nel terreno, in cerca d'acqua. Ai suoi rami pendevano amuleti pellerossa in vendita. Su una sedia a dondolo stava il vecchio Nathan. Portava un cappellaccio sfrangiato ornato da una penna d'aquila e una tuta da meccanico con una sola bretella. Nat aveva settant'anni ed era un Apache. Su una poltroncina sfondata e sporca di morchia, si agitava Miguel Leprotto. Aveva undici anni, due considerevoli orecchie ed era mezzo messicano e mezzo dio sa cosa.

Bevevano roba verde ghiacciata e si scambiavano storie. Miguel aveva appena raccontato a Nat la storia di un giocatore di football che era stato ricco e famoso ma ora era in galera per rapina.

– Adesso tocca a te, vecchio – disse il ragazzo. Nat disse che gli avrebbe raccontato la storia della sparatoria a cui aveva assistito, proprio a un chilometro da lì, tra due bande di mafiosi in Cadillac.

– No – disse Miguel. – Voglio una vecchia storia pellerossa. Con sciamani che si trasformano in animali e frecce magiche e maledizioni. Quelle mi piacciono.

Nathan sospirò e guardò la strada, là dove si assottigliava e scompariva nel deserto. Si tolse il cappello e ne uscì una cascata di capelli candidi, lunghi fino alla cintura. Per una storia pellerossa, scalpo da pellerossa. E incominciò.

– Accadde molti anni fa – disse. – Quando qui non c'era nulla, attraversavamo il deserto con i cavalli e sapevamo trovare l'acqua sotto le pietre. I bianchi avevano iniziato a costruire la città e la strada, dalle tende ci eravamo già spostati in baracche, e avevamo cominciato a bere e a giocare. Ma conservavamo ancora le nostre tradizioni. Gli Apache erano divisi in due tribù, e ognuna aveva un capo e uno sciamano. Gli Apache Chiricawa del fiume avevano come sciamano Falco Bianco. Era uno sciamano di magia buona. Gli Apache Arapauiva delle rocce avevano come sciamano Bill Black Crow, Corvo Nero. Era forte e malvagio.

Falco Bianco aveva una moglie bellissima, Kate Volpe Bionda, una sangue misto. Corvo Nero se ne innamorò pazzamente, andò da Falco Bianco e disse:

"Voglio tua moglie, e sai che posso averla. Ora mi respinge, ma io farò un sortilegio e la legherò a me, ti dimenticherà, sarà in mio potere. Non cercare di ostacolarmi, sai che la mia magia è due volte più potente della tua".

"Combatterò, invece," disse Falco Bianco. "So che sei più forte di me e che puoi stregare mia moglie, ma non posso perderla senza lottare. Non ho paura. Facciamo un Kau, un duello magico, e vedremo come finirà."

"Sei uno sciocco," rise Corvo Nero, "sai bene che ti ucciderò, o cancellerò la tua mente. Non provarci."

"Stanotte sotto il grande cactus," disse Falco Bianco.

Così si trovarono a mezzanotte alla luce della luna, dipinti coi segni sacri. Si disposero a gambe incrociate uno di fronte all'altro, accesero un falò e fumarono la pipa. Poi chiusero gli occhi e si prepararono al Kau. Le loro energie mentali si scontrarono, la fiamma ondeggiava e sibilava come se ci fosse un gran vento. Corvo Nero sorrideva e sembrava sicuro di sé e della sua forza. Ma dopo un po' di tempo iniziò a agitarsi. A occhi chiusi sussurrò: "No, questo non puoi farlo...".

Allora fu Falco Bianco a sorridere, il falò divenne sempre più grande e luminoso, una lingua di fuoco saettò verso il cielo, poi tutto tornò buio. Il combattimento era finito, ma i due erano così stremati che restarono immobili fino all'alba.

Il sole sorse e Corvo Nero disse:

"Hai fatto la magia Chey del tornado che cancella. Maledetto!".

"Il Chey è scritto sia nel libro della magia bianca sia in quello della magia nera. È ammesso in ogni duello. Dovresti saperlo."

– Ora però mi devi spiegare cos'è – disse Miguel Leprotto interrompendo il racconto.

– Certo. Quando uno stregone evoca il Chey, se è abbastanza bravo ed esperto da portarlo a termine spazza via tutta la magia che è in gioco. Tutti i poteri dei duellanti vengono persi per sempre. Non importa se uno degli sciamani è più forte. Non potrà più fare nessun incantesimo o sortilegio, diventerà un uomo normale. E così Falco Bianco rinunciò a essere uno sciamano e sacrificò la sua magia, ma salvò sua moglie.

– Ho capito, adesso si direbbe che ha fatto reset – disse Miguel. – Col reset si azzerano tutti i dati e si ricomincia da capo.

– Proprio così – disse Falco Bianco. – Ma in questo caso i dati vanno persi per sempre.

– E che ne fu dei due stregoni? – chiese Miguel.

– Se ricordo bene, – disse Nat – Falco Bianco visse felice con la moglie per molti anni. L'altro sparì e non se ne seppe più nulla.

Miguel tracciò dei segni nella polvere con un bastoncino.

– Tua moglie è morta l'anno scorso, vero Nathan?

– Sì. Sei mesi e due giorni fa – rispose il vecchio.

– Be', – disse Miguel – bella storia, anche se preferisco quella di Coyote Pazzo e dei bevitori di sangue. Devo andare, mia madre mi aspetta alla fattoria.

Miguel salì sulla sua bicicletta, tutta ornata di piume come un cavallo apache, e scomparve pedalando nel solleone, verso la piccola città.

E proprio dalla parte della città Nathan vide una nube sulla strada ingrandirsi e venire verso di lui, finché dalla polvere sbucò una grossa auto verde smeraldo con due corna di bufalo sul cofano.

Scese un uomo vestito con una camicia rossa e pantaloni che sembravano fatti di squame di crotalo. Aveva tondi occhiali scuri e un cappello a bombetta, con una piuma di corvo.

Si tolse gli occhiali. Era un pellerossa, con baffi sottili e lunghi capelli neri legati in una coda di cavallo. Il volto era pieno di cicatrici e gli occhi sembravano quelli di un coyote nel buio.

– Sei proprio bianco adesso, Falco Bianco, hai i capelli come la lepre d'inverno – disse l'uomo sorridendo e mostrando due denti d'oro.

– Il tempo passa, Corvo Nero – disse Nathan alzandosi

lentamente. – Tu invece non sei invecchiato molto. Hai fatto un patto con chi dico io?

– Sono invecchiato eccome – disse Bill Gaagij Black Crow, crollando su una sedia. – Da quando mi hai costretto a vivere nel mondo dei senza-magia, ne ho passate di cotte e di crude. Mi dai da bere qualcosa?

– Coca? Birra?

– Cazzo, – disse Bill – non pretendo l'acqua-di-fuoco, ma la Coca no. Dammi una birra.

Falco Bianco si avvicinò al dispenser, premette un bottone, tirò un gran calcio al macchinario, e una lattina rotolò fuori fragorosamente.

Corvo Nero la stappò coi denti e rise:

– È l'unica magia che sai ancora fare, vecchio?

– So fare anche dei magici hot dog di carne umana – disse Nat.

Corvo Nero accese una sigaretta e si guardò intorno. Poi guardò Nat scuotendo la testa.

– Eccolo lì, il grande sciamano. In braghe sozze da meccanico, che aspetta di fare il pieno alle automobili dei bianchi. E che è padrone di una baracca di lamiera, tra rottami di auto e copertoni usati. E vende amuleti apache fasulli ai turisti. Quella laggiù immagino sia la tua casa, no?

– Sì, – disse Nat – ci sono stato bene. E tu?

– Che gli avvoltoi ti mangino il cuore, vecchio – disse Corvo Nero con rabbia improvvisa. – Cinquant'anni senza magia, cinquant'anni da miserabile, io che facevo paura a tutti, che ero temuto, onorato. Ho fatto il lanciatore di coltelli in un circo, ho spacciato droga, ho venduto donne indiane agli operai dei cantieri, mi sono ubriacato un milione di volte, ho passato notti insonni in stanze squallide, ho guardato la luna senza potermi trasformare, restando sempre un muso rosso disprezzato da tutti. E ogni volta ti ho maledetto.

– L'hai voluto tu – disse Falco Bianco.

– Lo so. Ma tu ti sei rassegnato a una vita di merda, io no.

– La mia vita è stata abbastanza bella – disse Falco Bianco, guardando verso la sua casa. – Dimmi perché sei qui.

Corvo Nero finì la birra e si mise a camminare e saltellare, sembrava seguisse il rumore di un tamburo indiano.

– Ho saputo che è morta tua moglie – disse alla fine.

– Sì. Da qualche mese.

– Mi dispiace. Non deve aver fatto una gran vita insieme a te – sogghignò Bill Corvo Nero.

– Chiedilo a lei – disse Falco Bianco.

Il Corvo fece una smorfia e buttò via la sigaretta. Era sudato e si sciolse i capelli. Nerissimi, ancora più lunghi e folti di quelli di Nat. Una folata li fece sventolare, come la coda di un cavallo infernale. Parlò lentamente.

– Sono qui per fare la pace, Falco Bianco. Anche se Apache nella nostra lingua vuol dire "nemico", direi che siamo stati nemici abbastanza. Ho una proposta per te.

– Sentiamo – disse Falco Bianco.

– Tua moglie non c'è più. Non esiste più il motivo del nostro duello. Tu sai che la maledizione del Chey si può cancellare. Possiamo farlo insieme. Forse tu non vuoi indietro i tuoi poteri, ma io sì. Me lo devi, dopo quello che mi hai fatto. Tornerà tutto come una volta. Non userò la mia magia contro di te, te lo giuro. Certo, resto un mago nero, ma è il mio destino. E il tuo destino era di essere uno sciamano bianco. Non vorresti aiutare ancora qualcuno? Non vorresti far sgorgare l'acqua da queste pietre polverose? Non vorresti una casa migliore, un'altra donna, un po' di dignità? Vuoi continuare a pulire i parabrezza dei visi pallidi? Eri un buon sciamano, Falco Bianco.

– La dignità non l'ho persa. Perché dovrei darti retta?

– Perché siamo vecchi. E non voglio morire senza sentire

ancora l'odore della magia. E anche tu lo desideri. Te lo leggo negli occhi. Quanto ci resta da vivere, Falco Bianco?

– E dopo... non ti vendicherai?

– Come posso? Tua moglie è morta, lei non c'è più, non sarà mai mia, come posso vendicarmi? – gridò Corvo Nero, alzando le braccia verso il sole, teatralmente.

– Posso pensarci un po'?

– Stanotte, – disse il Corvo – stanotte torno con la pipa e il legno sacro per il falò. Pensaci bene. O morirai in questo buco, dimenticato da tutti.

La macchina verde se ne andò ruggendo e scomparve verso la città. Falco Bianco tornò alla baracca. Sentì un clacson e il fragore hip hop di un'autoradio. Sul piazzale c'era una Spider Thunderbird tutta ammaccata con quattro ragazzi bianchi sbronzi.

– Ehi indiano, – disse uno coi capelli rossi – il pieno e quattro birre.

– Le birre potete prenderle lì – disse Falco Bianco indicando il distributore di bibite.

Un ragazzo muscoloso si alzò barcollando, inserì una moneta, la birra non uscì.

– Cazzo, vuoi fregarci, Penna Bianca? Questo cesso mi ha rubato i soldi.

– Dagli un calcio forte.

Il ragazzo quasi spaccò il dispenser. La birre uscirono una per una, il ragazzo tirava calci sempre più forti e sghignazzava.

– Mi piacerebbe farlo con un barista – disse, e con un salto tornò all'auto.

Falco Bianco non lo guardò nemmeno.

– La benzina sono diciotto dollari – disse.

– Diciotto dollari? Ma sei matto? – disse il rosso. – Il serbatoio era mezzo pieno, ci avrai messo meno di dieci dollari.

– Voi musi rossi volete sempre fregarci – ghignò un piccoletto con la bandana.

– Prendi dieci dollari e stai zitto – disse il muscoloso, e gli mise in mano una banconota accartocciata.

– Non frego la gente. Sono diciotto dollari.

– E se non te li diamo cosa fai? Un sortilegio indiano? Fai arrivare il Grande Coyote che ci sbrana?

Risero e partirono sgommando, al suono dell'autoradio. Falco Bianco tornò sulla sedia a dondolo. Non mangiò, rimase pensoso e seduto. Davanti ai suoi occhi la luce del deserto passò da rosata a grigiazzurra e poi venne il blu della notte. Era sempre caldo, molto caldo. Vide i fari dell'auto verde avvicinarsi. Il Corvo aveva il volto dipinto con segni neri e rossi, e un sacco sulle spalle.

– Allora? – chiese.

– Accendiamo il falò – disse Falco Bianco. Si legò i capelli con una fascia e tracciò un segno bianco sugli zigomi. Poi seguì l'altro lungo il sentiero dietro la baracca, finché non furono su una roccia piatta, da cui si dominava il paesaggio. Il Corvo accese il fuoco e incominciò a cantare. Accese la pipa e fumò. La passò a Nat.

– Sei pronto? – disse Corvo Nero.

– Sono pronto – disse Falco Bianco.

Chiusero gli occhi. Dopo un minuto un vento freddo sorse dal nulla e diventò quasi un tornado. Tutto intorno volarono sterpi, l'insegna della bottega sbatteva e una lamiera volò in cielo con rumore di tuono. Lo seguì un vero tuono, un fulmine illuminò il deserto e di colpo iniziò a piovere. Un altro fulmine cadde a pochi metri da dove stavano i due uomini, e la roccia piatta risuonò come una gigantesca campana. Poi, di colpo, tutto fu silenzio. Poco dopo si sentì risuonare un grido selvaggio.

– È finita! La maledizione è finita. Sono di nuovo Corvo Nero, il grande sciamano Arapauiva!

Falco Bianco aprì gli occhi e guardò il suo rivale. Era cambiato, seminudo e muscoloso, non era più vecchio e curvo. Nat si guardò le mani. Erano senza rughe. E si accorse che i suoi capelli non erano più bianchi, ma grigi. Corvo Nero stava in piedi di fronte a lui, e aveva trent'anni come il giorno del loro primo duello. E tutto intorno la baracca, il distributore, la strada, tutto era sparito, c'erano solo deserto e stelle.

– Cosa è successo? – chiese Falco Bianco alzandosi in piedi.

– La maledizione Chey, quando cessa, può riportare tutto indietro. Io ho di nuovo i miei poteri. Tu hai i tuoi. E anche il tempo è tornato indietro. È una possibilità scritta in tutti i libri di magia nera e bianca, – disse Corvo Nero ghignando – dovresti averli letti. Io li ho letti con cura, in questi anni!

Si batté il petto, ululando come un coyote.

– E adesso, amico mio, – disse minaccioso – chiama tua moglie. La vedi? È là.

Indicò un fuoco acceso lontano, Falco Bianco vide una tenda e una figura di donna in piedi. Gli mancò il fiato.

– Ho vinto io alla fine! – disse Corvo Nero.

Falco Bianco scosse la testa. Continuava a guardare la donna, incantato. Poi parlò tranquillo.

– Sei malvagio, ma non così furbo come credi. Sapevo che mi avresti ingannato, sapevo cosa sarebbe accaduto. Conosco i libri di magia meglio di te. Ma ora ho rivisto mia moglie. E non mi importa se la porterai via. Mi basterà pensare che è in questo mondo. Anche se la stregherai, non la farai mai diventare malvagia. Sì, forse ti starà vicino, il tuo sortilegio durerà, ma in fondo al cuore non mi dimenticherà. Meglio viva vicino a te che nel regno delle ombre.

Corvo Nero si impietrì.

– Vuoi dire... che accetti che lei venga via con me?

– Vai. Sii felice con lei, se sei capace di essere felice.

Corvo Nero lanciò un grido, si coprì il volto di polvere, sputò e ululò nuovamente al cielo.

– Ma che vendetta mi lasci? Se non soffri, a cosa serve tutto questo?

– Lei vivrà – disse Falco Bianco. – Vivrà per molti anni, o per poche notti, come vorrà l'incantesimo.

Corvo Nero camminò in tondo sempre ascoltando nel cuore il tamburo indiano. Il suo corpo era tornato giovane, ma aveva negli occhi tutto il dolore della sua vita da vecchio. All'improvviso fischiò. Si udì il galoppo di un cavallo.

– Sai cosa ti dico, Falco Bianco? – disse ridendo. – Tienitela, tua moglie. Posso avere tutte le donne che voglio ora che ho riavuto i miei poteri. Avrò anche donne bianche, mi vendicherò della superbia dei visi pallidi, la mia magia incendierà questa terra. Non riusciranno a costruire la strada. E noi non saremo dei miserabili schiavi dell'alcol. Ho un grande destino io, e tu invecchia pure facendo magie per i bambini...

Dal buio emerse un cavallo grigio e bellissimo. Corvo Nero ci balzò sopra.

– Non sei tanto bianco, Falco – disse. – Sei astuto e sai dove colpire. Ma io sono il nero sciamano Arapauiva, non dimenticarlo. A te la piccola donna, a me la grande battaglia!

Impennò il cavallo, e salutò con un altro ululato.

Falco Bianco sentì il braccio di Kate posarsi sul suo.

– Ehi Corvo! – gridò, e la sua voce risuonò in tutto il deserto. – Neanche tu sei così nero come vuoi sembrare! Mi hai sentito, Corvo?

Ascoltarono il galoppo diventare sempre più tenue, finché svanì.

11.

Il miracolo

Il balen del suo sorriso...

GIUSEPPE VERDI, *Il Trovatore*, II.3

C'era una piccola chiesa in cima a un promontorio sul mare.

Quando la sua campana suonava e il vento soffiava da terra, tutte le barche la sentivano e forse anche gli infedeli, sulla costa misteriosa e lontana dall'altra parte delle onde.

Su una panchina davanti alla chiesa, illuminato dal sole stava il parroco don Tristano, grasso, roseo e arcigno. Intingeva un biscotto eretico in un caffelatte bollente.

Un gabbiano accattone si avvicinò e il parroco lo scacciò con un urlo.

La porta della chiesetta si spalancò e ne uscì trafelato il suo aiutante, il giovane prete Palmiro. Magro, cereo e brufoloso per i pensieri notturni accompagnati da qualche divagazione prensile.

Precipitò di corsa lungo la scaletta ornata di mirto e rosmarino e affannato gridò:

– Don Tristano, don Tristano, un miracolo...

– Palmiro, – disse il parroco – non disturbarmi con le solite visioni. Pensi troppo alle femmine e la testa ti si confonde.

– Oh no, non è una visione. È tutto vero, – disse con voce rotta Palmiro – ha visto anche il giardiniere.

– E cosa ha visto?

– La Madonna.

– La Madonna?

– La nostra statuetta della Madonna, quella della nicchia nel giardino...

Don Tristano lo guardò interrogativo.

– E allora cosa è accaduto?

– È accaduto che la Madonna... si è messa a fare... una cosa portentosa... la Madonna...

– Piange?

– No. Ride.

Don Tristano sobbalzò.

– Come sarebbe a dire, ride...

– Ride, davvero. Venga a vedere. Ha l'allegria disegnata sul volto. E si sente il rumore, ride squillante... come una bambina...

– Se è una bugia ti mando in una clinica per seminaristi onanisti – esclamò don Tristano, e con una certa eccitazione si arrampicò su per la scaletta. Ansante, aprì la porta del giardino. Traforò i rosmarini con il corpaccione. Vide la statua e... quasi svenne.

Era vero. La madonnina di ceramica aveva un sorriso smagliante, con i denti in bella vista. E all'apparire del pretone grosso e sudato, sembrò ancor più gioiosa, si udì nell'aria una lieve, ma inconfondibile risata cristallina.

– Non è meravigliosa? – disse Palmiro.

Don Tristano si sedette sconvolto su una panchina di pietra.

– Fammi pensare un momento. Questo evento è davvero strano... sì, forse è un miracolo... ma non celestialis, anzi diabolicus. È opera del demonio, ecco...

– Ma don Tristano, come fa a dire questo?

– Sai davvero poco di chiesa e dottrina, tu! – gridò iroso il parroco. – È nella tradizione religiosa che le madonne piangano. Lacrime, sangue, liquidi e sieri misteriosi. Piangono per i nostri peccati. E i fedeli vengono a testa bassa, pentiti e contriti, poiché hanno fatto piangere la Vergine Maria. Questo è giusto e cristiano. Ma ridere! Di cosa ride? Ride di noi?

– Ma no... forse è... felice...

– Bestemmia ed eresia! – gridò don Tristano. – Come può ridere in questo mondo materialista e relativista? Dove finisce l'autorità della chiesa se anche la Madonna si mette a scherzare e folleggiare? Come possiamo condannare e minacciare castighi se lei per prima mostra quell'ebete buonumore...

– Padre, – disse Palmiro, facendosi il segno della croce – lei bestemmia!

– Oh insomma, mi perdoni Iddio, ho usato un'espressione sbagliata... Volevo dire che non si è mai vista una Madonna ridacchiare come una donnetta qualsiasi. Ma te l'immagini? Una processione di fedeli che vengono qui e la vedono sghignazzare? Penserebbero subito: allora le cose non vanno così male, possiamo fare i nostri comodi...

– Ma forse la Madonna vuole confortarci...

– Non è conforto, è sabotaggio! Se non si piange e non si soffre, a cosa serviamo noi? Chi si confesserà ancora, se quel sorriso lo assolve?

– Io credo che alla gente piacerà, – disse deciso Palmiro – e poi che pubblicità per la nostra chiesetta!

– Ahimè... – disse don Tristano sconsolato – avevo già immaginato processioni di fedeli contriti salire su fin da noi e versare oboli. Statuette della Madonna in plexiglas. Piatti, bicchieri, bottiglie di Lachrima Mariae.

– Telegiornali, giornalisti e giornaliste – disse Palmiro con voce sognante.

– Ma forse è suggestione, – disse don Tristano – magari è un gioco di luce, uno scherzo del sole.

Ma proprio in quel momento, limpida e sonora, una risata fanciullesca attraversò l'aria. Don Tristano si fece il segno della croce.

– Sentila, sentila! Una ilarità lasciva, carnale. Guardati, tu sei già schiavo del sortilegio. Ma perché non potevo avere una bella Madonna che piange sangue o aceto come tutte? Oh me disgraziato, oh me misero. Gesù, puniscila!

– Padre, – disse il giovane Palmiro – lei esagera.

– Esagero un cazzo – gridò il parroco con improvvisa violenza. – Prendi quella Madonna ridanciana e chiudila da qualche parte. Nessuno deve sapere. Pensi se ne venisse a conoscenza il cardinale Caraffa, quello che dice che la donna è il diavolo. Viene qui e la rompe a martellate.

– Ma padre...

– Zitto. Guai a te... anzi, la nascondo io.

Ciò detto don Tristano si caricò la madonnina in spalla, cercando di non guardarne il volto, e la chiuse in un armadio della sagrestia.

Poi uscì e intimò con voce ferma a Palmiro:

– Se dici solo una parola, mando al vescovo i due giornali porno che ti ho sequestrato nella cella...

– Veramente erano tre – disse Palmiro.

– Due o tre insomma basta, vattene, vai a lucidare i candelabri, maniaco senza fede, irrisore, relativista...

Il giovane Palmiro se ne andò mogio mogio.

Don Tristano si risedette davanti al mare, cercando di calmarsi, ma quel sorriso lo torturava.

– Che posso fare? – disse, col cuore gonfio di pena. – Insomma, non pretendo le stigmate, ma una Madonna che ride! E doveva proprio toccare a me.

E di nuovo nell'aria risuonò quella dolce risata di fanciulla.

– Dio, Dio – disse don Tristano prendendosi la testa tra le mani. – Cosa ho fatto per meritarmi questo?

Dio non rispose e il caffelatte diventò freddo.

12.

Il lampay

*Los que quieren quemar la poesía
no saben que la poesía es cenizas.*

*Chi vuole bruciare la poesia
non sa che la poesia è cenere.*

L'isola che amo è circondata da uno splendido mare, ma nel suo interno si innalzano montagne impervie e selvagge, dove pochi si avventurano. Quell'autunno io e il mio amico ci eravamo spinti fino a una cima detta Corno di Bue, con tratti di salita ripida e di via ferrata, sopra burroni paurosi. Da lì si possono vedere chilometri e chilometri di pianura, fino alle spiagge lontane. Indugiammo più di quanto la prudenza avrebbe richiesto, e iniziammo a scendere che era già buio. A metà strada, udimmo fragore di tuoni e cominciò a piovere in modo preistorico, un muro d'acqua si alzava davanti alla nostra torcia, e non vedevamo più a un passo. Il sentiero si riempì di fango e rivoli d'acqua, le nuvole si abbassarono e diventarono una densa nebbia, a ogni istante sentivamo le pietre, sotto i nostri piedi, rotolare in fondo a strapiombi e orridi. Impossibile proseguire.

Ci fermammo sotto uno spuntone di roccia, stanchi e spaventati. Già il sentiero si stava sfaldando sotto la violenza del nubifragio, cresceva il rumore minaccioso delle frane, e il buio era sempre più fitto.

– Ci siamo ficcati in un bel guaio, – disse l'amico, raggomitolato contro la roccia – ci vorrebbe il lampay.

Così, per la prima volta, sentii parlare di questa strana creatura.

– I pastori e i latitanti che vivono qui raccontano una leggenda – disse l'amico. – Un animale un po' uccello notturno, un po' capra, un po' drago. Ha occhi enormi e luminosi, come fuochi accesi. Se qualcuno si perde nella notte, deve cercare quella luce, che può guidarlo nel buio e nella bufera.

– Tu credi a queste storie?

– La leggenda dice che il lampay appare a chi ci crede e a chi non ci crede – sussurrò l'amico. – In questo momento, avrei tanto bisogno di crederci.

Lo spuntone cedette, e una pietra mi colpì alla spalla, ferendomi. La pioggia era ancora più violenta, e dalla cima della montagna rotolavano massi, e i rivoli d'acqua erano diventati torrenti. Dovevamo lasciare quel posto e rimetterci in cammino, ma ogni passo poteva essere l'ultimo, un volo nel precipizio.

A quel punto, vidi la luce. Circa duecento metri sotto di noi, visibilissima anche in quel terribile temporale. Guardai il mio amico. Ci incamminammo. La luce era lontana ma intensa, e illuminava lo stretto sentiero quel poco che bastava per evitare di precipitare. Passo per passo, con cautela, scendemmo fino a raggiungere una piccola caverna. Qualcosa al suo interno sfolgorava, ma sembrava che la luce stesse diventando più fioca. Entrammo, eravamo al sicuro ora.

E lo vedemmo. Non posso spiegare cosa era, so soltanto che i suoi grandi occhi luminosi si stavano spegnendo, e ben presto non lo vedemmo più, udivamo solo il suo respiro affannoso, la caverna era ancora più buia della notte.

Ci addormentammo. Quando ci svegliammo, la luce dell'alba rischiarava la grotta, ma il lampay era un corpo senza vita, i grandi occhi erano chiusi. Lo sfiorai, e lo sentii ancora caldo, come se qualcosa della sua luce gli fosse rimasto dentro.

– Non capisco – dissi, uscendo all'aperto, mentre il primo sole mostrava la via del ritorno.

– La leggenda – spiegò l'amico – dice che il lampay brilla una volta sola, per indicare il cammino a chi si perde. Ma subito dopo muore. Questa è la sua natura.

Pensai allora di rientrare nella caverna, e di seppellirlo. Ma il corpo non c'era più. Solo qualche piuma, o squama, come se fosse evaporato.

Scendemmo in silenzio, turbati. L'amico cantava una specie di nenia. Io pensavo al lampay, e provavo pena. Ma presto la pena si tramutò in riconoscenza, e meraviglia. E mentre lasciavamo le rocce, e entravamo nel bosco di sugheri e querce, le sensazioni dolorose lasciarono posto a una specie di serenità. Mi venne da pensare che tra tutte le sorti di noi creature, forse quella del lampay è una delle più belle. Lo penso ancora. Forse anche voi un giorno lo incontrerete.

13.

Hotel del Lago

Loin de nous la sagesse,
Plus de détresse.

HENRY PACORY

Il vecchio hotel si specchiava nel lago, come gli piaceva fare da duecento anni. Alla reception sonnecchiava un portiere dalla faccia lunga, giallastra e placida, come un Urlo di Munch che avesse trovato pace. La porta a vetri cigolò e apparve la signora con l'impermeabile. Il portiere alzò il sopracciglio. Si vantava di fiutare l'arrivo di un cliente da un chilometro, ma quella donna era apparsa all'improvviso, senza rumore di auto che la annunciasse. Inoltre l'Urlo era in grado di valutare con una sola occhiata ogni ospite. Come uno Sherlock Holmes dell'accoglienza, indovinava censo, provenienza, età, motivo della vacanza e eventuali fastidi futuri. Ma con la signora proprio non seppe cosa pensare.

Era sorridente, con occhi chiari e volto incipriato, forse aveva cinquant'anni, forse qualcuno di più. Indossava un impermeabile da uomo di almeno tre taglie superiore alla sua. In testa aveva un largo cappello di paglia con frutta, e ai piedi scarpette da ginnastica. Ma al collo esibiva una collana antica preziosissima, e posò a terra una vecchia valigia in cuoio di gran pregio. Uno strano misto di trasandatezza e classe.

Il portiere pensò che poteva qualificarla così: bizzarra e sostanzialmente gentile.

Infatti con grande gentilezza chiese se c'era una camera libera, per due notti.

– Ne abbiamo una bellissima a pianterreno, con veranda sul giardino – disse l'Urlo.

– Oh, – disse lei un po' delusa – io vorrei la vista panoramica sul lago, è così bello. Non ci sarebbe una camera al primo piano?

– Le stanze del primo piano sono tutte occupate – rispose l'Urlo senza guardarla negli occhi.

– Va bene – disse la signora, e gli porse una carta di identità così consumata e stropicciata da essere quasi illeggibile.

– La prima colazione è dalle sette alle nove – disse l'Urlo.

– D'accordo – disse la signora, e il portiere si accorse che guardava con curiosità le numerose chiavi appese sul pannello della reception.

– Ha un'auto da parcheggiare? – chiese.

– No, – rispose la signora – non ho auto. Sono venuta a piedi dalla stazione.

Il portiere si stupì ma non commentò. Dalla stazione all'hotel c'erano quattro chilometri, di cui due nel bosco. Si limitò a ripetersi l'aggettivo "bizzarra".

Verso le sette e mezzo la signora scese dalla camera, lo salutò sorridendo e lo stupì nuovamente. Si era messa delle belle scarpette col tacco, sembravano da ballo, e aveva i capelli grigi acconciati in uno chignon fermato da una spilla antica. Ma portava ancora il pesante trench.

– Dove posso... prendere un tè? – chiese.

Il portiere alzò le sopracciglia. Era già ora di cena. Ma la condusse nella sala e la fece accomodare a un tavolo di fronte al camino, vicino a una finestra da cui poteva vedere il lago.

– Vuole togliersi l'impermeabile? – chiese.

– No, grazie. Sono un po' freddolosa.

Dalla sua postazione l'Urlo spiò con curiosità la bizzarra

ospite che guardava il lago e il cielo che abbuiava. Ringraziò il cameriere che le portava il tè, ma non lo versò neanche nella tazza. Non sembrava interessata agli altri ospiti. Nella sala oltre a lei c'era una giovane coppia, una famiglia con due bambini silenziosi e un uomo corpulento, che sorseggiava bourbon. Era lì da tre giorni e per lui l'Urlo aveva trovato due precisi aggettivi: ubriacone e invadente.

Infatti poco dopo l'uomo si presentò ciondolante al tavolo della signora, col bicchiere in mano, e si sedette.

– Posso tenerle compagnia, Madame? Mi chiamo Blackwell, e sono giornalista e fotografo. Sto facendo un giro per i castelli di questa zona. Sono molto interessanti. Sa le storie, le leggende...

– Quali leggende? – disse la signora, con molta gentilezza ma senza ricambiare la presentazione.

– Be', sì, le leggende, ovviamente inventate e paurose, ma che eccitano tanto i miei lettori. Lei ama le storie di fantasmi, signora...

– Christabel – rispose lei. – Be', non sono un'esperta. Alcune sono affascinanti.

Aveva parlato con calma. Ma Blackwell notò che era vistosamente impallidita e le mani si erano contratte, tanto che le aveva quasi nascoste nelle maniche del trench.

– Questo è un bel terreno di caccia – proseguì l'uomo. – Ho già visitato il castello di Ballmore, dove dovrebbe cavalcare ogni notte una dama senza testa. E ho ispezionato il bosco qua vicino, dove si dice che si aggirino gli spettri di due sorelle misteriosamente uccise, forse per un'accusa di stregoneria.

– Erano tre sorelle – lo corresse la signora. – Ho appena attraversato quel bosco. Molto bello e... adatto a certe suggestioni.

– Ma allora lei si interessa a queste cose, – esclamò Blackwell – è giornalista anche lei?

– Oh no, – disse la signora – semplicemente ho letto la guida turistica.

Blackwell alzò il bicchiere e brindò facendo tintinnare il ghiaccio. La guardò e pensò: se non fosse così pallida e non avesse le gote ridicolmente imbellettate, potrebbe anche essere appetibile. Ma continuò a civettare, come era nella sua natura.

– Allora, non mi dice che lavoro fa, signora Christabel?

– Be', io avevo una sartoria, ecco, molti anni fa... ma ora viaggio... sono qui per cercare dei vecchi parenti.

– Capisco. Ma quell'impermeabile non lo toglie mai?

La signora non rispose. Sembrò infastidita. Il suo sguardo divenne improvvisamente gelido e ostile. Blackwell corse ai ripari.

– Scusi la mia invadenza... ma sa, sono qui da tre giorni e comincio a annoiarmi... è per quella storia... delle feste da ballo dei fantasmi. Ma credo proprio che ci sia poco da scrivere, qui all'hotel nessuno vuole parlarne... e forse neanche lei.

Lo sguardo della signora cambiò e divenne attento, con la mano diafana sfiorò persino il braccio dell'uomo.

– Invece me ne parli, mi interessa molto.

– Be', è una storia che tutti in paese conoscono – disse Blackwell rinfrancato. – Lei avrà notato che qui danno solo le camere al pianterreno, dalla 1 alla 12. Ma ci sono altre otto camere, al primo piano, dicono siano antiche e bellissime... una, la 15, è una grande suite. Non le danno mai. Dicono che sono occupate. Io però sono salito di nascosto e non c'è segno di vita, il piano sembra disabitato. Le cameriere non vanno mai a rifare i letti, nessun cliente scende dalle scale. E la notte, si sente musica. Vecchi ballabili.

– E lei? – disse la signora col volto acceso. – Come spiega tutto questo?

– Signora, – disse Blackwell con una grassa risata – faccio questo lavoro da trent'anni e credo di saperla lunga. Per tutti questi posti, la leggende sui fantasmi sono un affare, una vera... attrattiva turistica. Nessie il mostro del lago, capisce? Se chiedete notizie ai locali, vi danno risposte evasive, fanno i misteriosi. Vogliono che i visitatori credano che incontreranno veramente un fantasma. È pubblicità. E io gliela faccio volentieri. Mi trattano come un re, quando sanno che sono un giornalista.

– Quindi, – sorrise la signora – lei ai fantasmi non ci crede.

– No, signora Christabel. In tutti questi anni non ne ho mai incontrato uno. Né di uomo né di donna. Preferisco gli umani maschi che mi offrono da bere e le belle donne che mi offrono... compagnia... parlo da galantuomo ovviamente.

La strana signora non sembrò né scandalizzata né divertita. Pareva fatta d'aria, pensò l'uomo. Eppure gli appariva sempre più attraente, come se ringiovanisse sotto i suoi occhi. Ma che sguardo triste....

– Signora, – disse Blackwell – forse le devo le mie scuse. L'ho spaventata? Ha paura di queste storie?

– Be', sì... ho paura...

– E cosa teme?

– Ho sempre pensato... che loro... i fantasmi... mi stessero cercando.

Blackwell rise fin troppo sonoramente.

– Suvvia! Mi dispiace di averla suggestionata con queste chiacchiere. Vanno bene per i miei lettori sempliciotti, non per una come lei!

La donna restò in silenzio.

– Be', io vado a cenare in paese, – disse Blackwell – il cibo dell'hotel è spaventoso... per umani e spettri. Vuole venire con me?

– No grazie, – disse la signora – sono molto stanca.

– Ma non ha neanche toccato il suo tè. Va bene, la invito domani a colazione, la voglio al mio tavolo, la porterò a fare un giro sul lago...

– Molto gentile – disse la signora.

Blackwell si alzò. Si tirò su i pantaloni agitando il pancione in modo scarsamente sexy e la salutò con un sorriso maliardo.

Erano le due ma la signora Christabel non dormiva. Si girava e rigirava nel letto. Ogni rumore la inquietava. Guardò fuori dalla finestra il bosco tranquillo, e il lago che brillava in lontananza, sotto la luna calante. All'improvviso udì un rumore di passi pesanti nel corridoio, e un ansito. Aprì con cautela la porta e...

Un uomo enorme e barbuto, in frac e cilindro, le passò di corsa davanti e quasi volando si diresse verso la scala che portava al primo piano.

– Signore! – chiamò la donna. Ma quello si era dileguato.

Un'ansia indicibile si impadronì di lei. Stava in piedi al centro della stanza, alla luce fioca dell'abat-jour, e continuava a sentire passi, fruscii e risate. Non capiva se provenivano dal piano superiore, o dal corridoio. La lampada si spense, la camera restò al buio. Poi di colpo la luce tornò, accompagnata da uno scroscio di risa lontane. Cercò di chiamare il portiere al telefono ma non ebbe risposta. Le parve che qualcuno bussasse alla porta. Aprì, non vide nulla.

Alle tre stava per assopirsi quando di colpo udì di nuovo, stavolta distintamente, la musica. Una piccola orchestra aveva preso a suonare con enfasi *Je te veux* di Satie, e i movimenti di molte persone facevano vibrare il soffitto e oscillare il lampadario. Non poteva sbagliare. Musica e rumori venivano da sopra.

Doveva sapere. Si vestì, e indossò per ultimo il solito impermeabile. Passo dopo passo, con timore crescente, salì gli scalini. Il corridoio del primo piano era coperto da una lunga passatoia stinta e strappata in più punti. Tutto sembrava abbandonato, polveroso. Vecchi ritratti di gentiluomini del passato la guardavano dalle pareti. E l'unico rumore era il suo respiro affannato. Poi, all'improvviso, la musica riprese, stavolta più forte. Seguendo la melodia, Christabel si trovò davanti alla camera 15. Esitò. Il cuore le batteva all'impazzata. Rimase un po' di tempo immobile, riprendendo fiato. Poi spalancò la porta.

La camera 15 era una bellissima suite dai colori dorati, con lampadari e mobili antichi, primo Ottocento. Quattro altissime tende rosse incorniciavano altrettante finestre spalancate sul lago luminoso. Una ventina di persone volsero la testa a guardare Christabel. Erano abbracciate come stessero ballando, ma stavano sospese in aria, a circa un metro dal pavimento. I volti erano pallidi e incipriati, gli uomini avevano gli occhi truccati col mascara, le donne ostentavano rossetti rosso scuro o viola. Un uomo era senza un braccio, una donna aveva la faccia tagliata da una cicatrice, un'altra aveva il petto nudo e una freccia che le traversava la gola. C'erano anche due gemelline dal volto adulto, e un nano senza mezza testa, vestito da paggetto. L'orchestra, in un angolo, smise di suonare. Fu l'uomo barbuto, il Rasputin in frac, che scese incontro a lei con leggerezza e le porse la mano guantata.

– La aspettavamo, signora Christabel – disse.

Gli occhi della signora si riempirono di lacrime.

– Cari, infine vi ho trovati, – disse – dopo tanta solitudine. Sono anni che vi cerco, ho girato tutti i castelli del paese.

– Dobbiamo nasconderci – disse un uomo pallido e bello, che indossava una marsina impeccabile, anche se una macchia di sangue gli imbrattava la camicia bianca. Sorrise e tese le braccia verso Christabel.

– Come ti ho già chiesto centocinquanta anni fa: balliamo, cara?

La donna si tolse l'impermeabile. Sotto aveva un vestito da sera, scollato e vaporoso. Bellissima e giovane come il giorno che si erano conosciuti, volò attraverso la sala e abbracciò l'uomo pallido e bello.

Due metri più sotto, soggetto all'umana gravità, l'Urlo, che impugnava un violino, disse ai tre compagni musicisti:

– L'avevo detto subito che era una signora bizzarra! Su, riprendiamo a suonare. Alors on danse!

14.

L'ispettore Mitch

Si a Homero coronó la ilustre frente
Cantar las armas de las griegas naos,
A vos de los insignes marramaos
Guerras de amor por súbito accidente.

LOPE DE VEGA

L'ispettore Mitch era seduto nel suo ufficio, un abbaino sui tetti, e osservava attentamente i gabbiani che cercavano di insidiare i nidi di piccione. Non aveva simpatia per i piccioni, ma i gabbiani stavano diventando troppo prepotenti. Perciò se avessero attaccato i pulcini, avrebbe subito mandato la squadra del Pronto Intervento, formata da quattro agenti agili e forti, in grado di saltare da un tetto all'altro con velocità da ninja. Nel quartiere, nessuno poteva sgarrare da quando c'era Mitch. I gabbiani, sentendosi controllati, volarono via berciando parolacce. Perciò l'ispettore Mitch stava per chiudere l'ufficio e andare a mangiare qualcosa in strada, quando il suo aiuto Pongo arrivò trafelato. Pongo era grasso e di gamba corta, aveva fatto le scale a balzi, e non riusciva a parlare per l'ansito.

– Capo, – disse – una co... una co... sa... terribile...

– Calmati Pongo, hai l'affanno. Parla con calma e dimagrisci...

– Il vecchio Ramses... – disse Pongo tutto di un fiato – stamattina si è buttato dal terrazzo di un condominio, un volo di sette piani... morto suicida.

L'ispettore Mitch si rabbuiò. Ramses era il gatto più vecchio e saggio del quartiere. Ventun anni. Per un gatto giovane, forse un settimo piano non sarebbe stato letale. Ma Ramses

143

non aveva più l'elasticità di una volta, ed era mezzo cieco e obeso.

In un minuto scesero in strada e raggiunsero la scena della tragedia. Killer, il cane informatore della CatPolice, aveva nascosto i resti del povero gatto dietro ai bidoni della spazzatura. Mitch guardò con pietà il corpo deformato dall'impatto. Sul muso di Ramses, un ghigno quasi beffardo. Vecchio amico, pensò. Sei stato il mio maestro, il mio Sherlock, e ora sei un mucchio di pelo smarmellato.

– Ha lasciato qualche messaggio? – chiese.

– Sì, – disse Pongo – una scritta sul terrazzo in graffiese.

(Il graffiese era la lingua dei felini più colti, mentre la maggior parte dei gatti del quartiere erano analfabeti.)

La scritta era

〰️ /\ ⋲ 〰️ ⌒ ⦚ 〰️ ⟩⟩ ⌒ 〰️)(≣ |

Che significava

Sono sordo, mezzo cieco e artrosico. Non riesco neanche più a leccarmi il buco del culo. Non è vita questa. Perdonatemi.

– Vecchio Ramses – disse Pongo scuotendo la coda. – Chi se lo aspettava? Proprio la settimana scorsa mi spiegava la differenza tra un pesce marcio commestibile e un pesce marcio letale.

– La vecchiaia è una brutta bestia – disse Mitch. L'ispettore era un vigoroso gatto rosso di sei anni, quindi di mezza età, ma cominciava già a perdere un po' di pelo e le gatte giovani gli davano dieci metri sullo scatto. Ma poi lo aspettavano...

Ci fu una cerimonia assai commovente. Il vecchio Ramses fu seppellito nel suo giardinetto preferito, sotto un cespuglio di rosmarino. C'erano almeno cento gatti, il bull terrier Killer e il barboncino a pelo ovino Mon Chéri. E soprattutto un rappresentante dei Sotterranei, Roger Ratto. Anche se Ramses aveva fatto fuori almeno un centinaio di sorci, loro lo rispettavano come un grande combattente. E da lungo tempo, ormai, gli passavano sotto il naso senza che lui provasse a inseguirli.

– Be', mi sembra un caso chiuso, – disse Pongo – un classico suicidio. Se permetti torno al bidone della spazzatura, c'era una mozzarella scaduta nel 2008 molto interessante.

– Smetti di pensare al cibo, mangiamerda – disse Mitch. – Aspettiamo prima di chiudere il caso. Ramses era un vecchio gatto, ma pur sempre un gatto. Un salto dal settimo piano può ucciderti ma anche storpiarti. È più sicuro e definitivo un boccone di topicida, o un tuffo nel fiume. Non ci vedo chiaro in questo suicidio, voglio ispezionare quel terrazzo.

– Certo che deve indagare, ispettore, c'è qualcosa di losco in giro – disse una voce umana.

La Baffona

Era apparsa la Baffona. Una strega gobba e rugosa, con una bella peluria sotto il naso, la gattara più vecchia della città. Vestiva sempre di nero con uno scialletto in testa e da anni, nel giardino davanti a casa, gestiva un gattotrofio di almeno cinquanta esemplari alla volta. Li curava, li nutriva, li proteggeva. Qualcuno arrivava, qualcuno se ne andava, qualcuno spariva. Ma il giardino era sempre pieno, e venivano anche da altre città per viverci. Nella guida turistica felina Micholin aveva due code e due lische di gradimento, persino più delle rovine del Teatro Romano.

– C'è un ammazzagatti nel quartiere, e sappiamo bene

chi è – disse la vecchia. – Zampanera è sparito. Ieri sera mi ha detto che sarebbe tornato a dormire e invece niente... Era diventato bello grasso, e Salmì lo aveva notato. Bisogna andare alla trattoria di quel bastardo.

– Lo faremo Baffona, non dubitare – disse Mitch. La gattara era loro amica, ma aveva quasi novant'anni ed era diventata un po' rompicoglioni. Parlava un po' di gattese e pretendeva di capirlo, ma i gatti hanno almeno cinquanta lingue. Ed era autoritaria, voleva comandare, cosa che i felini non gradiscono. Inoltre era nemica giurata e ossessiva di Salmì, lo chef-proprietario della trattoria Un Po' de Tutto, e sosteneva che costui cucinava e serviva gatti ai clienti. Ma fino a quel momento non c'erano prove per incriminarlo.

– Ogni mese sparisce un gatto – disse la Baffona. – Quest'estate Terenzio, Ketty, Musone, Quirino, Darix, Bilbolbul, Macchiolina e Pedro. Dobbiamo fermare la strage. Quello passa davanti al giardino, li esamina e li vede già in pentola, quel maledetto. Ma io gli stacco le palle!

– Calma Baffona, – disse Mitch – indagheremo. Ma i gatti sono spiriti liberi, vanno e vengono, e se non tornano non vuol necessariamente dire che siano finiti in umido. E ci sono altri nemici dei felini in questo quartiere.

– La banda dei Bombers, quei ragazzetti che una volta hanno tentato di dipingermi di blu – disse Pongo rabbrividendo.

– O Hermann Dobermann, che mi insegue sempre – disse Arsenio, il gatto ladro.

– Ma no, – ringhiò la vecchia – vi dico che è quel bastardo di un cuoco. Guardate nel suo menu, c'è sempre il coniglio alla cacciatora. Dobbiamo denunciarlo alla polizia.

– Non ci piacciono le istituzioni umane – disse Mitch. – Se permetti, Baffona, noi gatti sbrighiamo le nostre cose tra di noi.

La vecchia sputò per terra e se ne andò, borbottando oscure minacce.

– Andiamo, – disse Mitch a Pongo – come si arriva lassù al terrazzo?

– Ci sono due strade – disse Pongo. – Possiamo fare le scale del palazzo, poi ci nascondiamo e aspettiamo che qualcuno vada a stendere o ritirare il bucato. Oppure, ma è più pericoloso...

– Oppure?

– Be', al settimo piano c'è la lavanderia con una finestra sempre aperta e da lì ci si può arrampicare sulla grondaia... ma...

– Niente "ma", abbiamo fretta, – disse Mitch – faremo la grondaia.

Pongo miagolò roco e dimenò la coda per mostrare il suo disappunto. Aveva una paura fottuta di quella passeggiata sull'abisso.

Il terrazzo

Arrivarono al condominio, un palazzaccio giallo pieno di allarmi e cancelli. Li scalarono agilmente, entrarono dal retro dove c'era sempre una porticina aperta. Salirono le scale, attenti a non incontrare qualche condomino gattofobo. Erano quasi in cima, quando sentirono passi pesanti, e stridere di unghie. Era un ragazzo in tuta con un maledetto dobermann che li fiutò e si mise a ringhiare. Si nascosero.

Ma il cane continuava a abbaiare.

– Buono Hermann, buono – disse il ragazzo. – Dai, entra in ascensore.

Sentirono l'ascensore scendere, mentre Hermann insisteva a protestare.

– Maledetto nazista – disse Pongo a pericolo scampato.

– I cani sono così – disse Mitch. – È la loro natura.

– E Killer? E Mon Chéri?

– Killer è un opportunista, lo paghiamo profumatamente con ossibuchi puzzolenti. E Mon Chéri vorrebbe tanto essere un gatto.

– Vorrai dire una gatta. Lo sanno tutti che è gay – disse Pongo ridendo sguaiatamente.

– Pongo, sei omofobo?

– No, sono soriano – disse Pongo che come spesso gli succedeva non aveva capito un cazzo.

Arrivarono all'ultimo piano, e saltarono attraverso la finestra. In effetti c'erano cinquanta metri di grondaia, per arrivare al terrazzo, che splendeva al sole con le vele bianche dei panni stesi. E sotto c'era uno strapiombo pauroso anche per un gatto.

Mitch si avviò per primo, col suo leggendario equilibrio. Dietro, Pongo procedeva prudente e terrorizzato, e mollò anche una puzza in alta quota. Un gabbiano precipitò.

– C'è qualche testimone da interrogare? – chiese Mitch.

– Be', sì, nell'attico c'è una gatta – disse Pongo. – Vive con una famiglia abbastanza ricca, si chiama Chantal.

A quel nome, fu Mitch a sussultare e quasi perse l'equilibrio.

Chantal. Quanti ricordi. Occhi d'oro assassini, pelo di cachemire bianco, profumo di talco. Una passeggiata sui tetti al chiaro di luna, la coda candida che ondeggiava davanti a lui... E poi... Ma niente sentimentalismi, siamo al lavoro.

Giunsero sul terrazzo, il vento faceva schioccare energicamente i panni, ai loro piedi si stendevano la città tentacolare e il reticolo delle strade. L'ispettore si avvicinò al punto da cui si era lanciato Ramses. Il parapetto era abbastanza alto, il presunto suicida doveva aver trovato le ultime energie per scavalcarlo. Vide la scritta sul pavimento. Graffi decisi e profondi. Calligrafia molto incerta e anche un errore, ma Ramses era vecchio e forse un po' rimbambito. Mitch restò a studiare, mentre Pongo inseguiva senza fortuna una cornacchia.

Poi l'ispettore sentì un miagolio dolce e seducente. Si sporse. Dal sottostante balconcino, tra gerani e piante grasse, gli occhi d'oro di Chantal lo guardavano.

– Mitch, è un piacere rivederti. Sei venuto a interrogarmi? – disse la gatta leccandosi languidamente una zampa.

– Be', sì, – disse Mitch imbarazzato – insomma, tu hai sentito qualcosa riguardo a Ramses, vero?

– Se vieni giù te lo racconto – disse Chantal.

Mitch non si rese neanche conto che aveva corso sul bordo del parapetto e si era lanciato per tre metri giù nel terrazzino. Pongo si sporse e disse:

– Immagino che vuoi proseguire le indagini da solo, no, capo?

– È così, brigadiere Pongo. Ci vediamo domani.

Chantal

Mitch entrò con cautela nell'appartamento. Era un bell'attico col parquet, pieno di piante, tende da stracciare con le unghie, un pianoforte a coda su cui passeggiare svegliando tutti. Roba di lusso. Su un divano, distesa sensualmente con gli occhi semichiusi, stava Chantal.

Era ancor più bella di come la ricordava, tutta candida con un neo sul muso e un collarino rosso di velluto. Sgranocchiava svogliatamente una crocchetta.

– Vieni, ispettore. Non ti preoccupare. I miei padroni sono fuori, sono sola [*lampo negli occhi*]. Vuoi un bonbon al salmone?

– Grazie no – disse Mitch cercando di darsi un contegno. – Be' Chantal, capirai che sono qui solo per motivi professionali...

– Ma potresti almeno chiedermi come sto – disse lei piccata.

– Già... come stai?

– Mi annoio, baby – disse lei, e sbadigliò mostrando i bei dentini e la gola rosa.

– Be', non ti manca niente qui.

– Oh, mi manca... la libertà... – sospirò Chantal – come quando tu e io... [*sventagliata di coda*]

– Chantal, – la interruppe Mitch – mi piacerebbe parlare di noi, ma ripeto, sto facendo un'indagine. Hai sentito qualcosa stamattina, quando Ramses si è buttato giù?

– Allora le dirò tutto, ispettore, – disse sarcastica Chantal. – Sì, all'alba mi hanno svegliata dei passi sulle scale.

– Passi di gatto?

– No, passi di umano. E poi un miagolio. Direi il miagolio di qualcuno che sembrava stordito.

– Interessante. E poi?

– E poi qualcuno ha aperto la porta del terrazzo condominiale, sono uscita sul mio balcone, ma non riuscivo a vedere nulla. Ho sentito dei rumori strani. Poi ho visto qualcosa precipitare. Era Ramses. E ho sentito i passi dell'umano che tornava indietro di fretta, e prendeva l'ascensore.

– Mmm. Quindi Ramses non era solo, secondo te.

– Sei tu l'ispettore – disse ironica Chantal.

– Be', grazie... mi sei stata... utile.

– Utile? Che complimento...

– Chantal, avremo tempo di riparlarne...

Chantal rizzò il pelo raddoppiando di volume.

– *Avremo tempo?* Ti ripresenti dopo un anno, dopo avermi sedotta e abbandonata, e dici "avremo tempo di riparlarne"? Tu... tu sei un mentitore, un playcat da strapazzo, un maniaco sessuale, ti odio, ti odio, vai via di qui... o ti graffio a sangue.

– Chantal, lo sai come è andata. Eravamo troppo diversi.

Io sono un gatto di strada, tu hai un pedigree che sembra il tabellone di Wimbledon...

– È vero, – disse la gatta – io sono un'angora Zapachilda Blancs Manteaux e tu sei un pezzente, ti dai arie da detective ma hai un passato di ladro e il tuo nome intero è Mitchum Cicciobaffo... ma ci amavamo [*lacrimuccia*], io ti amavo e per te sarei scesa nel fango della periferia, avrei mangiato topi crudi, per te sarei diventata... l'ultima delle zoccole...

– In effetti eri portata – disse Mitch, e si pentì subito della battutaccia. Chantal si rizzò sulle zampe, furibonda.

Miao com'è bella, pensò Mitch, e subito dopo si prese un gancio destro che gli portò via un'intera vibrissa. Meglio scappare.

Killer

– Che c'è Mitch? Hai fatto a botte con un Isterico? – disse Killer, vedendolo arrivare.

(Isterici era il nome che i gatti davano ai cani.)

– No, non è stato un tuo fratello. Ho bisogno di te, Killer. Tu capisci la lingua umana più di noi. Devi fare qualche indagine.

– A tua disposizione – disse Killer. – Ovviamente ti costerà. Non voglio più ossibuchi spolpati. Ne voglio uno vero con carne e tutto.

– Non sarà facile ma ci proveremo. Manderò Arsenio il Ladro nella cucina di Salmì. A proposito, che ne pensi di quello che si dice in giro? Sono spariti dieci gatti in tre mesi. E tutti andati via senza salutarci...

– I gatti non sono più educati come una volta, – disse Killer annusando una merda – questo quartiere fa schifo. Non si può più girare. Accalappiacani, macchine a tutta birra, ragazzacci che sognano di impiccarti a un albero, negri...

– Killer, ma che cazzo dici?

– Negri è il nome che diamo ai cani che vivono sempre in braccio ai padroni, chihuahua e simili, poveri schiavi... e poi io sono razzista... noi bull terrier siamo i meglio al mondo. Comunque noi Isterici non c'entriamo. Hermann Dobermann è troppo stupido per prendere un gatto, e Roth Rottweiler, da quando l'hanno castrato, caccia solo farfalle. No, c'è qualcuno che vi odia in questa città. Forse il vecchio Ramses si è ucciso perché aveva capito che i nuovi tempi sono troppo duri.

– Killer, io penso che Ramses non si sia suicidato, ma sia stato buttato giù da qualcuno. Ramses sapeva qualcosa. Devi fare indagini su dove bazzicava ultimamente.

– Non girava molto, stava rintanato nel suo rottame di Apecar, ma qualche volta l'ho visto cercare cibo vicino alla spazzatura della trattoria.

– Quindi sospetti anche tu Salmì? Pensi sia vero che cattura i gatti per cucinarli?

– Può essere. Detesta voi felini, ma ama molto noi cani, è in crisi perché la moglie l'ha appena lasciato per il cameriere pakistano. So tutto io. Può essere stato lui, ma c'è qualcosa di sinistro in giro. I gatti del giardinetto della Baffona sono spaventati. Hanno paura di sparire da un giorno all'altro, come i loro compagni.

– Sai cosa penso, Killer?

– Cosa pensi?

– Che non finirà qui.

Ancora un delitto

Aveva appena finito di parlare che Fanny, gatta velocissima e tricolore, arrivò trafelata.

– Mitch, vieni, presto...

– Cos'è successo?

– Hanno trovato Juventus, la gatta bianca e nera. Cioè, quello che ne resta. La pelliccia, nella spazzatura del ristorante Un Po' de Tutto.

Corsero sul posto, c'era già un capannello di amici e curiosi. I resti di Juve erano stati pietosamente coperti con un tovagliolo. Mitch lo sollevò. Che spettacolo terribile, pensò. Una delle gatte più belle del giardinetto era stata scuoiata e decapitata. Restava un po' di pelo, buttato in bella vista tra cartoni di birra e sacchi di organico. Le mosche ronzavano.

– Chi l'ha trovata?

– Io – disse Billy il Maniaco, con voce rotta dall'emozione. – Era buttata lì, pensavo fosse uno straccio. Dio come l'amavo, per me era unica.

– Sì, come le altre centocinque – disse Fanny acida.

Billy era famoso perché aveva il testosterone come un branco di scimmie bonobo.

– Salmì è un bastardo, – disse Arsenio il Ladro – chiamo tutti i gatti del quartiere e lo attacchiamo.

– Sì, – disse Killer – e io chiamo mio cugino Jack campione di lotta e Sherpa il sanbernardo e due bassotti terribili, i fratelli Mordimarroni.

– E io – disse Firmino, gatto di sei mesi – vado a cercare una tigre.

– Fermi tutti, – disse Mitch – io ho ancora dei dubbi.

– Dubbi?

– Pensate che Salmì sia così stupido da cucinare un gatto e lasciare il pelo in bella evidenza, col rischio che lo veda qualche cliente o qualche vigile?

– Non è così stupido? – chiesero tutti in coro.

– Lui no, ma voi sì. Qualcuno sta cercando di depistare le indagini.

Tutti rumoreggiarono. L'autorità di Mitch era indiscussa,

ma la morte di Juve li aveva scossi. E proprio in quel momento la gatta Anastasia portò una nuova tremenda notizia.

Era stata trovata la testa di Zampanera. A cento metri dai giardinetti. Sotto il muro dei graffiti dove si radunava la Banda dei Bombers.

– Ora possiamo dirlo, – disse Mitch – siamo in presenza di un serial killer.

– Evviva – disse Pongo che come spesso gli succedeva non aveva capito un cazzo.

La grande riunione

Mitch aveva convocato tutti la mattina presto, nell'abbaino della CatPolice. C'erano Felini, Isterici, Sotterranei e anche Ramón il pappagallo.

– La situazione è grave, amici. Ma ne verremo fuori – disse l'ispettore. – Ora vi spiegherò il mio piano.

Furono interrotti da passi umani e da un respiro ansimante. Nera e gobbuta, con lo scialle funereo in testa, apparve la Baffona.

– Tutti qui belli riuniti e intanto Salmì se la spassa – ringhiò ironica. – Quali altre prove volete? Ha fatto fuori Juve. I gatti dei giardinetti sono terrorizzati. Stanotte sono spariti Dolasilla la tigrata e Botero, il micio più grassottello, più bello. L'ho tirato su a coratella e merluzzo, e adesso sarà nelle grinfie di quel maledetto.

– Calma, Baffona – disse Mitch. – Stiamo indagando seriamente e ti giuro che troveremo il serial killer.

– Non vi credo – disse la Baffona. – Mentre voi cercate a vanvera, Dolasilla e Botero saranno già in padella con timo, alloro e capperi.

– Capperi – fece eco Ramón.

– Non trascureremo nessuna pista – assicurò Mitch. – Oggi faremo una perquisizione nel ristorante di Salmì.
– Era ora! – disse la Baffona. – E chi la farà?
– Roger Ratto e Mon Chéri.
– Un topo e un cane di dubbia sessualità?
Si udì un coro di proteste. Mitch fece segno di far silenzio.
– Baffona, so che sei affezionata ai tuoi gatti, ma adesso stai esagerando. Vai via e non interferire.
– No, resto, voglio sapere cosa farete. Non me ne vado.
– Killer, – disse Mitch con calma – vuoi accompagnare la signora alla porta?
Killer digrignò i denti e la Baffona scomparve con una certa velocità.
– Baffona è un'amica ma è troppo emotiva – proseguì Mitch. – Noi dobbiamo essere tranquilli e infallibili come Bruce Lee. Ora ecco il piano. Tu, Roger Ratto...
– Maresciallo Ratto ai suoi ordini, capo – disse il topo scattando sull'attenti.
– Tu e altri due o tre Sotterranei andrete a ispezionare le cucine del ristorante, Mon Chéri verrà con voi. Salmì adora i cani e ha un debole per i barboncini a pelo ovino. Tu, Mon Chéri, dovrai fare il cagnolino carino pisciolino, giocare con lui e tenerlo lontano dalla cucina il maggior tempo possibile.
– Camminerò a due zampe, farò capriole, sarò irresistibile – disse Mon Chéri.
– Bravo. Roger, tu e gli altri dovete cercare dappertutto. Nel frigo, nelle credenze, nelle pentole, nelle zuppiere, nel forno, dentro alla farina, insomma dovete scoprire se in quella cucina c'è una minima traccia, pelo o ossicino, di gatto.
– Ricevuto. Porterò con me Thor, che è una nutria in grado di aprire un freezer coi denti, e il sorcetto Briciola, che passa attraverso una serratura.
– Bene, andate, e fate un buon lavoro. Poi ho una missione per voi Isterici. Killer, tu e Cyrano il Segugio andrete in

155

giro a parlare con tutti, quadrupedi e bipedi, e a chiedere se hanno visto qualcosa di sospetto. In quanto a me e Pongo, andremo nella tana di Ramses e cercheremo qualche indizio che possa ricollegarsi alla sua scomparsa. Poi ci vuole qualcuno che vada a parlare con i gatti dei giardinetti. Ma senza spaventarli, e con cautela, magari c'è un complice del killer tra loro. Qualcuno che sappia usare astuzia e dolcezza. Chi si offre volontario?

– Io credo di essere adatta – disse una voce mielata. Dalla finestra, con un agile balzo, entrò Chantal. Si stirò sulle zampe e disse:

– Mitch, come sai, io sono... molto portata per far parlare i gatti... specialmente... i gatti maschi.

– Potrebbe essere pericoloso – disse Mitch.

– Tranquillo, baby, non lo faccio per te – disse seccamente la gatta. – Lo faccio per la comunità.

– Va bene. Ma verrà anche Ramón il pappagallo. Controllerà tutto dall'alto e ti avvertirà se c'è qualcosa di strano.

– Sarà come un drone – disse Fanny.

– Come un cosa? – chiese Pongo.

– Zitto Pongo. Tu verrai con me alla tana di Ramses. Per tutti, appuntamento stasera alle sette. Buona fortuna.

La tana di Ramses

Mitch e Pongo camminarono svelti, schivando macchine e pedoni, fino al giardino della Baffona. Tutto sembrava tranquillo. Alcuni gatti sonnecchiavano sotto le piante, altri oziavano sui muretti. Ma le code denunciavano un certo nervosismo, e alcune ciotole erano ancora piene. La paura fa passare l'appetito. Mitch bloccò Pongo che stava per avventarsi su un residuo di crocchette, e lo spinse verso il Pratone, un campo pieno di sterpi e rifiuti, un terrain vague dove ancora nessuno aveva costruito, ma già c'erano le ruspe pronte a edificare un nuovo mostro di cemento. Oltrepassarono la casetta della Baffona, e una baracca che non avevano mai notato prima. Forse zingari. Da dentro veniva un ronzio misterioso. Avanzarono ancora a balzi tra le erbacce alte finché giunsero in uno spiazzo sotto un tiglio polveroso. Là, dentro una vecchia Apecar abbandonata, aveva vissuto Ramses il Saggio.

Entrarono con cautela nell'abitacolo. C'erano resti di cibo, una piccola cuccia, ciuffi di pelo, un poster di Catwoman.

– Non vedo niente di strano – disse Pongo.

– Aspetta, – disse Mitch – frughiamo bene.

Dopo aver guardato con attenzione, si accorse che la fodera del sedile dell'Apecar portava segni di graffi, come se qualcuno l'avesse aperta e richiusa. Infatti dentro alla fodera era nascosta una tavoletta di legno, scritta da ambo i lati. Era tutta incisa in graffiese. Mitch iniziò a leggere e spalancò gli occhi.

– Che mi venga la rogna, – disse – questa è davvero interessante. È una storia che mi raccontava sempre mio padre, ma pensavo fosse una leggenda.

– Di cosa parli?

Sentirono dei passi. Mitch prese la tavoletta in bocca e balzò fuori dal finestrino.

– Corri, Pongo, filiamocela.

La caccia all'assassino

Quella sera alle sette erano tutti di nuovo riuniti. C'era anche Mouse, il gatto del negozio di computer.

– Ho una storia spaventosa da raccontarvi, – disse l'ispettore Mitch – ma prima voglio un rapporto sulle investigazioni di oggi.

– Prima però devo darvi una brutta notizia – disse Poldo

lo Zoppo. – Un altro delitto, anche più crudele dei precedenti. Hanno trovato Botero impiccato a un ramo. Proprio di fronte al muro dei graffiti, dove si raduna la banda dei Bombers. E sul muro c'era una scritta: *Odiamo i gatti e i terroni*.

– Maledetti razzisti, – gridò Arsenio – allora sono loro i colpevoli!

– Forse, – disse Mitch – ma potrebbe anche essere un ultimo tentativo di depistare le indagini. I Bombers fanno casino allo stadio e rubano qualche motorino, ma non ce li vedo a fare i sadici. È una banda di piccoli teppisti, e metà di loro viene dal Sud. Strano quel riferimento ai terroni. E poi dov'è Dolasilla?

– Insomma, Salmì non è stato, i Bombers neanche, chi è l'assassino allora? – disse Killer.

– Lo scopriremo. Intanto sentiamo i rapporti. Roger Ratto, riferisci.

Il topo si alzò sulle zampe posteriori e parlò con voce stridula e fiera.

– In data odierna addì 16 settembre verso le ore 15, una pattuglia operativa formata da me maresciallo Roger Ratto, dall'appuntato Thor...

– Ma come parla? – disse Chantal.

– Ho fatto per tre anni il topo in una caserma di carabinieri. Allora ripeto, io con l'appuntato Thor e l'incursore Briciola, insieme al signor barbone Mon Chéri ci siamo recati al ristorante Un Po' de Tutto, sito in via Genova numero 145, all'angolo con...

– Meno particolari Roger, vai al sodo.

– Un verbale è un verbale. Dunque, giunti sull'obiettivo dell'indagine è entrato in azione il già citato collaboratore Mon Chéri, che con lazzi e moine ha attirato l'attenzione del signor Ciocia Luigi di anni sessantaquattro, in arte Salmì, chef nonché proprietario del ristorante. Avendo constatato che il signor Salmì era stato neutralizzato, siamo entrati. Abbiamo ispezionato nell'ordine:

numero due frigoriferi rispettivamente da trecento e duecento litri. Quattro cassapanche e ripiani con cibi vari. Sessanta pentole e padelle. Un camino con spiedo e alari. Due cucine con forno elettrico. L'appuntato Thor ha divelto la grata del forno a legna, dentro cui si è infilato con grande sprezzo del pericolo l'incursore Briciola. Abbiamo inoltre ispezionato centoventi vasetti di marmellate, carciofini, ceci eccetera. Dodici sacchi di farina e di riso. Abbiamo guardato in tutti i bidoni della spazzatura e in ogni angolo e recesso. Al termine dell'operazione non abbiamo notato alcuna traccia né indizio né pelo né unghiolo né vibrissa né brandello né infinitesima parte di qualcosa che possa ricondursi a un GATTO... in fede, capitano Roger Ratto eccetera.

– Non nascondete niente?

– Non abbiamo portato via nulla, – sospirò Roger Ratto – se non numero dodici uova, e abbiamo consumato sul posto un chilo di parmigiano reggiano, per compensare il grande dispendio di energie...

– Grazie maresciallo, ottimo lavoro. E adesso a te, Chantal.

– Ho parlato a quasi tutti i maschi, – disse la micia – ma ho notato che avevano la testa da un'altra parte. Hanno detto che sono molto ben nutriti e curati, ma ultimamente la Baffona li controlla troppo, per paura dell'assassino. Alcuni hanno manifestato l'intenzione di scappare. Hanno tutti una gran paura.

– E di chi?

– Non di me – disse Chantal con un sorriso maliardo.

– E Ramón?

– Arriverà, sta lavorando. Distribuisce bigliettini portafortuna al luna park. Quando verrà, mi ha detto che ha una cosa importante da consegnarti.

– Bene. E voi, Killer e Cyrano, avete scoperto qualcosa?

– Niente di anormale, – dissero i due cani – se non che una vecchissima tartaruga, da noi intervistata, ha detto: "Questo mi ricorda qualcosa che accadde tanti anni fa".

– Cosa?

– Purtroppo era rincoglionita e non lo ricordava.

– Bene, – disse Mitch – siete stati bravi. Il cerchio si stringe. E grazie a quello che abbiamo trovato nell'Apecar, siamo a un passo dalla verità. Guardate.

E mostrò la tavoletta di legno.

– Qui, in alfabeto graffiese, c'è una vecchia storia... Ramses l'ha incisa perché noi la trovassimo. Non è scritta da molto, i graffi sono freschi. Il nostro amico si era accorto di qualcosa e voleva avvertirci... La leggo

$$\text{\textbackslash\textbackslash}\ \Gamma + + 1\ \text{///}\ \text{\textbackslash\textbackslash}\ \} \equiv\ V V\ \} \cong \wedge\ \text{///}$$

Se mi accade qualcosa, questa è la storia del Vampiro, come mi fu riferita da mio padre e da mio nonno.

Circa quarant'anni fa, nel nostro quartiere, che allora era assai meno abitato e più selvaggio, ci fu una serie impressionante di uccisioni di gatti. C'è chi dice quasi mille in quattro anni. Un uomo vestito di nero, detto il Vampiro, fu visto più volte aggirarsi tra le rovine e nei prati dove c'erano randagi. Girava con un sacco e un randello. Era abile negli agguati, sapeva imitare il nostro miagolio, colpiva e portava via le prede. Oppure seminava esche che non le uccidevano, ma le stordivano, e poi passava a prenderle. A volte risuonava un colpo di fucile. Presto si seppe la terribile verità. Il Vampiro era gattofago.

– Miaooooooooooooooo – gridarono tutti con orrore, anche i cani.

Portava i poveri gatti nella sua casa e li cucinava, non mangiava quasi altro, erano la sua ossessione, li preferiva a ogni altro cibo. Per quattro anni uccise e divorò. Finché commise un errore. Entrò in un giardino e catturò i sei gattini della figlia del capitano dei carabinieri. Partì un'indagine accurata. E poco dopo, ecco cosa scrissero i giornali dell'epoca.

Vi ricordo, amici, che Ramses era più colto di noi, aveva passato l'infanzia in un college inglese e non solo parlava trenta lingue feline dal lincese al tigretico, ma sapeva capire e leggere l'umano. Ecco cosa ci ha tradotto.

Dal giornale del 10 settembre 1970

CATTURATO IL VAMPIRO DEI GATTI

È finito l'incubo per i randagi e per i proprietari di gatti del quartiere periferico dei
Pratoni. Ieri i carabinieri hanno fatto incur-
sione in una casa e hanno arrestato il signor
Domenico Lomagno, di anni quaranta, ex cuoco.
Nell'abitazione sono stati trovati resti di
felino appena cucinato e decine di pellicce. A
tradire il Lomagno, l'odore di carne e spezie
che usciva in permanenza dal suo comignolo,
alcuni miagolii sospetti e le pelli che i vicini hanno notato nel bidone della spazzatura.
Un testimone ha riferito di aver visto fuggire
dalla casa un gatto col pelo strinato e un ra-
metto di rosmarino nel sedere. Il Lomagno ha
ammesso i suoi delitti e ha detto che la sua
perversione è nata nell'immediato dopoguerra,
quando i gatti si mangiavano per fame. Ha ammesso di aver divorato nella sua carriera più
di tremila gatti. È stato denunciato e condan-

nato per maltrattamento continuato di animali. Inoltre, nella sua casa sono stati trovati un fucile non denunciato e soldi di provenienza imprecisata. Il Lomagno aveva già alle spalle due condanne per furto. Ora dovrà passare in galera almeno una decina di anni.

Poi qui c'è la foto di Lomagno. Guardatela bene, è importante. E Ramses conclude:

Amici, attenti. Il Vampiro potrebbe tornare, anzi forse è già tornato. Se dovesse accadermi qualcosa vendicatemi.

ᛗᛁᛗ ‖ ⅤⅤ ⅃ ⟍⟍ ᛁ+ +ᛁ ⫽⫽ ⟍⟍⟍ ‖‖

Un grande silenzio calò nell'abbaino. Anche il sole che tramontava sembrava andarsene per non disturbare. Tutti erano spaventati a morte. Dal passato tornava un incubo che alcuni di loro avevano sentito raccontare. Non era più una leggenda, ma una crudele e minacciosa realtà.

– Dobbiamo trovarlo – disse Mitch. – Certamente è uscito di prigione, e se è tornato, non si fermerà.

In quel momento entrò svolazzando Ramón. Portava qualcosa nel becco.

– Scusate il ritardo. Come forse Chantal vi ha detto, ho qui qualcosa che potrebbe aiutare l'indagine.

Buttò sul tavolo un nastrino nero con un campanello.

– Era quello che Dolasilla portava sempre al collo. L'ho trovato a pochi metri dal giardinetto.

– Cyrano, sai ancora seguire una traccia?

– Di un gatto? Certamente!

– Se è una gatta femmina, anche io posso seguire l'odore – disse Billy il Maniaco.

– Allora portateci da Dolasilla – disse Mitch con un lampo negli occhi. – La verità è a un passo.

La baracca del Vampiro

Cyrano e Billy, sotto la luce lunare, si misero a seguire la traccia di Dolasilla, e non ci fu bisogno di andare lontano. L'usta portava alla baracca vicino alla tana di Ramses. La robusta porta era chiusa e sembrava che dentro non ci fosse nessuno, si udiva solo quello strano ronzio.

– E adesso che si fa? – chiese Pongo.

– Un gatto entra dappertutto – disse Mitch.

Infatti trovarono subito sul retro una finestrina con inferriata. Ci passarono tutti, anche Killer e Cyrano strizzandosi un po'.

Accesero la luce. Era un posto molto strano, con le pareti bianche come una sala operatoria, non c'erano letti né sedie. Un grande freezer da gelati, da cui proveniva il ronzio. Un tavolo di marmo, una vasca lavatoio e una cassettiera.

Aprirono la cassettiera e con una certa inquietudine trovarono parecchi coltelli affilatissimi, uno spiedo e alcuni forchettoni. C'era anche un fucile, appoggiato alla parete. Poi notarono una porticina nell'angolo più buio. Entrarono.

Videro una stanzetta spoglia, con un pagliericcio. Le pareti erano tappezzate da centinaia di polaroid di gatti, alcune ingiallite e vecchissime. Ritagli di giornale, e un armadietto che conteneva sacchi di plastica e vecchi vestiti, che Mitch esaminò con cura. Per finire, scoprirono due bottiglie. Non ci fu bisogno di aprirle. – È cloroformio – disse Cyrano arricciando il naso.

– Bene, ragazzi – disse cupo Mitch. – Ci resta un'ultima cosa da fare, la peggiore. Apriamo quel freezer.

Killer azzannò il coperchio e il freezer si spalancò, una nube fredda uscì, come un respiro di morte.

Dentro al freezer, a frollare nel ghiaccio c'erano una decina di cadaveri di gatti, alcuni interi, altri decapitati. C'era la povera Dolasilla, c'erano Zampanera, Macchiolina e Pedro, e la testa di Juve. E alcuni gatti sconosciuti, evidentemente il Vampiro cacciava anche in altri quartieri. Richiusero.

– Lo abbiamo trovato – ringhiò Killer, tremando dal freddo, o dalla fifa.

– E adesso? – disse Pongo, che stava per vomitare.

– Adesso aspettiamo – disse Mitch.

Si nascosero nella stanzetta. A mezzanotte si udirono parecchi giri di chiave e la porta della baracca si aprì. Entrò una figura nera, con un sacco in spalla. Si guardò intorno, annusò.

– So che siete nascosti da qualche parte, conosco il vostro odore. Saltate fuori – disse una voce conosciuta.

– Ciao Baffona – disse Mitch uscendo allo scoperto. – O devo chiamarti col tuo vero nome, Domenico Lomagno?

La Baffona si tolse lo scialletto dalla testa, poi si rizzò, la gobba scomparve, era più alta, anzi più alto, di dieci centimetri. Rise sguaiato.

– Vi ho fregato per tanti anni, sono diventato un po' gobbo davvero... ma complimenti Mitch, come ci sei arrivato?

– Sono un ispettore, no?

La Baffona prese il fucile dalla parete, si sedette sul freezer, accese una sigaretta.

– Hai un brutto vizio, – disse Mitch – fumare alla tua età!

– Sì, ho parecchi brutti vizi. Allora, dimmi, come mi hai scoperto?

– Oh, non è merito mio – disse Mitch. – Ramses aveva già capito tutto. Ti deve aver visto fare qualcosa di strano, si è ricordato la storia del Vampiro e ha collegato le cose.

– Si è messo a seguirmi, quello stronzo – disse il Vampiro.

– Allora tu lo hai stordito, lo hai portato su quel terrazzo e lo hai buttato giù. Sapeva troppo.

– Sì, l'ho portato lassù e l'ho tenuto per la coda, sospeso nel vuoto. Gli ho detto: dimmi cosa sai e a chi lo hai rivelato. Ma non ha voluto parlare, quello stupido.

– Ramses era un duro. Ma ci ha lasciato una traccia decisiva.

– Quale traccia?

– Una tavoletta con la tua storia di quarant'anni fa. Non eri male coi baffetti, nella foto del giornale. E da quel momento i miei sospetti sono diventati certezze, e i pezzi dell'enigma hanno cominciato a incastrarsi. Ad esempio, ho pensato che per far fuori i gatti bisogna avvicinarli, se no scappano veloci. Tu come Baffona eri apparentemente loro amica. Come il Vampiro, parlavi il gattese. Si fidavano di te, quei poveretti.

– E poi?

– E poi il suicidio di Ramses non mi ha convinto, la scritta in graffiese era strana.

– L'ho obbligato a inciderla, lo tenevo per il collo.

– Sì. Non era la sua normale gattigrafia. E c'era anche... una deliziosa testimone che ha sentito i tuoi passi sulle scale quel mattino. Poi tu hai visto che non mi fermavo alle apparenze e da quel momento hai provato a depistare le indagini. Hai ammazzato gatti seminando falsi indizi. Eri troppo feroce nell'accusare Salmì. E anche la storia della banda dei Bombers, era solo un ultimo tentativo di ingannarci. Poi mi è venuto in mente quando hai parlato di "timo, alloro e capperi". Come facevi a sapere che questa è la ricetta migliore per cucinare i gatti?

– Come hai fatto tu a saperlo?

– Con il mio amico Mouse ho consultato internet e ho scoperto altre cose su di te. Che eri cuoco, e la tua specialità era il coniglio ai capperi. Finalmente ho capito perché facevi ingrassare tanto i tuoi gatti. E anche i tuoi baffi hanno trovato spiegazione.

– La barba me la faccio, – disse il Vampiro con una smorfia – ma i baffi sono una sofferenza, mi taglio sempre. E col mio travestimento e un documento falso comprato in galera, nessuno mi ha riconosciuto per quarant'anni. Altri indizi, genio?

– Mi sono ricordato che una volta ti ho visto pisciare in piedi da lontano. Ma allora non gli diedi troppa importanza.

– Be', sì Mitch, mi hai scoperto. Dopo otto anni di prigione sono uscito, potevo godermi un po' di soldi rubati che avevo nascosto. Ma avevo soprattutto un desiderio: placare la mia fame – disse il Vampiro con uno sguardo diabolico. – Otto anni senza succulenta carne di gatto, otto anni di tormento. Ma stavolta dovevo essere più furbo. E allora ho pensato a questo travestimento. Chi avrebbe sospettato che sotto le spoglie di una soave vecchia gattara si nascondesse il Vampiro? È stato geniale, no? Mi sono finto gobbo, ho tenuto i capelli lunghi, ho arrochito un po' la voce, ho perfezionato il gattese. Avrei continuato a mangiare squisiti micioni per anni, se non si fosse messo di mezzo quel vecchio Ramses rompicazzo, e adesso tu, Mitch. Ma mi dispiace per voi, non andrete a raccontare a nessuno questa storia. Ben presto sarete nella mia padella. Per te, Mitch, ho una ricetta speciale coi peperoni. E per l'occasione, mi cimenterò anche in spezzatino di cane.

– Fottiti – disse Killer ringhiando.

– Vuoi che ti faccia saltare la testa, faccia di coccodrillo? – urlò il Vampiro.

– Metti via quel fucile. Sei in trappola, assassino. Arrenditi – disse Mitch con calma.

Il Vampiro rise a bocca spalancata, mostrando orribili denti cariati e appuntiti. Puntò il fucile.

– Ah sì? E chi mi fermerà? Tre gatti spelacchiati e due cagnetti?

– Non sono un cagnetto, – disse Killer ringhiando – sono una forza della natura.

– E anche io sono una belva – disse Pongo, che per la paura aveva iniziato la guerra batteriologica mollando la solita puzza.

– Hai ragione Domenico Lomagno, alias Baffona – disse Mitch. – Tre gatti randagi e un paio di cani non possono fermarti. Ma un esercito di topi, dieci bei cagnoni e cento gatti molto incazzati possono.

Il Vampiro stava per dire qualcosa, quando sentì un rumore alle spalle e si voltò. Migliaia di occhi feroci di tutti i colori e le dimensioni lo fissavano.

– No, un momento! – gridò. – Voglio un regolare processo umano!

– Noi gatti, come ti ho già detto una volta, sbrighiamo le cose tra noi. E i nostri amici devono essere vendicati.

Il primo a attaccare fu Killer, che con un balzo azzannò il braccio che teneva il fucile. Alle spalle, Sherpa il sanbernardo inchiodò il Vampiro al pavimento. Poi arrivarono le unghie dei gatti. E infine un nugolo di topi coprì il corpo del Vampiro, che urlò finché una pantegana gli entrò in bocca, e fu la fine. Si sentì solo masticare.

– Dopo pulite tutto e mettete quello che resta nel freezer – disse Mitch.

– Non resterà molto – disse Roger Ratto.

Finale

Era quasi l'alba. Nel prato si ballava al suono di una vecchia radio. Lou Reed cantava: *Vieni a passeggiare nel Wild*

Side. Mitch e Chantal camminavano insieme tra le erbacce e i pochi fiori. Avevano tante cose da dirsi.

– Ah, – sospirò Pongo – l'amore...

– Certo – disse Fanny. E si grattò vezzosamente un orecchio.

– Ehi Fanny, – disse Pongo – ma nelle storie di questo tipo normalmente non solo l'eroe, ma anche il gatto più sfigato trova l'amore. Sei sicura che io e te...

– No, scoreggione. Sono l'unica gatta fedele del quartiere e amo Arsenio.

Laggiù, nella luce dell'aurora che indorava i condomini, Mitch e Chantal stavano muso contro muso.

– Mio caro Pongo, – disse Mon Chéri – non essere triste. L'amore è uno strano sentimento per gli umani, per i gatti e financo per le oloturie e i dugonghi. Si aspetta con ansia per anni, si desidera, si maledice la solitudine e magari l'amore arriva nel modo più inatteso, più imprevedibile.

Ci fu un momento di silenzio, poi Killer disse:

– Ehi Mon Chéri, lo sai che hai un bel culetto peloso?

– Be', – disse Mon Chéri – sei carino a dirmelo. Che ne dici se facciamo una passeggiata sotto il ponte?

– Vengo anch'io – disse Pongo che come spesso gli succedeva non aveva capito un cazzo.

15.

Verso casa

Dureranno più in là del nostro oblio;
non sapran mai che ce ne siamo andati.

JORGE LUIS BORGES, *Le cose*

In un giorno nebbioso, che cancella le ombre e soffoca i suoni, torno verso casa. Ho appena lasciato una strada piena di traffico e sto camminando nel viale orlato da platani mutilati in fondo al quale c'è la mia abitazione. Il piccolo giardino, le rose bambine mai rigogliose, e un abete ricordo di un antichissimo Natale.

Vivo in questa via appartata e tranquilla, non lontana dal centro, appena sotto il ricco eden dei colli. Un susseguirsi di villette un po' vanesie, come vecchie signore imbellettate, terrazzi colmi di gerani, colonnette pompose, cani isterici e giardini con gazebi inzaccherati dai merli.

Cammino solo, il viale è stranamente deserto. A quest'ora mi capita spesso di incontrare un portatore sano di cane, che si fa trascinare da un muscoloso botoletto (dopo i labrador, sono di moda i Jack Russell). Oppure un fantasma del footing, col volto rapito in estasi adrenalinica, che sbuca dalla nebbia in tutina gialla e saluta con un gesto breve che significa "non mi posso fermare, perdo il ritmo". Talvolta mi sfreccia davanti un ragazzetto con lo zaino che insegue l'autobus. Oppure mi vengono incontro le piccole, ridenti colf filippine e bangladesi che vanno a fare la spesa per i loro padroni, professionisti indaffarati o pensionati morti di noia. E un vecchio barcollante con una gigantesca moldava che lo sorregge altera. O la malinconia ciclistica del postino, e gli spazzini che cercano diamanti sui marciapiedi.

Ma oggi non c'è nessuno, mi viene quasi da pensare di aver sbagliato strada.

Lo sapete bene, a volte si cammina sovrappensiero e ci si ritrova a destinazione, ci stupiamo di essere già arrivati. A volte invece, anche una strada ben conosciuta diventa interminabile, forse siamo stanchi, forse abbiamo fretta, ma i piedi sembrano girare a vuoto e non portarci avanti.

Così è oggi. Conosco uno per uno i platani di questo viale, credo di averli anche contati (ottanta, se ricordo bene), e ora mi trovo all'altezza di un albero che credevo di aver già sorpassato, un vecchio gigante con macchie nere simili a ideogrammi (io lo chiamo il platano giapponese). Ero sicuro di aver camminato molto di più. È la nebbia, credo, questo misto di smog e vapore che annuncia neve, è questo grigio torbido e indifferente che rende tutto lontano, anche la mia casa. Dalla nebbia esce una strana figura in bicicletta, con un cappuccio nero. Mi sento disorientato e inquieto. Vi confesso che sono un uomo molto emotivo. Qualche volta sono soggetto a fenomeni che non chiamerei visioni o delirio, ma piuttosto alterazioni, piccoli spasmi nel mio equilibrio. In questi momenti io temo che la normalità che mi circonda, la tranquilla e ben nota quotidianità, possa essere travolta da un fatto inatteso, sconvolgente, crudele. Allora penso che ogni cosa o persona che incontro potrebbe trasformarsi. Non lo temete anche voi? Ecco che i platani diventano enormi zombie vegetali in decomposizione. E le rose cantano una nenia minacciosa. Ecco che il maratoneta esangue è uno scheletro che trascina in discesa un traballare di ossa, e il rumore non è quello delle scarpette, ma dei metatarsi che crocchiano sull'asfalto. E così le piccole colf sono fattucchiere che sibilano malefici nelle loro lingue pagane. E al guinzaglio dell'uomo il botoletto si trasforma improvvisamente in belva urlante, un Cerbero a tre teste. E dalle finestre volti pallidi mi spiano e dicono: cammina cammina, non sai cosa ti aspetta.

Sì, forse la vita è questo. Si procede tra normalità e paura, e si aspetta ogni volta di tornare alla nostra dimora, di trovare un po' di quiete, un rifugio. Magari salendo le scale di casa verremo presi dall'angoscia, avvertendo che il dolore ci ha seguito fino lì. Comunque sia, è un inferno che conosci. Ed è meglio di quella nebbia spietata, meglio che non vedere nulla, meglio della solitudine dei nostri passi.

I miei passi? Sono un buon camminatore, ma oggi i miei passi sono corti o sghembi, perché procedo da un pezzo ma non sono neanche a metà viale. Supero un platano più grande degli altri, segnato da una crepa. Fu anni fa, quando una giovane epilettica ebbe una crisi mentre guidava e l'auto si sfasciò contro il tronco. Lei piangeva e implorava: non lo dica a nessuno, mi toglieranno la patente. Io non dissi nulla ai vigili, ma quelli capirono. Chissà dov'è quella ragazza dal viso sconvolto, con le occhiaie e il tremito nelle mani.

Passa un'auto alle mie spalle e suona, sobbalzo. "Cretino!" vorrei gridare, ma forse il guidatore si è spaventato, c'è la nebbia, anche io sarò spuntato come un fantasma. Un fantasma che cammina come girasse in tondo, in un mondo senza direzioni, un mare senza stelle né fari. Ora la nebbia è più fitta. Quanto è lungo il solito cammino, come vorrei vedere il segnale stradale e l'albero storto che segnalano il mio cancello. Direi di aver già percorso tre quarti della strada, quindi dovrei già vedere le due grandi ville che precedono la mia casa. Ville primo Novecento color pastello con folti giardini trascurati, telecamere di allarme, e alte reti intessute di edera dietro alle quali cani invisibili ringhiano al tuo passaggio. Ecco, la prima villa dovrebbe essere questa. Ma no, è una costruzione mai vista, spuntata dal nulla. Bianca, vagamente rococò, con un cancello vecchio e arrugginito, un cancello da cimitero. Perché non mi sono mai accorto di questa strana abitazione? O forse la riconosco, è quella del vecchio che esce sempre col cane bianco, ma oggi sembra diversa. E non vedo i tronchi potati dopo la grande nevicata, i tre giganteschi totem che segnalano che casa mia è vicina. Con sempre maggior inquietudine noto un platano, un altro, e poi uno che assomiglia stranamente all'albero con le macchie nere all'inizio del viale. Vengo preso dalla rabbia. Non posso essere così indietro, dovrei essere arrivato, mi metterei a correre se non fosse ridicolo, eppure adesso ogni passo segue l'altro ma non basta mai, vedo che avanzo, ma per ogni metro di marciapiede che guadagno una forza invisibile ne fa nascere un altro, ricordate il paradosso della lepre e della tartaruga e la sua vertiginosa dannazione? Ansimo, sto quasi marciando. La nebbia è un muro, addirittura perdo il marciapiede e mi ritrovo sull'asfalto. Finché, finalmente, intravedo un segnale stradale di senso unico, lo riconosco bene, è all'inizio di una viuzza laterale che porta il nome di un eroico garibaldino, e poi cinquanta metri e finalmente casa mia.

Affretto il passo, ma il segnale stradale è sparito, forse l'ho già passato, senza accorgermene. Ed ecco la viuzza laterale, ma non la riconosco e sulla targa c'è un altro nome. Non leggo bene, è come sfocato, ma sicuramente non è il nome dell'eroico garibaldino. Mi appoggio a un platano, guardo indietro per vedere la strada fatta, ma non riesco a riconoscerla, scorgo un grigio indistinto, una prospettiva da brutto quadro, un abisso orizzontale. E arriva, di colpo, il terrore. Perché l'albero a cui sono appoggiato è il platano con la crepa, che ho sorpassato tempo fa. Cerco di calmarmi, penso che forse non mi ero mai reso conto che esistono due platani uguali, ma non è così, è come se un'onda mi avesse nuovamente spinto indietro, e allora cammino nella sabbia mobile, cammino nella neve, e la mia casa non si vede. Mi fermo, col fiato corto. La nebbia si dirada.

Così vedo come in una scheggia di vetro il mio giardino, e le rose, e l'abete. Ma sono lontanissimi, e io sono appena all'inizio del viale. Dietro di me, un rumore indistinto di traffico. Potrei fermarmi, o tornare indietro, o chiedere aiuto. Ma sarebbe inutile. Perché ora so che questo è ciò che mi aspettava. Camminerò nella nebbia per ore, contando i passi, cercando i segni che hanno guidato i miei giorni precedenti. Ma sono perduti. La nebbia non si alzerà mai. Non arriverò mai più a casa. Ovunque io mi trovi, questa è la mia paura e la mia fine.

16.

Vade retro

Via l'aspersorio,
Prete, e 'l tuo metro!
No, prete, Satana
Non torna indietro.

GIOSUE CARDUCCI

Non troverete su nessun documento o mappa della Città del Vaticano una descrizione del luogo segreto in cui inizia la nostra storia. Un corridoio ampio e lunghissimo, di cui non si vede né l'inizio né la fine, anche perché è quasi buio. Soltanto una striscia di luce blu, misteriosamente vivida al centro del pavimento marmoreo, guida coloro che lo percorrono.

Quattro uomini percorrevano questo corridoio già da una decina di minuti, e l'eco dei loro passi rimbombava col rumore militaresco di un plotone. Il primo uomo era un prete bello e giovane, con barba rada da fotomodello e un impeccabile clergyman. Procedeva deciso e sembrava la guida del drappello. Ai suoi fianchi due personaggi decisamente diversi tra loro. A destra un gigante con un saio che poteva contenere tre uomini, il francescano fra Temèno, con barba bianca biforcuta, e un bastone che ritmava una vistosa zoppìa. A sinistra un uomo magro, elegantissimo in tonaca indaco con fascia dorata alla piratesca, monsignor Blondette, il religioso più colto e raffinato di Francia, che teneva le mani dietro la schiena e ogni tanto, con aria scanzonata, si permetteva anche qualche passo pattinato sul marmo lucido. Poco più indietro, su una sedia a rotelle elettrica, li seguiva un rabbino dai candidi capelli ricciuti, rabbi Moshe.

– Quando arriviamo, padre Gregory? – bofonchiò fra Temèno, sbuffando e battendo più forte il bastone.

– Ancora un minuto, ci siamo quasi – rispose il prete.

– Deliziose le venature di questo marmo, – disse monsignor Blondette – direi che è marmo Margraf. Peut-être?

– Non posso darvi nessuna informazione, – sospirò padre Gregory – se non che stiamo andando dal Santo Padre.

– Per un affare della massima importanza, ce l'avete ripetuto cento volte – sospirò rabbi Moshe.

– E non ci dite che accidenti di affare è! – esclamò fra Temèno. – Ma quanti segreti! Prima quell'elicottero che mi viene a prendere. Poi la macchina coi vetri scuri. Si può sapere cosa c'è da tenere nascosto?

– *Deus est mysterium* – trillò monsignor Blondette. – Imperscrutabili sono le sue vie, e così quelle dei suoi servitori.

– Ma vaffanculo – ripose fra Temèno, che era conosciuto per il suo linguaggio assai spontaneo. – Io lavoro in campagna, questo lusso e questi palazzi mi infastidiscono. E poi lei puzza di fiori marci...

– Credo che lei alluda al mio profumo Angélique di Jean-Claude Ellena – rispose con nonchalance padre Blondette. – Potrei ribattere che lei invece emana un deciso afrore di ovile...

– Buoni, buoni – disse rabbi Moshe.

– Siamo arrivati, Eminenze – disse padre Gregory. Il corridoio terminava davanti a una grande parete interamente occupata da un quadro, raffigurante san Giorgio che uccide il drago. E non si vedeva traccia di porte.

– Strano quadro, – disse rabbi Moshe – sembrerebbe ispirato a Paolo Uccello ma è molto più moderno.

– A me pare troppo leccato – disse fra Temèno. – C'è un pittore dalle mie parti, Oronzo, che fa certe madonnone e certi diavoloni incazzati...

– Potrebbe essere un Gustave Moreau, – azzardò monsignor Blondette – oppure un suo imitatore...

– Lei se ne intende, – disse padre Gregory – è effettivamente un Gustave Moreau dipinto in segreto, esclusivamente per questo corridoio. Somiglia a quello della National Gallery, ma non troverete traccia di questa opera in nessun catalogo... pochissimi hanno la possibilità di vederla.

– Meno male – disse fra Temèno.

– Direi che rispetto a quello della National Gallery è ancor più inquietante – disse Blondette.

– E valore artistico a parte... cosa facciamo, ci passiamo attraverso? – chiese rabbi Moshe.

– Proprio così – rispose padre Gregory. Toccò un pulsante a lato della cornice e disse: – State indietro.

Il quadro ruotò rumorosamente, era una parete mobile, e svelò una scala che scendeva, illuminata da torce al neon azzurrastre.

– E adesso io come faccio? – disse il rabbi.

– Accidenti, non ci avevamo pensato – disse padre Gregory impallidendo.

– Bella organizzazione del cazzo, – ringhiò fra Temèno – pensate all'elicottero e non a un poveraccio in sedia a rotelle. Non si preoccupi, mio bel fighetto, il rabbino lo porto in braccio io.

E lo tirò su reggendolo tra le braccia come un agnellino.

– Andiamo – disse padre Gregory.

Scesero diverse rampe. Blondette commentava le formazioni di salnitro sulle pareti e paragonava quel sotterraneo a quelli dello Château de Brezé. Fra Temèno sbuffava, il rabbino si teneva stretto al suo robusto collo, un po' preoccupato. Risuonavano note misteriose.

– Sento una musica in lontananza, – disse Blondette – sembrerebbe il *Requiem* di Duruflé.

– A me sembra *Sant'Antonio a lu desertu* – disse ridacchiando fra Temèno.

– Basta beccarvi, fratelli – li ammonì il rabbino. – Facciamo silenzio.

La musica cessò, e dopo una curva iniziò una discesa stretta e ripida. Faceva sempre più freddo. Finalmente si arrestarono davanti a una massiccia porta bronzea su cui era scolpito nuovamente il motivo di san Giorgio e il drago.

La porta si aprì e capirono, finalmente, perché erano stati convocati.

La cripta era enorme e circolare, illuminata da un lampadario con centinaia di candele. Un maestoso parlamento d'ebano ne riempiva metà. Nell'emiciclo di scranni neri, erano sedute almeno trecento persone, che li guardarono. Non fu difficile capire che lì erano radunati i più grandi esorcisti del mondo.

C'erano padre Amorth, don Cavalera e monsignor Gemma.

C'erano BulbusVaderetricus e John Walrus Killilith.

C'era il padre protestante Pickus Peck, che aveva combattuto i diavoli nelle brughiere di Scozia, e aveva una cicatrice a forma di croce sulla fronte.

C'era Basilio, barbuto esorcista del Monte Athos, che si diceva fosse capace di battersi col demonio volando su e giù dalle rupi.

C'erano il vescovo napoletano Alfonso Aragones Fottifarfari e Didimo Dominicanus Dissipentur e don Zauker, e lo svizzero Füss Füssenberg.

C'era padre Efimovič, che liberava gli ossessi conficcandoli nella neve e lasciandoli frollare per giorni.

C'era il tedesco Johannes, biondo e angelico, che dopo aver liberato le indemoniate spesso si intratteneva piacevolmente con loro.

C'era padre Coddaziferru, che aveva esorcizzato un intero paese comprese cento pecore diventate feroci come jene.

C'erano don Vavidievel e Ulricus Jevlaborg e Emeticus Nec Ultraudeas.

C'era il cardinale Pinpon, che aveva vinto dodici incontri col diavolo e ne aveva perso uno, e da allora sparava irrefrenabili scoregge a ogni conclave.

C'era don Fender, che guariva gli ossessi sparando accordi di chitarra elettrica a duecento decibel.

C'erano Marcus Belzebramovič e padre Bernardino Beccabemotto e Bubus von Teufel e Ashnaswaminanga esorcista indù, e padre Zorro Miguel Liberanos.

E anche se gli ultimi arrivati erano un po' in ritardo, tutti li guardarono con rispetto, perché non erano gli ultimi arrivati.

Monsignor Blondette era uno dei più grandi studiosi di formule esorcistiche del mondo, sapeva affrontare il diavolo in dodici lingue, e lo combatteva con la classe e l'eleganza. Se il diavolo sputava zolfo, lui spruzzava l'indemoniato di mughetto. Se Belzebù faceva dire sconcezze e parolacce alla sua vittima, Blondette le leggeva poesie. E se il diavolo cercava di sedurlo, Blondette... ci stava, ma spesso lo faceva innamorare con i suoi modi squisiti. E così via.

Rabbi Moshe era un esperto della cabala e i suoi esorcismi erano composti da una sola parola e da un solo numero, ma erano efficacissimi.

In quanto a fra Temèno, anche se i suoi modi erano rozzi era un vero guerriero della fede. Come diceva il suo nome, menare era il suo modo preferito di riportare i fedeli sulla retta via. Se qualcuno si indemoniava, lo prendeva a ceffoni e randellate con tanto vigore che entro poco tempo il diavolo scappava, e se Temèno riusciva a prenderlo per la coda, gli faceva passare il quarto d'ora più infernale della sua vita.

I tre salutarono e presero posto nei loro scranni.

Si udì musica d'organo e, candido e sorridente, entrò il Santo Padre. Scoppiò un applauso. Il pontefice prese posto al centro dell'emiciclo, su un pulpito che raggiunse con un agile balzo. Non aveva appunti e parlò a braccio, con l'abituale simpatia e schiettezza.

– Cari amici e fratelli nella fede, è un piacere avervi qui riuniti. Non è stato facile trovarvi e farvi venire da ogni angolo della Terra in tutta segretezza, è stata un'impresa... direi diabolica.

[*risate*]

Ma alla fine ci siamo riusciti. Con qualche raro assente giustificato, sono qui riuniti i migliori esorcisti del mondo, non solo della cristianità ma anche di altre fedi. Un formidabile esercito di guerrieri della battaglia contro il male che ci tenta e seduce. Questo incontro è anche una riparazione. Non nego che in passato ci siano stati da parte della Chiesa sospetti e ingiustizie nei vostri confronti. Non sempre abbiamo creduto nella vostra opera, a volte ne abbiamo dubitato, vi abbiamo bollato di eresia e il buon vecchio Tommaso d'Aquino ha combattuto la vostra idea di maleficium. Ma soprattutto abbiamo usato le vostre capacità di nascosto, quasi vergognandocene. Oggi affermo che è ora di dirvi apertamente grazie, grazie per tutto quello che avete fatto!

[*applausi scroscianti*]

Voi conoscete il nostro nemico. Lo avete affrontato con le vostre preghiere, le vostre formule e la vostra scienza. È un avversario temibilissimo. Non soltanto il malvagio caprone o il mostro alato. A volte si presenta in vari modi raffinati e subdoli, affascinante e tenebroso, bella donna e gentleman, non è facile smascherare il suo scaltro trasformismo. E nonostante i nostri sforzi, continua a impossessarsi dei corpi e delle anime, rubandoli alla pace.

– Ben detto – sussurrò Blondette.

– Bah – disse fra Temèno, imbronciato, ed emise un sonoro starnuto.

– Non possiamo più sopportare tutto questo! – disse il

Santo Padre, con voce squillante. – Vi ho chiamato qui, fedeli amici, per dirvi che siete il mio braccio armato. È ora di affrontare la battaglia finale, di spazzare via dalla Terra il nostro avversario, di impegnarci in ogni modo per ristabilire l'ordine. Siete i migliori del mondo, e se restiamo uniti accadrà qualcosa di storico. Insieme possiamo intonare una preghiera che sarà la Madre di Tutte le Preghiere, la bomba atomica degli esorcismi. Vincere! E vinceremo!

[applausi, grande starnuto di fra Temèno]

– Ora, – disse il Santo Padre – *estote parati*. Siamo cento metri sottoterra in questa cripta segreta, dove sono state prese grandi decisioni, come la fondazione dello Ior e dove hanno avuto luogo alcuni... ehm, processucci di Inquisizione. Forse il diavolo sa che siamo qua riuniti e ci teme. Tenterà qualcosa, dobbiamo essere pronti e vigili. Come dice il testo:

...alla fine il drago e il santo si combatteranno l'ultima volta, e sia la mano del guerriero salda poiché il Grande Padre degli Inferi ha denti e zanne e intelligenza e astuzia.

Si udì un ciclopico starnuto allergico. E fra Temèno alzò la manona.

– Scusi Santità, – chiese con voce tonante – da quale testo è tratta questa citazione?

– Non ricordo, – disse il Pontefice – credo dal *Defensor Fidei* di Leone XIII il magnus esorcista.

– No, Santo Padre, – disse fra Temèno – credo invece che sia tratta dal *Belzebook* di padre Squarau, l'esorcista che tradì la sua missione e passò dalla parte del maligno... nessun religioso chiamerebbe mai il diavolo "Grande Padre degli Inferi".

– Be', posso essermi sbagliato, – disse il papa – non sono infallibile.

Ci fu una grande risata. Ma fra Temèno non rise, anzi si

voltò per andarsene. Padre Gregory lo trattenne per un braccio, con sguardo severo, fra Temèno gli assestò una bastonata sulle ginocchia. I trecento guardarono il gigantesco frate con disappunto.

– Fra Temèno, – disse il Santo Padre con voce tranquilla – io so bene chi siete. Ci siamo già incontrati altre volte, e conosco le vostre stranezze. Ma voi, amici esorcisti qui riuniti, non dovete giudicare male il mio buon amico francescano. Lui ha un vero talento. Riconosce il diavolo a cento metri. Ma spesso è impulsivo, e non capisce mai quando la situazione è delicata.

Fra Temèno grugnì, e sembrò calmarsi.

– Ora, fratelli miei, vi spiego il perché di tanta segretezza nella vostra convocazione. Quando ho avuto per la prima volta questa idea, mi sono sorti molti dubbi. Ho pensato: forse è imprudente radunare i migliori esorcisti del mondo, perché se il diavolo venisse a saperlo potrebbe attaccarli, e senza loro la Chiesa sarebbe inerme contro il potere maligno, nessuno potrebbe liberare più gli ossessi, e il tentatore potrebbe esercitare le sue arti in tutta libertà. Ma poi ho riflettuto: possono tanti esperti guerrieri della fede non riconoscere un disegno satanico, possono non difendersi? E soprattutto, il diavolo è così potente da combatterli tutti insieme? Qual è la risposta, amici miei?

– Santo Padre, – disse Blondette – avete fatto una cosa giusta. Nessun potere diabolico può niente di fronte alla vera santità.

– Certo – disse il papa, poi rivolse lo sguardo al gigantesco francescano. – E lei cosa ne pensa, fra Temèno?

– Io penso...

– Dica pure.

– Penso che puoi buttare la maschera, figlio di puttana!

Un boato di riprovazione percorse l'emiciclo. Fra Temèno era impazzito! Padre Gregory e un altro domenicano erculeo cercarono di tenerlo fermo, ma quello con due cazzotti li atterrò. In molti stavano per accerchiarlo, quando il fratone indicò il pulpito e disse:

– Stupidi, guardate là!

Sulla fronte del Santo Padre erano spuntati un paio di graziosi cornetti, e dalle falde della veste bianca saettava una lunga coda.

– Che delusione, amici – disse il Nonpiùpapa con voce roca. – Siete trecento e uno solo di voi ha sentito il mio odore. Ebbene sì, ovviamente non sono Sua Santità. Non è stato facile arrivare qui dentro, ma anche il Vaticano ha i suoi peccati, mi è bastato fare una piccola indagine patrimoniale sull'Opus Dei e minacciare qualche ricattino e sono entrato, assumendo la forma di padre John, cameriere personale del papa. Ogni notte ho suggerito questa idea del raduno nelle orecchie pelosette e delicate di Sua Santità, finché egli si è convinto che fosse un'idea ottima e necessaria. Lui vi ha convocato, ma ora dorme di un sonno ipnotico e tranquillo, sorvegliato da due miei fedeli diavoletti. Si sveglierà tra qualche ora ma sarà tardi. Nervosi? Stupiti? Sentite un po' caldo?

I trecento erano agitati e spaventati in varie guise. Alcuni si erano alzati in piedi e pregavano. Altri stavano seduti sperando in uno scherzo. La maggior parte cercava di guadagnare l'uscita, ma padre Gregory e il domenicano, ovverossia Azazello e Behemot, bloccavano tutti. Il lampadario cominciò a emettere fiammate incandescenti, si accesero torce enormi nelle nicchie della cripta. Qualcuno cercò di lanciare un esorcismo, ma la voce gli si strozzò in gola.

– Come dovreste sapere, – disse il Padre degli Inferi – e come io so bene, i vostri poteri cessano quando la temperatura passa i sessantasei gradi. Ora io incendierò questa sala, vi arrostirò tutti, e dei trecento migliori esorcisti del mondo resterà solo un meraviglioso ammasso di santo roast beef.

Urla e invocazioni di terrore si levarono altissime. Ma già

le fiamme incendiavano tonache e cappucci, la cripta si faceva rovente come un forno, qualcuno era già caduto morto per il calore e un fumo nero invadeva ogni angolo soffocando gli imprigionati. Per il diavolo, era aria di montagna.

Si udì una risata orribile, poi una serie di colpi come se qualcuno cercasse di sfondare la porta, e grida sempre più disperate.

Poi più nulla.

Nel suo letto candido, il Santo Padre si svegliò, si stiracchiò e non sentì il solito odore di caffè e biscottini delle suore. Si guardò intorno e con grande sorpresa non c'era il fedele padre John a dargli il buon mattino. L'orologio segnava mezzogiorno, aveva dormito sei ore più del solito. Intorno al suo giaciglio, ma a una certa distanza, erano schierati una ventina di cardinali, tutti con l'aria spaventata. E un gigantesco frate con la barba bruciacchiata si avvicinò a lui e gli pose una manona sul petto.

– Ma cosa succede? – chiese stupito il Santo Padre.

– È veramente il pontefice, – disse fra Temèno – il bastardo se n'è andato. Ci ha fregato, abbiamo fatto la figura dei coglioni, duecentonovantanove a zero per lui, porca puttana.

– Volete spiegarmi cosa succede? – chiese irritato il papa. – E chi è questo pazzo che parla in questo modo becero?

– Santità, – disse il cardinale Immobili, il decano – tratti bene questo frate. Ci resta solo lui, è l'unico scampato.

– Scampato a cosa?

– Santo Padre, ora le racconto, – disse il cardinale – ma metta un po' di grappa nel caffè. Ne avrà bisogno.

17.

Compagni di banco

Si he de vivir sin ti, que sea duro y cruento...

JULIO CORTÁZAR

Nella classe III D del liceo Pastonchi ci sono ventisei alunni, di vari modelli e colori. La professoressa d'italiano Elisa Marta Marinetti li guarda e pensa che sono tutti ugualmente nel suo cuore. Ma deve ammettere che due sono i suoi preferiti. E stanno insieme all'ultimo banco.

Diana Deanna, coi lunghi capelli frisé e occhi da cerbiatta, la più bella del liceo, vanitosa ma non troppo, allegra e socievole. Ottimo rendimento scolastico, con qualche inspiegabile caduta. Una giovane adorabile, circondata, per ignote ragioni, da un rispetto che sembra quasi timore.

Vicino a lei, Peter Lori. Occhialuto, goffo, tozzo, capelli a spazzola. Il primo della classe, intelligente e ironico, ha la passione del greco e una bellissima risata sonora. Anche se ogni tanto, per ignote ragioni, improvvisamente si rabbuia, e per qualche minuto sembra paralizzato da un dolore, posa la testa sul banco e si estrania. .

Oggi c'è il compito di italiano. Le penne cantano sulla carta, forse per l'ultima volta. Il prossimo anno verranno introdotti i computer. Addio malecopie, fregacci e correzioni, addio calligrafie e cacografie, una apparente perfezione di pixel unificherà gli svolgimenti, e la Marinetti dovrà correggere freddi fogli stampati.

Se ne è discusso nell'ultima riunione dei professori, e

molti erano preoccupati, specialmente il vecchio insegnante di matematica: – Voi dite che in classe non c'è internet, ma quelli sono diabolici, riusciranno a collegarsi coi loro perfidi telefonini, si scambieranno coseni ed equazioni.

– Io mi fido dei miei alunni, – lo ha interrotto la Marinetti – e poi un tema è quasi impossibile da copiare. Non ho mai corretto due temi uguali, ognuno ha il suo stile di scrittura.

– In greco – ha detto il preside Torovich – bisogna stare con gli occhi aperti. Il cavallo di Troia della disonestà può sempre entrare tra le mura della versione.

– È nostro compito vigilare – ha concluso fieramente Elisa.

Sì, ho fiducia in loro, pensa la professoressa. Guarda le testoline chine, le penne masticate, le smorfie, le esitazioni, la fatica e poi la gioia di trovare l'ispirazione. E osserva i suoi preferiti. Diana scrive lenta, guarda fuori dalla finestra, si distrae e poi subito riprende con lena. Normalmente sta tranquilla la prima ora e si scatena nell'ultima.

Peter invece sbuffa, corregge, non si concede pause, solo una liquirizia ogni tanto. Sembra che scriva dieci temi, è una macchina da guerra. E quando finisce, guarda Diana con dolcezza, e lei lo ricambia con un sorriso impareggiabile. Che coppia. Forse non c'è amore, ma che bella amicizia. Anche se forse lui... Ah, i misteri dei giovani cuori, sospira Elisa, la tenerezza di quell'età...

– Stronzo, – dice sottovoce Diana – la prima metà del tema che mi hai passato è penosa. Si vede benissimo che è roba tua. Troppa filosofia, e poi queste parole "esegesi" e "fortuito" io non so neanche che cazzo vogliono dire.

– Scusa Diana, – balbetta Peter – ma è un tema complesso, non è facile farne due diversi... sai che ci riesco sempre, ma devi avere un po' di pazienza.

– Manca solo un'ora... adesso devi rifare questa prima

parte nel mio stile, cioè nello stile che tu usi per me, e poi aspetto il resto.

– Scusa, va bene il tuo tema, ma se non finisco il mio?

– Cazzi tuoi. Sei sempre riuscito a scriverne due, abbiamo sempre fregato la Marinetti, e devi farcela anche stavolta. Voglio otto in italiano come te, secchione.

– Non ti arrabbiare, – mormora Peter – una cosa è passarti la versione di latino, un'altra cosa un tema e poi... ahia!

Diana gli ha piantato la stilografica nella coscia, con forza.

– Scrivi – ringhia.

– Che succede là in fondo? – dice la Marinetti bonaria. – Non state chiacchierando troppo, Diana e Peter?

– Lui vuole copiare – ride la bella Diana.

– Ma che hai, Peter? Sei bianco come un cencio. Vuoi andare fuori un momento? – dice la professoressa.

– Se vai fuori a perdere tempo, – sibila Diana – racconto a tutti la storia delle mutandine.

– Ma sei tu che hai cominciato con le mutandine, io... ahia...

Dopo un'ora e varie punture di stilografica, il tema è consegnato. È l'intervallo. Diana come al solito è contornata da Bill, Lillo e Fede e altri fighetti carucci e ripetenti. Azzanna una merendina e li tiene a bada con le sue battute.

Peter è seduto a mangiare un panino allo stracchino col suo unico amico, Selim. Mastica e guarda Diana adorante.

– Scusa amico, – chiede Selim – ti offendi se ti dico una cosa?

– No no, dimmi pure...

– Io credo proprio che Diana Deanna ti prenda in giro. Secondo me ti sfrutta perché sei il primo della classe. Io non credo che la sua amicizia sia sincera.

– Non ti permetto, – dice Peter a bocca piena – lei è mia amica. Mi regala le liquirizie. Mi ha dato due volte un passaggio in motorino. Non mi sfrutta. È brava, intelligente, fa dei bei compiti in classe.

– Sarà, – dice Selim – ma due passaggi in motorino in un anno non sono molti. E poi, come mai va sempre meglio allo scritto che all'orale?

– Vaffanculo, – risponde Peter – non ti permetto queste insinuazioni. Pensi che sia un fesso?

– Va bene, va bene Peter – dice Selim. – In fondo sono fatti tuoi. Ma se un giorno volessi dirmi qualcosa, io sono qui a ascoltarti.

Peter lo guarda allontanarsi. Che potrei dirti, Selim? Che sono innamorato di lei? Che mi ha sedotto, e mi ricatta, perché una volta nello spogliatoio... be', ho perso la testa, ma lei mi aveva provocato. E Diana ha registrato tutto, sul suo maledetto telefonino, e l'ha montato a modo suo. E per tutto l'anno devo fare due compiti di matematica, due versioni di greco, due di latino, e due faticosissimi temi. Perché lei non si accontenta di copiare. Vuole che i compiti siano diversi, con un errorino in più, una frase diversa, una differente impostazione. Ho imparato a scrivere i temi in dianese, con meno parole strane. Ho addirittura imparato a imitare la sua calligrafia, quando le manca il tempo di ricopiare. A volte prendo un voto più basso di Diana, perché mi impegno più per lei che per me. Se non fosse per gli orali sarebbe la prima della classe. Hai ragione, Selim. Lei mi sfrutta e mi ricatta, è un dolce incubo. Perché l'amo, l'amo perdutamente e senza speranza.

La mattina dopo, al liceo Pastonchi c'è una strana eccitazione. Peter è appena arrivato, dopo un'ora di autobus, e Diana gli balza addosso radiosa, in maglietta rock e jeans aderentissimi.

– Peter, non mi abbandonare – dice, e lo abbraccia.

– Perché?... Cosa succede?

– Non lo sai? Domani c'è il concorso nazionale di scrittura per le scuole! I dieci migliori temi verranno premiati e i vincitori andranno in televisione a *X Book*. Capisci, in televisione! Io te e Selim siamo stati scelti per rappresentare la nostra classe.

– Bello – dice Peter. – E allora?

– E allora, – dice lei con lo sguardo cattivo – o mi fai vincere quel premio, o metto su YouTube tutte le tue porcate. E ho una forcina appuntita nei capelli, se domani batti la fiacca ti faccio sanguinare come l'ultima volta.

– Ma non sarà facile... perché sei così spietata e esigente stavolta?

– Non capisci, bello? Io ti odio e ti amo. Amo il tuo bel cervellone. E lo sai che prima o poi ti bacerò...

Se ne va, ondeggiando elastica sulle scarpette da footing.

Peter resta immobile in mezzo al corridoio. Non sa cosa pensare. Si gratta la testona ispida. Va alla macchinetta distributrice, prende due merendine al cocco e le sbrana, poi beve una Coca, rutta al cielo, è un urlo di dolore.

L'indomani nell'aula magna ci sono trenta ragazzi, la crema del liceo. Grandi sorrisi e sguardi come pugnalate. La professoressa Elisa e il preside esimio grecista Torovich guardano i loro campioni. A ognuno viene distribuita una busta col proprio nome.

– Bene, – dice il preside – è già un onore per voi essere stati scelti, ragazzi. Se poi qualcuno vincesse il concorso nazionale, sarebbe bellissimo. Ma a noi basta vedervi qua insieme, non in tenzone come Troiani e Achei, ma come i compagni di Ulisse, marinai sulla grande nave del sapere...

– I marinai di Ulisse se li so' magnati – commenta Selim.

– Compagni un cazzo, – sibila Diana – io voglio vincere.

Devi fare un grande tema, Peter. E soprattutto, guai a te se lo fai meglio del mio.

– Va bene, va bene, – dice Peter, schivando un pizzicotto – ce la metterò tutta.

– Dunque, – dice il professor Torovich – noi abbiamo fiducia in voi. Ma abbiamo precise direttive ministeriali. Oggi non potrete occupare i vostri posti abituali. Mi spiego, quelli della stessa classe non potranno stare vicini. Mettetevi pure dove volete, ma non col vostro compagno di banco.

– Cazzo, e adesso? – dice Diana.

– Non preoccuparti, – dice Peter – c'è un intervallo dopo le prime due ore. In due ore finisco il tuo tema e lo lascio nel posto dell'altra volta. Quando c'era la supplente sospettosa che controllava tra i banchi. Ti ricordi?

– Nel ripostiglio delle scope, dietro ai bagni?

– Come l'altra volta ti dico, sotto l'armadietto.

– Ma sei sicuro di riuscirci?

– Non dubitare... lo avrai nell'intervallo, così dopo hai due ore per ricopiare.

– Sei diabolico – dice Diana.

– Però...

– Però cosa?

– Stavolta mi baci? Senza lingua, s'intende.

– Non si sa. Forse – sussurra la bella.

– Zitti, là in fondo – dice il professor Torovich. – Ora apro la busta del tema.

Suspense, risolini, piedi che scalpitano.

– *Tema:*
Come dice il nostro presidente della Repubblica, "senza giovani non c'è futuro". Ditemi che cosa vi piacerebbe fare per i problemi del nostro paese e se c'è qualcosa che vi dà fiducia per affrontare i prossimi difficili anni.

– Avete quattro ore di tempo, – annuncia Elisa – ma coraggio, dopo le prime due ore ci sono venti minuti di intervallo. Alla fine, inserite il tema nella busta col vostro nome, sigillatela e mettete la firma. Buon lavoro!

Corri corri, penna mia, intonano i giovani marinai del sapere, *portami verso la gloria e la televisione.*

Benedetto intervallo, era ora. Tutti sono eccitati e tesi, ci voleva proprio una pausa di chiacchiere e pisciate e sigarette. Solo Peter non può permettersi di riposare. Ha scritto il tema per Diana, ci ha messo sapienza e quel po' di retorica che serve in questi casi. Ora si dirige cauto verso il retro dei bagni. Lì c'è un ripostiglio delle scope. Infila il tema sotto l'armadietto di metallo. Nessuno verrà a fare le pulizie prima dell'una, lui ha studiato tutto. Sta per andarsene quando si accorge che da una finestrella vengono voci femminili. Dietro il ripostiglio ci sono i bagni delle ragazze.

Riconosce le voci. Cristina, il genio sexy della sezione C. Fanny, detta Mortisia, dark lady della B. E la sua adorata Diana, che sta parlando.

– Stavolta vinco io, ragazze, – dice Diana – non potete farcela.

– Non darti tante arie, – dice Fanny – lo sai cosa dicono di te?

– Dicono che hai un sacco di otto e nove nelle prove scritte perché sei in banco con Peter, – incalza Cristina – e che... siete... quasi fidanzati.

– Ma tu sei pazza, – dice Diana – quello sfigato brufoloso, quel troll. In italiano sono molto meglio io. Ma sì, mi ha passato qualche pezzo di versione, ma niente di più...

– E come lo hai convinto?

– Be', ragazze ve lo dico ma è un segreto. Lui è proprio un pollo. Una volta gli ho fatto uno scherzo, l'ho fatto venire nello spogliatoio della palestra, mi sono fatta trovare in slip.

L'ho preso per il culo, facevo la carina... "non mi guardare così... avanti dai, cosa mi faresti?" gli ho chiesto. E lui ha detto delle cose penose, delle porcate da grezzo, ma proprio da sfigato, balbettava e ha anche cercato di baciarmi. Ho registrato tutto sul cellulare.

– Ma dai, faccelo vedere.

– Aspetto la fine della scuola, poi lo spedisco a tutti, e lo metto anche su YouTube. Sai che figura, il primo della classe! Quel segaiolo si crede intelligente, ma io lo sono più di lui, lo sputtano a vita. Pensa che ogni tanto mi chiede un bacio...

– Be', – dice Fanny – poveraccio.

– Poveraccio? Ma è brutto, puzza di sudore, come si permette solo di pensarlo? Quelli come lui sono dei perdenti, io non bacerò mai un perdente, mi viene da vomitare solo a pensarlo.

– E Ricky lo baceresti?

– Be', non è male, quando non esagera col gel.

– Be', non provarci, piace a me, ti spacco la faccia.

– Ma dai, calmati. Sai invece con chi farei una sporcellata?

Peter non ascolta più. Piange, appunto come uno sfigato. Straccia il tema, barcolla fino al corridoio. Le merendine sono finite. Si siede per terra con la testa tra le mani.

Suona la campanella di fine intervallo e passa Diana, fulminandolo con lo sguardo.

– Dov'è il tema? – dice con rabbia. – Non c'era niente sotto l'armadietto.

– Non l'ho finito, ma sta venendo bene, giuro. Non preoccuparti. Siamo solo a due banchi di distanza. Tu mi fai avere la tua busta col nome, io ci infilo il tema e la sigillo. Poi, nel casino finale te la ripasso, firmi e consegni. Non dubitare, so imitare perfettamente la tua calligrafia, l'ho già fatto, ti ricordi? Non ci hanno mai beccato...

– Fai che non ci becchino neanche questa volta – dice Diana. – Se no, YouTube.

– D'accordo – dice Peter, senza guardarla.

– E del bacio non parliamo più? – sussurra lei ironica.

– No – dice Peter, e si alza in tutto il suo metro e sessantotto, gli occhi pieni di lacrime. – No Diana, non ne parliamo più.

È passata una settimana. Peter è stato assente. Influenza, sembra. Ma oggi è tornato. La classe III D è in fibrillazione. Pare che qualcuno di loro sia entrato tra i dieci del concorso nazionale. *X Book*, arriviamo! Entra la professoressa con aria particolarmente seria. Ci siamo.

– Peter e Diana, in presidenza – dice.

Brusio emozionato.

Fianco a fianco nel corridoio, camminano seguendo la Marinetti, Diana eccitata e Peter a testa bassa.

– Non voglio un pareggio, – sibila lei – non è che hai provato a vincere anche tu?

Peter non risponde.

Aspettano davanti all'ufficio del preside. Diana batte i piedi. Peter sembra addormentato, assente. Si apre la porta.

– Signorina Deanna, avanti...

Torovich è in poltrona, con una mano posata sulla testa bronzea di Omero. La guarda in modo strano. Sulla scrivania c'è la busta del tema.

– Signorina, complimenti – dice con enfasi esagerata.

– Vuol dire che... – balbetta Diana emozionata.

– Vuol dire che ci ha sorpreso. In effetti non pensavamo che lei potesse scrivere in modo così... originale e trasgressivo, ecco... addirittura qualcuno ha espresso il dubbio che non fosse roba sua, ma lei ha consegnato la busta sigillata con tanto di firma. Quindi...

– Quindi... ho vinto!

– Signorina Deanna, – dice il preside, alzando improvvisamente il tono della voce – perché ci ha voluto prendere in giro?

– Avevo sbagliato su di lei – sussurra la Marinetti, quasi in lacrime.

– Ma io non ho preso in giro nessuno... mi spiegate cosa c'è?

– Fa la furba? – urla Torovich. – Vuole che legga l'inizio del suo tema?

– Faccia pure, ma non capisco.

– Ascolti il suo capolavoro, allora.

Del futuro del mio paese non me ne frega un cazzo. Ho abbastanza soldi per fottermene. Vorrei invece parlare di una persona che mi dà una certa fiducia nel mio futuro. È il mio compagno di banco Peter Lori. È un troll brufoloso e sfigato che si è innamorato di una strafica come me, e da due anni mi passa tutti i compiti in classe e mi scrive i temi. Un benefattore? Mica tanto. Ho un video sul telefonino. Nella registrazione, questo patetico fesso dice porcherie varie e poi mi salta addosso. Manca però la seconda parte del filmato. In effetti, dopo la prima sensazione di schifo per questa rozza avance, ho notato che sotto i pantaloni della sua tuta c'era un notevole rigonfio. Insomma, ho capito che aveva un cazzo monumentale, ciclopico, sovradimensionato, tutte parole che non conosco ma che rendono l'idea. A questo punto ho pensato che, avendo io irrumato, pardon, fatto pompini a quasi tutti gli alunni di questo glorioso liceo, potevo farne uno anche a lui... quindi, con l'esperienza e la destrezza che mi contraddistinguono ho iniziato con la tecnica del Frullo della farfalla a cui ho fatto seguire il Vortex Veneris, per passare poi alla Spira del serpente, e infine...

L'urlo atterrì i corridoi della vasta scuola, e risuonò in ogni aula e bagno e recesso, turbando perfino i busti marmorei di Leopardi e Pastonchi.

Diana era stata portata via dai genitori, avvertiti già da tempo. Il preside fece entrare Peter.

– Signor Lori, – disse – anche lei ci deve spiegazioni. Ha qualcosa da dirmi a sua scusante?

– No – disse Peter.

– Eravamo sicuri che lei avrebbe vinto, – disse tristemente Elisa – perché allora questo suo tema?

– Cos'ha che non va? È quello che penso.

– Vuole leggerlo lei? – disse Torovich.

– Certo – disse Peter.

Non vedo nessun futuro per il mio paese. Credo che alcuni mostri incravattati lo stiano divorando e che presto verrà l'apocalisse, con le luci giuste e una dolce musica di sottofondo, ma pur sempre un'apocalisse, la resa dei conti della nostra avida insipienza.

Credevo che non sarei mai diventato cattivo. Ma quando si perde la fiducia che i malvagi possano cambiare, allora si diventa malvagi. Amavo i libri, amavo studiare, amavo le persone, amavo... Ma tutto è finito. Sono un piccolo mostro come gli altri. L'orgoglio, la solitudine, la delusione, non possono essere un alibi.

Il futuro del paese sono quelli come Diana e come me. Non chiedo perdono. Grazie per quello che mi avete fatto studiare, anche i "Promessi sposi" che è proprio una palla. Signor preside, mi piace molto quando lei declama Omero salendo sulla cattedra. Signora Marinetti, anche a me piace "Pianto antico", non si vergogni se leggendolo piange come una mucca. Immagino che questo tema non vincerà mai il premio. Be', pazienza, "X Book" mi fa cagare.

PS Dimenticavo. Anche il presidente della Repubblica è una palla.

18.

Polpa

*The blood jet is poetry
There is no stopping it.*

SYLVIA PLATH, *Ariel*

– Dicono che è un demone, – disse il negro di nome Milton – e nessuno può resisterle. Ti seduce, ti porta in un motel, comincia a farti un pompino e poi ti strappa l'attrezzo o ti spara nei coglioni, oppure ti prende la testa tra le cosce e ti sbriciola il cranio.

– Tu guardi troppi film, – rise il Profeta inondando di ketchup il piatto – nessuna donna è così forte.

– Ricordi Dean? Era mio amico, era stato campione dei mediomassimi in prigione. Un pezzo di bastardo negro duro come acciaio. Ha massacrato sotto i miei occhi i due buttafuori più grossi della città. Lo hanno visto entrare in quel night club. Lo hanno visto che guardava il numero di quella Lilit, poi sono andati via insieme. Non era tipo da farsi sorprendere. Eppure lo hanno trovato stecchito in un motel. Gli mancavano il portafogli e dieci chili di budella. Era aperto in due, mancavano dei pezzi, capisci? Quale donna può fare una roba simile? È un demonio, te lo giuro.

– È una donna come le altre. Probabilmente ha dei complici. Lei comincia a scoparlo, poi entrano gli altri e fan fuori il tipo. Conoscevo una banda di messicani che fregava la gente così.

– Finisci il tuo hamburger Settepiani?

– No, prendilo pure.

Milton se lo infilò in bocca e cercò di farne un intero boccone. Diventò cianotico, roteò gli occhi. Non riuscì a sputarlo, cascò per terra rantolando.

– Qualcuno faccia qualcosa, anche se è negro – urlò una vecchia. – Signore, dia una mano al suo amico.

– Non era mio amico – disse il Profeta.

Il Profeta uscì, comprò le sigarette. Si fermò a parlare di Antico Testamento con una troia ermeneutica. Non sapeva dove andare e le storie del negro lo avevano infastidito. Così decise di andare al bowling. Gran posto per stare al caldo e rimorchiare.

Una platinata con un culo planetario che brillava nei pantaloni argentati di lycra cercava di far del male ai birilli, ma quelli se la ridevano.

– Tieni male la palla – le disse il Profeta.

– Non mi piacciono queste palle, bel vecchione hippy – disse la platinata, che si chiamava Sally. – Hai qualche palla migliore da farmi vedere?

– Hai una casa? Un posto dove dormire?

– Naturalmente. E tu hai i soldi per una bottiglia e gli extra?

La casa di Sally era un tugurio, c'erano siringhe dappertutto. Lei spiegò che non era tossica, era diabetica. Andò in bagno e tornò in sottoveste. La metà sotto non era male, ma quella sopra era uno sfacelo. Le tette siliconate pendevano come pesci morti. Si era data un profumo che sembrava candeggina, o forse lo era.

Guardò l'uomo con un sorriso lascivo e disse:

– Be', che facciamo Profeta, ci guardiamo in faccia? Mi fai una predica?

– Proprio no – disse il Profeta. La legò al letto, la trombò fumando, le spense un po' di cicche sulle cosce. Poi le rifilò un cazzotto sul naso e quella svenne sanguinando come un maiale. Il Profeta si mise a frugare nei cassetti ma non trovò un soldo, solo insulina, sonniferi e bigiotteria.

Slegò la donna e le diede un fazzoletto per pulirsi il muso.

– Sei un bastardo – mugolò lei.

– E tu una pezzente e una peccatrice, non hai neanche un rosario in casa – rispose il Profeta, e uscì.

Davanti all'ascensore si fermò per togliersi il preservativo e buttarlo giù dalle scale. Ma avrebbe fatto meglio a non perdere tempo. Sally schizzò fuori nel corridoio e sparò tre colpi. Chissà dove teneva nascosto quel cazzo di pistola.

La platinata sconvolta entrò nel bar.

– Che c'è Sally, hai ammazzato qualcuno? – disse il barista.

– Per favore, dammi da bere.

– Niente a credito – disse il barista.

La platinata gli puntò contro la pistola.

– Ok, d'accordo – disse il barista. – Ti va bene una vodka?

– Ne voglio una bottiglia – disse lei. – Ho fatto secco un uomo.

– Tu guardi troppi film. È la tua solita allucinazione. Come quando hai chiesto scusa a Yoko per John.

– No, ti dico. Ho ucciso il Profeta.

– Allora non fa niente. Il Profeta crede di essere Dio e Milton crede di essere Satana. Quindi il Profeta fra tre giorni resusciterà.

– Non mi prendere per il culo – urlò la bionda.

Vuotò mezzo litro di vodka senza staccare la bocca dalla bottiglia. È proprio fuori di testa, pensò il barista.

Sally si alzò barcollando e vomitò nella colazione di due cinesi. Vide entrare Robert il poliziotto triste. Notò la sua espressione terrorizzata, lo vide mettere mano alla fondina e capì troppo tardi il perché. Non si era resa conto di avere ancora la pistola in pugno. Il poliziotto non disse mani in alto, ma le bucò direttamente la fronte.

– Ehi, – disse il barista – e adesso chi mi paga la bottiglia di vodka?

Robert il poliziotto triste firmò il rapporto e si alzò dalla sedia.

– Posso andare a casa, capo?

– Puoi andare – disse il capo. – Ma domani non venire, riposati.

– Cazzo, – disse il poliziotto triste – te l'ho detto e contro-firmato: non ero stanco, ero lucido. Ma se una puttana ubria-ca notoriamente paranoica mi punta contro una pistola, io sparo per primo. Aveva appena ucciso un uomo. Cosa dove-vo fare?

– Ok, sistemeremo tutto – disse il capo. – Ma domani ri-posati.

Il poliziotto bestemmiando scese le scale del commissa-riato e salì in macchina. Mise in moto, accese la radio, risuo-nò il basso di *Under Pressure*. Non aveva fatto nemmeno cento metri ed era fermo in fila quando sentì una gran botta. Una Cadillac nera lo aveva tamponato di brutto.

– Che cazzo di giornata – disse scendendo furibondo. – Ehi, ma sei ubriaco o cosa?

Non era un ubriaco. Era una donna con un décolleté da reato e occhi più verdi di un bicchiere di menta al sole.

– Mi scusi, ero distratta – disse lei con un'occhiata tigre-sca. – Ma in questa città i poliziotti sono tutti belli come lei, stile modelli di Versace?

– Sono di madre italiana – riuscì solo a dire lui.

La radio suonava musica mariachi, il motel era fetente e le coperte croccanti di sperma secolare, ma lei era una meraviglia. Il poliziotto triste dimenticò tutto quello che era successo poco prima.

– Allora mi hai perdonato? Non mi arresti? – disse lei, appesa al soffitto con un trapezio di corde.

Lui le diede un'ultima scossa elettrica di Taser ai capezzoli, la baciò dolcemente e la slegò di colpo facendola cadere sul pavimento. Poi le sferrò un calcio in bocca. Lei rise.

– Ti perdono, Lilit – disse il poliziotto. – Mi piacerebbe essere tamponato così ogni notte. E pensare che oggi era cominciata così male.

Lei sorrise ancora, sputò un dente. Gli passò la corda intorno al collo e lo mordicchiò sensuale.

– Bisogna sempre sperare che finisca meglio di come è cominciata, Robert – disse lei.

– Ben detto, baby.

Lei lo immobilizzò con una mossa di ju jitsu e gli spezzò il collo.

– Ma non va sempre così – gli soffiò nell'orecchio.

– Signorina Lilit, – disse la psichiatra accavallando le lunghe gambe – io non credo che questa storia sia vera. Lei guarda troppi film. Lei è una sadomasochista maniaco-compulsiva, ma non un'assassina.

– Non era un poliziotto, era un serial killer. È quello che ha rapito le quattro gemelle portoricane, le ha nutrite a pollo fritto per un anno e poi le ha mangiate. Non mi contraddica...

– Lei non ha fiducia in me – sospirò la psichiatra.

– Neanche lei, se no non mi legherebbe al lettino. E adesso si faccia sodomizzare col mio dildo fosforescente, fottuta lesbica lacaniana.

– Il fatto che glielo abbia permesso una volta non vuol

dire che questo faccia parte della terapia – rispose tranquilla la psichiatra.

– Non mi ha convinto oggi, Lucy. La seduta non la pago.

– Vorrei tanto non fare più questo lavoro – sospirò la lacaniana.

– Che cazzo dice? Lo strizzacervelli è un lavoro con cui si fanno un sacco di soldi.

– Io non sono una psichiatra, – disse la donna – sono un demone di prima categoria. E tu sei una paziente noiosa. Oggi non ti slego. Preferisco tagliarti a pezzi.

– Non ci credo. Ehi, cos'è quella sega?

– Sei esagerata, Lucy – disse Milton. – Sanguinaria, teatrale, sadica...

– Dovrei essere angelica, capo?

– Non lo so, ma di questo passo non resterà un uomo vivo in città. Si ammazzano tra di loro a decine. Se anche noi demoni ci facciamo prendere dalla fregola omicida, è un disastro. Siamo professionisti. Ti ho detto che non devi mai avere fretta, prima devi prendere la loro anima.

– Il mio maestro di spada giapponese Masuhiro mi ripeteva sempre: "Se la lama esita, tutto può guastarsi".

– Masuhiro non è un maestro di arti marziali, è un cuoco di sushi.

– Sottigliezze. Il fatto è che stai diventando sentimentale, capo. Guardi troppi film di Disney. La sceneggiatura è semplice. Ci vogliono almeno cento morti perché la gente si diverta. Noi demoni siamo qui sulla terra per questo. E poi anche tu hai una katana sul tavolo.

– È il mio tagliacarte. Sono stanco. Ne ho viste troppe.

– Capo, sei vecchio.

– Licenziata – disse Milton, e la decapitò con un colpo di sciabola.

– Tu cos'hai preso? – disse il negro Milton.

– Pollo fritto con maionese, – disse il Profeta – e Pepsi alla spina.

– Io un Hellburger con cipolla, chili e peperoncini Moruga Scorpion. E Coca-Cola dietetica – disse Milton ruttando.

– Profeta, non possiamo andare avanti così. Non c'è schifezza, crudeltà o perversione che questi umani non abbiano imparato, ci stanno superando in tutto, ci sono demoni spaventati che mi hanno chiesto di cambiare incarico.

– Non dirlo a me – disse il Profeta. – Non puoi immaginare cosa si fa in nome del Bene. Sentinelle, Testimoni e Sette segrete pronti a sequestrare feti, castrare gay, tagliare teste e sfregiare donne, non si riesce più a distinguere un virtuoso da un fanatico. Cosa sta succedendo?

– Guardano troppi film – disse Milton. – Ti ricordi O'Riley, l'infermiere del manicomio criminale, quello che uccideva le vecchie coi clisteri di varechina? Be', è diventato uno scrittore horror, vende milioni di copie raccontando le storie che ha sentito nella clinica. In una parla anche di noi.

– Dovevamo ammazzarlo – disse il Profeta scuotendo la testa.

– Dovevamo, ma chi ci avrebbe procurato gli hamburger e la morfina? Cazzo, non riesco più neanche a mangiare, mi viene il vomito. Ai vecchi tempi si impalava e si seviziava, ma oggi inventano ogni giorno nuove tecniche di tortura e si sparano per un paio di scarpe o un iPhone, nessuno vuole più essere un simpatico omicida occasionale, tutti serial killer, qualsiasi ragazzetto può mettere un proclama sul web, armarsi e sterminare una scuola. Noi demoni ormai siamo come i Muppets, facciamo ridere.

– E io? Massacrato e sanguinante per fare incassare i film. Ieri ho visto in televisione un serial killer che aveva una croce tatuata in fronte e scriveva in aramaico col sangue delle vittime. Tutte le volte che qualcuno tira in ballo un qualsiasi Dio, ha il mitra in mano e un passamontagna.

– Va bene, ma allora che cazzo facciamo? Non dovremmo modernizzarci? O continuiamo con quei noiosi discorsi sulla lotta tra Bene e Male?

– No, amico, una distinzione ci deve essere – disse il Profeta. – Come Coca e Pepsi. Se no è anarchia cosmica. Ci vogliono ancora i peccati e ci vuole la redenzione e voi dovete apparire con lo zolfo e i forconi eccetera.

– Zolfo e forconi? Ma hai mai visto un concerto heavy metal? Hanno già messo in scena tutto, se un diavolo vecchio stile andasse in giro di notte per questa città lo prenderebbero a revolverate dei negretti di sei anni. E anche tu sei fuori gioco, ci sono almeno cento predicatori televisivi più bravi di te che fanno soldi in tuo nome. Dobbiamo ristrutturare l'azienda, Prof.

– Che tempi di merda – disse il Profeta. – Non finisci il tuo hamburger?

– Prendi pure, vecchio – disse Milton. – Ma non eri allergico al peperoncino?

– Io faccio il cazzo che mi pare – disse il Profeta, mentre si gonfiava.

19.

Valigie

L'universo è vuoto e il mio frigo anche peggio.

C. NOON, patafisico

Al controllo bagagli dell'aeroporto, il poliziotto stava per terminare il turno di lavoro.

Meno male, pensò, tra cinque minuti niente più grane. Niente più gente che protesta perché vuole portare liquidi sull'aereo, o perché gli sequestro le forbicine, niente più valigie piene di cibi che non si possono esportare, niente più gente che sbuffa perché deve togliersi la cintura o l'orologio, niente più bambini che piangono o vecchi che non capiscono. Insomma sono stanco, anche se oggi è stata una giornata tranquilla.

Aveva appena finito queste considerazioni, quando apparve improvvisamente davanti a lui uno strano signore. Aveva il turbante, una folta barba nera, e portava una valigetta bianca che sembrava di madreperla, finemente intarsiata di fiori e uccelli. Sorrise al poliziotto, che non ricambiò.

– Faccia passare il bagaglio sul nastro e depositi orologio, cintura, computer e altri oggetti metallici nella vaschetta.

– Non ho niente di tutto questo – rispose soavemente il signore.

La valigia passò sotto il detector e l'addetto alla macchina sgranò gli occhi. Fece cenno al poliziotto che c'era qualcosa di strano. Il poliziotto sbuffò, fece avanzare il signor Barbanera e disse con severità:

– Vuole aprirmi la valigia, per favore?

– Certo, – disse il signor Barbanera – controlli pure.

La valigia si spalancò di scatto, e al poliziotto sembrò che si fosse aperta da sola, senza che il proprietario l'avesse nemmeno sfiorata.

Guardò all'interno e disse con stupore:

– Ma qua dentro... non c'è niente.

Il signore sorrise.

– In effetti non c'è niente di... oggetti tangibili, di cose visibili. È proprio così...

– Ma scusi, vuole farmi credere che lei viaggia con una valigia vuota?

– Apparentemente sì – rispose il signore imperturbabile.

– Non mi prenda in giro! – disse il poliziotto arrabbiandosi. – I nostri controlli sono una cosa seria, non faccia il furbo!

Il signore non rispose. L'agente esaminò la valigia, cercò in ogni angolo, batté con le nocche per sentire se c'era qualche cavità o qualche nascondiglio segreto. Chiamò in aiuto una poliziotta, ribaltarono la valigia da ogni lato. Ma alla fine dovettero ammettere che era vuota. La richiusero.

– Questa storia non mi piace – borbottò il poliziotto.

– Capisco il suo dubbio – disse sorridendo lo strano signore. – Lei deve fare il suo mestiere, comprendo che una valigia così la renda perplesso. Ma posso spiegarle. Non è vuota... questa è una valigia piena... di ricordi.

– Ma lei è pazzo! – esclamò il poliziotto. – E io dovrei crederle?

– Non sono pazzo – disse il signore. – So che può sembrarle strano. Ma vede, io sono un mago, non voglio spiegarle come lo sono diventato e in che cosa consiste il mio lavoro, ma con gli anni ho magicamente imparato a conservare i miei ricordi più belli e a portarli con me. Sono tutti qua dentro, ovviamente non è facile vederli, ma le assicuro che sono innocui e non daranno fastidio sull'aereo.

– Ah, allora non mi sbagliavo – disse il poliziotto. – Vuole dire che lì dentro effettivamente ci sono... cose, oggetti, robe, insomma sia più preciso...

– Chiamiamole pure cose, ma anche persone, musiche, animali, paesaggi eccetera – disse il signore.

– Allora devo assolutamente controllare! – disse il poliziotto. – Le tiri fuori!

– Oh no, – disse il signore con un gesto sconsolato della mano – sono... cose... grandi, e tante... come posso dire, sì... tante che... causerebbero problemi in questo aeroporto. È meglio, molto meglio che lei non le veda.

– Tante e grandi? – disse il poliziotto. – Allora sono pericolose.

– Non sono pericolose, – rispose calmo il signore – ma è meglio non farle uscire.

– Le tiri fuori subito – disse il poliziotto. – O lei non prenderà mai quell'aereo.

– Ogni volta è così – sospirò il signore. – Ma possibile che una valigia di ricordi faccia tanta paura?

– Apra, ho detto! – urlò il poliziotto. – O chiamo i colleghi della Sicurezza.

– L'ha voluto lei – disse il signore.

Le cerniere scattarono e la valigia si aprì. Dapprima si udì un alito di vento, poi una musica. Poi dal nulla si materializzò una bellissima donna con un sari dorato.

– Ma... cosa succede? – disse il poliziotto indietreggiando.

Dopo la donna uscirono, a uno a uno, una ventina di orchestrali, ognuno con uno strumento. Si disposero a semicerchio e cominciarono a suonare, tra lo stupore dei passeggeri in partenza.

Il signore col turbante baciò le mani alla donna e i due iniziarono a ballare appassionatamente. Ma subito dalla valigia uscì un marito geloso armato di coltello, e si mise a lottare con lui.

Fermi, voleva gridare il poliziotto, emergenza, chiamate rinforzi. Ma la voce gli si strozzava in gola.

E ormai dalla valigia usciva di tutto. Uscirono i genitori del signor Barbanera, due eleganti vecchietti indiani. Uscirono tutti i suoi compagni di classe, alcuni in bicicletta. Dal nulla sbucò un albero di papaya, che allungò i rami fino al soffitto dell'aeroporto. Uscì un pezzo di spiaggia con una barca, e poi un calesse con un cavallo, cani, gatti, uno sciame di pappagalli e due giganteschi elefanti con gualdrappe colorate e ornamenti d'oro.

– Aiuto – gridò il poliziotto.

Uscì un intero paese con case, stradine, bancarelle di cibi e una piazza piena di gente. Le porte dell'aeroporto furono sfondate, il soffitto divenne una giungla di liane.

– Io sono nato lì – disse il signore con un sorriso.

– Aiuto, richiuda – gridò il poliziotto.

E per ultimo dalla valigia uscì un perfetto sosia del poliziotto urlante e terrorizzato.

– Lei è il mio ultimo ricordo – disse il signore. – Lo vede come è buffo quando si arrabbia?

– La prego, chiuda – implorò il poliziotto.

Il signore misterioso fece un cenno, la valigia si chiuse con uno scatto. Tutto sparì.

– Posso passare adesso? – disse con un filo di ironia nella voce.

– Prego, passi. Ma mi dica, è un trucco, vero?

– Nessun trucco, e adesso mi lasci andare o perdo l'aereo.

Il signore col turbante si allontanò, il poliziotto si sedette, intontito. Poi si riprese. Ma sì, dai, pensò, era un trucco. Un ipnotizzatore, un illusionista. Mi ha fatto credere di vedere chissà che cosa. Accidenti però, sembrava vero.

– Ehi, Viviana... – chiamò.

Una collega poliziotta arrivò e lo guardò preoccupata:

– Cosa c'è... sembri stravolto!

– Una cosa davvero incredibile... un minuto fa... un mago, insomma un signore strano, mi ha... ipnotizzato... non ci crederesti... ho veramente creduto di vedere delle cose... Un trucco, ma che razza di trucco!

– Scusa, – disse Viviana – ma mi spieghi cosa è successo qua davanti? Cosa sono quelle papaye e quelle foglie? Cosa ci fa quel pappagallo sul tabellone delle partenze? E questo odore di fritto? E soprattutto cos'è questa cacca immensa? Sembrerebbe una cacca... ma sì, di elefante...

20.

San Firmino

> Quando venne l'autunno di quel penultimo
> anno di quella seconda guerra, comperai
> della carta da pacchi azzurra, fili, rocchetti
> di filo grezzo, colla, e per tutta la domenica,
> sul pavimento, mentre la zingara andava a
> prendere la birra, incollai e composi un
> aquilone.
>
> BOHUMIL HRABAL

– La storia di San Firmino la conosco solo io, – disse il colonnello – e tutte le altre sono false. Comincia con il terremoto di trent'anni fa. Muore metà della gente e degli animali, e crollano quasi tutte le case. La botta del sisma è così forte che sposta il corso del fiume, così non c'è più acqua, e si muove anche la montagna, viene ombra dove prima c'era la piazza soleggiata. Qualcuno prova a seppellire i morti e ricostruire la case, ma arrivano altre scosse e alla fine tutti dicono che il paese è maledetto e emigrano. Vanno a lavorare o a elemosinare in fondo alla valle. Restano in tre o quattro: una vecchia contadina, il prete e l'orologiaio col figlio Manuel. La vecchia si ammala, nessuno le porta l'acqua e lei muore di sete, il prete crepa colpito dalla campana che si stacca dal campanile pericolante. Finché un giorno l'orologiaio si sveglia e vede suo figlio di dieci anni che scappa sull'unico asino rimasto.

Allora tutti pensano che con un solo abitante San Firmino è morto, chiudono la strada e il postino non ci va più. In quanto all'orologiaio, è un vecchio pazzo, prima o poi si deciderà a lasciare la sua casa oppure morirà di stenti.

Ma l'orologiaio non vuole andarsene, rifà la casa come nuova. Ripara l'orologio della piazza, che ricomincia a segnare le ore. E siccome ha le mani d'oro, costruisce anche un gallo intagliato nel legno, un gallo che ogni mattina sul campanile canta, collegato a un fonografo. E ripara la fontana. Perché intanto ha aggiustato anche l'acquedotto e riallacciato l'elettricità con un filo che corre sulle cime dei castagni fino al traliccio.

Poi si mette a segare e dipingere e dopo poco ci sono venti persone in piazza, da lontano nemmeno ti accorgi che sono di legno. E dentro alla panetteria si sente rumore e viene fuori odore di pane caldo. E nel prato c'è un branco di pecore fatte di sughero e stoppa, tutte immobili meno due, che con un meccanismo straordinario brucano tutto il giorno e belano. E c'è un lupo fatto di rottami di ferro che le spia dal bosco. Due cacciatori di cartongesso che sparano colpi veri. E l'orologiaio pazzo ripara la campana della chiesa e la fa suonare, e dentro alla chiesa sono in venti a pregare. La notte si sente suonare la chitarra, è un menestrello dipinto come Arlecchino che fa una serenata a una bionda coi capelli di nylon che sporgono dalla finestra. Arriva un'altra botta di terremoto, la bionda casca giù in testa al menestrello col balcone e tutto. L'orologiaio li ripara e li fa sposare.

Nascono tre bambini di cartapesta, ognuno che canta con un carillon diverso. E decine di gatti più veri dei gatti veri. E viene rumore anche da dentro all'osteria.

Arriva un'altra botta di terremoto, e crolla la casa dell'orologiaio. Qualcuno dei paesi vicini dice: andiamo a vedere. Cercano il corpo sotto le macerie ma non trovano niente, solo meccanismi e rotelle e molle e bilancieri e bambole che parlano e sagome di legno. Escono in strada, e vedono cinquanta persone, o marionette o fantasmi, come preferite, che li guardano. Chi le ha fatte se l'orologiaio non c'è più?

Ma il giorno dopo piove e le persone si squagliano, erano

di cartapesta e capecchio, le pecore si fermano e anche il gallo non canta più, perché nessuno ricarica il meccanismo. Per cui tutti i cosiddetti vivi se ne vanno e dicono: stavolta San Firmino è proprio morto, togliamolo dalle mappe e dai ricordi.

Un mese dopo Luis il bracconiere passa di lì, le pecore brucano, il gallo canta, i bambini fanno capriole e c'è odore di pane e musica, e dall'alto della collina Luis giura di aver visto gente ballare. E l'orologiaio seduto in mezzo alla piazza, con la testa ciondoloni come un burattino mezzo rotto, batte il tempo con la mano.

Il bracconiere è indeciso se scendere a vedere quella diavoleria, ma in quel momento sente qualcosa che lo morde a una gamba. È un lupo di metallo verde, nascosto nell'erba, come una tagliola. E sui rami cantano uccelli di colori incredibili. Veri o meccanici? Poi la terra trema, dalla piazza partono fuochi artificiali, la fontana zampilla ed è piena di un girotondo di anatre e aragoste. Si sente un gran colpo di grancassa e una fanfara di banda che arriva, Luis si prende paura e scappa via.

Per questo – concluse il colonnello – io non so cosa sia successo, e neanche cosa abbia inventato quel dannato orologiaio, ma mi rifiuto di cancellare San Firmino dalle mappe e ho dato ordine di tenere aperta la strada, e non togliere né l'acqua né la luce. Nel caso qualcuno volesse andare a vedere, o volesse tornarci. O se qualcuno... be', se qualcuno volesse venire da lì a trovarci. Non si sa mai.

21.

Povero Nos

Nel mezzo delle sregolatezze che accompagnano l'inverno londinese, avvenne che comparisse a vari ricevimenti degli esponenti del bel mondo un nobiluomo, degno di attenzione più per le sue stranezze che per il rango.

JOHN WILLIAM POLIDORI

Tra tutti i depressi e i disperati riuniti nella sala d'aspetto dell'Ufficio Tributi Equitalia, l'uomo in nero era senz'altro il più afflitto. Tutto storto su una sedia, con la testa reclinata sul petto, gli occhiali neri e il colorito pallido, sembrava completamente privo di forze. Gli altri almeno si lamentavano, parlavano tra di loro, imprecavano. Lui taceva, boccheggiava e pareva sul punto di cadere a terra da un momento all'altro.

– Numero cinquantuno – disse una voce.

Nessuno si alzò.

– Lo ripeto una volta sola... Numero cinquantuno!

L'uomo in nero si scosse dal torpore e disse: – Sono io.

Si alzò lentamente in piedi. Era alto quasi due metri, avvolto in una palandrana consunta che strisciava per terra. Davvero uno strano tipo. Barcollando, aprì la porta dove era scritto:

DE ELSI, UFFICIO CONTROLLO

Il ragionier De Elsi lo aspettava dietro la scrivania. Era roseo, grassottello e satollo di autorità. Davanti a lui un muro di pratiche, dietro di lui il ritratto del Presidente. Vide lo strano signore bizzarramente vestito e non mosse un ciglio.

– Si accomodi – disse con gesto magnanimo.

L'uomo in nero si accomodò così maldestramente che quasi finì per terra con tutta la sedia.

– Mi scusi, – disse con voce bassa – ma... alla mattina sono sempre un po' confuso.

– Vada a letto prima – disse seccamente De Elsi. – Dunque lei è il signor Nosferatti?

– Sì.

– Dimitru Nosferatti residente in borgo dei Lupi 4?

– Credo... di sì.

– Cosa vuole dire "credo"? Questa risulta la sua residenza fiscale. Anche se col fisco lei proprio non vuole averci a che fare. Signor Nosferatti, è vent'anni che lei non paga le tasse.

– Le tasse? Io proprio non sapevo...

– Non cominci a fare il furbo – disse De Elsi battendo un pugno sul tavolo. – Lei è immigrato dalla Romania, anche se non siamo riusciti a capire quando e come. Non c'era traccia di lei in nessun archivio, elenco o documento. Ma qualcuno ci ha segnalato la sua presenza e ora l'abbiamo scovata. Ci si può nascondere per un po', ma prima o poi tutto viene alla luce.

– Ahimè, la luce... – disse l'uomo in nero.

– Vedo dai suoi dati anagrafici, evidentemente sbagliati, che lei risulta nato nel 1758. Immagino sia 1958, ovviamente. Inoltre lei sarebbe addirittura di famiglia nobile... in Romania aveva il titolo di conte. Dico bene?

– Dice bene. Ma non ricordo, fu tanto tempo fa... – disse l'uomo, con lo sguardo assente.

– Meglio che lei ricordi. Ora comunque vive nel nostro paese. Quindi, per prima cosa, disegniamo il suo profilo fiscale col redditometro. Perché non ha pagato l'Imu?

– Cosa?

– La tassa sulla casa. Lei ha una casa, anzi un castello.

– Ma è un castello... in rovina... occupo solo un locale nel sotterraneo... non si può neanche chiamare casa.

– Le solite bugie. Inoltre, lei non paga da anni nessuna bolletta. Luce, gas, telefono. Non risulta tra gli utenti. Come mai?

– Non ho luce, non ho gas, non uso il telefono – sospirò il conte.

– Ho capito. Le solite furberie di voi nomadi. Lei ruba l'elettricità da qualche vicino, magari ha un impianto a gas non a norma, e un cellulare comprato chissà dove.

– Io non... io non uso queste modernità.

– Non mi prenda in giro, – disse irosamente De Elsi – lei non sa cosa rischia. Lei è il classico evasore totale, e le assicuro che le faremo pagare fino all'ultimo centesimo. Adesso risponda alle domande. Che lavoro fa?

– Io... io non saprei. Lavoro di notte.

– Guardia giurata? Panettiere?

– No, di notte io... mi procuro... il sostentamento...

– Sì, ma cosa fa? Il disc jockey? Non mi faccia perdere la pazienza.

– Io... ecco, di notte passeggio e... conosco gente...

– Si prostituisce? Alla sua età e con quella faccia?

– No, io... diciamo che faccio la guida turistica, porto in giro la gente, per i monumenti, le cripte, le catacombe... va bene? Ha un cachet per il mal di testa?

– Niente cachet. Allora, lei fa la guida turistica ma non è iscritto alla camera di commercio. Quindi lavora in nero.

– È il mio colore preferito.

– Non faccia lo spiritoso! Andiamo male, anzi malissimo. Quanto guadagna al mese?

– Non saprei... ho una piccola rendita, ho... dei terreni in

Romania... mi arrivano un po' di soldi di tanto in tanto... me li porta un pipistre... me li porta un amico rumeno.

– Ma la sua rendita non è denunciata. Mi dica dove ha i terreni.

– Transilvania.

– Entro quindici giorni voglio l'elenco completo delle sue proprietà. Ha beni come auto, barche, case al mare?

– No. Avevo una carrozza coi cavalli tempo fa, ma... non l'ho più.

– Allora mi deve portare il certificato di rottamazione, e il modulo di riconversione di animale solidungo. Torniamo al suo lavoro. Lei lavora di notte, senza fatturare. I suoi clienti non si lamentano?

– Qualche volta sì.

– Certo. Non sopportano che lei evada le tasse! Mi dica, ha un conto in banca? Possiede una carta di credito, una tessera bancomat?

– No, nulla.

– E come fa se deve ritirare del liquido?

– Be', io... dovrebbe intuirlo... io prelevo... direttamente... insomma, è possibile che non abbia capito chi sono?

– Un evasore. Non ci vuole molto.

L'uomo in nero sembrò spazientito e agitò in aria le mani dalle unghie adunche.

– Ci pensi bene: vivo di notte, temo la luce, dormo in un sotterraneo, ho più di duecento anni, vengo dalla Transilvania... e non mi piace l'aglio!

– Se è per quello, neanche a me... solo un pochino con la cicoria. Ma cosa c'entra?

– Non vengo riflesso negli specchi...

– Per forza, brutto com'è...

L'uomo in nero, esasperato, aprì il mantello e si alzò in piedi, sventolando le falde come ali.

– Oh insomma, mi guardi bene. Io sono... un VAMPIRO! Ha capito? Un vampiro. Non ha paura? Non scappa?

Il ragionier De Elsi congiunse le mani e lo guardò quietamente negli occhi.

– Secondo lei? Faccio da trent'anni questo lavoro con i contribuenti e dovrei avere paura di un vampiro?

– Capisco – disse il conte, e si afflosciò sulla sedia.

– Oh, meno male. Dunque patteggia? È pronto a saldare gli arretrati?

– Ma non ho un euro, un leu, un doblone... – disse il conte, con un filo di voce.

– Non mi interessa. Cominciamo dalla casa, ci porti subito la planimetria e l'abitabilità. Poi voglio controllare il suo permesso di soggiorno. Quindi l'iscrizione all'albo emoutenti e guide notturne o quello che è. Poi un documento. Ha un documento qualsiasi?

Un raggio di sole improvviso entrò dalla finestra. Il conte si raggrinzì.

– Patente? Passaporto rumeno? Certificati di vaccinazione? La avviso che entro fine mese dovrà versare il primo acconto Irpef calcolato al settanta per cento dell'ultimo fatturato annuale, decurtato delle spese purché documentate, con allegato il modello 106 compilato in sei copie di cui due in transilvano, poi la ricevuta del canone tv, il suo Iban e...

Il conte non ripose. Sulla sedia era rimasta solo una palandrana fumante. E un mucchio di cenere per terra.

– Incredibile cosa fanno pur di non pagare – commentò il ragionier De Elsi. – Per favore, qualcuno porti scopa e straccio. Numero cinquantadue!

22.

Lotto 165

Al giorno d'oggi, tutto ciò che è divertente costa almeno otto dollari.

ERIC CARTMAN, *South Park*

– Procediamo con il lotto numero 165, – disse il banditore d'asta – 510.000 orcometri quadrati, vaste risorse idriche, terreni di tutti i tipi, biodiversità discreta. Ottimo per un insediamento territoriale, per coltivazione di nuovi vegetali, allevamento di creature e stoccaggio materiali. Prezzo base: due milioni di jing...

– Un momento, – disse il dottor Asio, che rappresentava un gruppo di grandi imprenditori immobiliari – ci sembra un prezzo basso. Cosa c'è sotto?

– Infatti stavo per completare le informazioni – proseguì il banditore. – È un ottimo affare, ma presenta due inconvenienti. Primo: il lotto è in condizioni degradate. Secondo: il lotto è occupato.

– Cioè ci sono inquilini?

– Sì. Per la maggior parte sono innocui e non problematici. Ma c'è una minoranza di residenti che si ritengono proprietari esclusivi, e sono stupidi, avidi e distruttivi. Faranno storie, non ammetteranno mai di aver danneggiato e reso inagibile il lotto. Però sono deboli, e possono essere sloggiati con facilità.

– Mi scusi, – chiese il dottor Kui, che rappresentava una multinazionale di palazzinari icosacefali – ma perché il lotto è stato messo in vendita?

– La Kommissione ha ritenuto non più valido il contratto d'affitto – disse il banditore d'asta. – Nelle condizioni attuali, questo lotto non ha più di dieci anni di vita. Lo hanno tenuto così male che gli edifici e gli spazi annessi stanno per collassare. Quindi chi lo compra dovrà ristrutturare.

– È sicuro che possiamo entrare senza problemi?

– La procedura di sfratto è stata richiesta dalla Kommissione già nel 1980 solare, e negli ultimi anni tutto è peggiorato, quindi è scattato il provvedimento di sgombero della specie dominante per incuria, contravvenzione al codice di civiltà e distruzione di bene demaniale universale.

– Offro due milioni e mezzo – disse Asio.

– Io tre milioni, – disse Kui – in più mi impegno personalmente a sgomberare il lotto.

– In che modo?

– Be', direi nel solito modo. Con l'invio di un esercito o con un bombardamento globale.

– No, – disse il banditore d'asta – la specie dominante può essere sfrattata, ma ci sono seicentocinquanta specie di creature rare che devono essere preservate. Sono quelle comprese nell'elenco allegato alla bozza di contratto.

– Lo sapevo, le solite balle ecologiste – disse Asio. – Ma non avete detto che è un lotto destinato all'estinzione?

– Se si comincia a non rispettare gli equilibri della natura, si finisce come quelli del lotto 165. Quindi si impegni a rispettare l'elenco delle specie.

– Sono tante – disse Kui scuotendo le teste. – Scarafaggi topi e insetti li conosco. Ma cosa sono i dugonghi e gli axolotl?

– Offro tre milioni e cinquecento, – disse Asio – e mi impegno a vuotare il lotto col mio esercito in due settimane, mantenendo la metà delle specie protette.

– Offro quattro milioni, – replicò Kui – e mi impegno a

sgomberare tutto in una settimana con una serie di bombe a selettività genetica.

– Sono bombe sicure? – chiese il banditore d'asta. – Distruggeranno solo la specie dominante?

– Be', forse anche un dieci per cento di animali geneticamente simili, leggo qui ad esempio le scimmie. Ma è una procedura indolore, non dura più di venti secondi.

– Va bene, – disse il banditore d'asta – allora batto l'offerta del dottor Kui. Quattro milioni e uno... quattro milioni e due...

– Offro dieci milioni, – disse il commendator Konkifer, il più grande proprietario immobiliare della galassia – ma voglio sgomberare il lotto 165 entro stasera. Ne ho bisogno per scaricare rifiuti, ho dieci lotti che non sanno più dove metterli, sono letteralmente sommersi.

– Qual è la quantità dei rifiuti?

– Un milione alla terza orcoquintali.

– Ma copriranno tutto il lotto! Terra, acqua, edifici...

– Tanto avete detto che è destinato a sparire, no? Allora cosa cambia se diventa una discarica? Almeno è utile.

– Va bene. Ci sono altre offerte? No? Tre, due, uno, aggiudicato al commendator Konkifer – disse il banditore d'asta, battendo la testa a martello.

– Quell'odioso bivalve Konkifer, solo perché è pieno di soldi... – commentò Kui, mettendosi un cappello in ognuna delle venti teste.

– È il terzo pianeta che compra questo mese – disse Asio, volando via.

– Pronto, generale Mytl? – disse Konkifer al telefonino. – Ho appena comprato il lotto 165. Mandate subito una flotta di eliminazione. Entro dodici ore voglio che sia ripulito degli inquilini.

– Che genere di inquilini? – disse il generale Mytl.

– Aspetti. Vado a leggere il contratto di vendita. Dunque, il lotto 165 si chiama Terra e gli abitanti terrestri. Bisogna sgomberare sei miliardi di terrestri, e faccia presto.

– Li conosco, – disse il generale – sono autodistruttivi e crudeli. Ma non hanno armi degne di questo nome e la loro civiltà è arretrata. E poi... particolare orribile, mangiano i nostri simili, li chiamano "cozze", si meritano proprio di scomparire.

– Allora proceda – disse Konkifer. – Ah, sì... aspetti un momento.

– Dica?

– Risparmi i dugonghi.

23.

L'Uomo dei Quadri

By a route obscure and lonely.

E.A.P., *Dream-Land*

Era una notte dell'ottobre 1849. Soffiava un vento freddo, e pioveva a raffiche, ma le strade intorno al porto di Baltimora erano piene di gente. C'era in giro una strana eccitazione, una specie di demenza collettiva. Risuonavano grida rauche di ubriachi, canzoni storpiate e rumore di bottiglie infrante. La baia di Chesapeake era illuminata da una luna gialla e malevola. In una di queste strade dall'acciottolato sconnesso apparve rumorosamente una carrozza male in arnese, con un aspetto tra il funebre e il carnevalesco. Il vetturino indossava una palandrana che sventolava come ali di pipistrello e esibiva un naso smisuratamente lungo, arroventato dalle libagioni. Anche il cavallo contribuiva alla stranezza dell'insieme, col manto di un bianco spettrale e una testa enorme che sembrava uscita da un dipinto di Füssli. Mentre arrancava con un trotto sbilenco, soffiava vapore dalle froge e nitriva come se fosse posseduto. Il bizzarro *ensemble* si fermò davanti alla bettola della Rana Saltellante. Era uno dei luoghi più squallidi e malfamati della città, ma tutti sapevano che lì si beveva ottima birra e buon rum a poco prezzo. Un posto adatto per svagarsi, specialmente se sapevi schivare le coltellate.

La carrozza restò immobile sotto la pioggia, mentre il vento la faceva cigolare come una barca alla fonda. Poi lo sportello si aprì e uscì lentamente un uomo con un mantello nero. Aveva capelli lunghi e ondulati con la scriminatura in mezzo, baffi sottili, viso pallidissimo e occhi di colore viola. Il suo aspetto era nobile e inquietante. Anche il vetturino, che era una canaglia, ne ebbe un rispettoso timore, e non cercò di imbrogliarlo sul prezzo della corsa.

Dal freddo della strada, l'uomo entrò nel caldo denso e maleodorante della bettola. Si tolse il mantello fradicio e si sedette in disparte. Tutti lo guardarono con curiosità, ma nessuno accennò uno scherno, o un commento ironico. Lo straniero incuteva una vaga paura. Come se portasse con sé un morbo alieno, e nulla di questo mondo potesse toccarlo.

Ordinò un whisky e si guardò intorno, nei fiochi aloni delle lampade a olio e negli angoli oscuri occupati da botti e barili.

La Rana Saltellante era un catalogo di bizzarra umanità. C'erano ceffi di tutte le fogge, ubriaconi cronici, grassi mercanti, marinai tatuati, vecchi usurai, un campionario di mustacchi, barbe mal rasate, cicatrici e stigmate di malattie. E cinque o sei puttane spiaggiate.

L'arredamento consisteva in rozze sedie e tavolacci, ma alle pareti erano appesi quadri con cornici di un certo pregio. Ritratti di volti simili a quelli degli avventori, ma ancora più lugubri e disperati. Il pittore aveva evidentemente studiato a lungo i soggetti, passando ore a bere insieme a loro. C'era qualcosa di misterioso e comune a quei ritratti. Il loro sguardo era spaventato, impietrito, e per un gioco di luci sembrava che tutti, da punti diversi, guardassero la stessa cosa. Ma cosa?

Un quadro soprattutto colpì il nuovo arrivato. Il volto terreo di una donna dai capelli corvini e dalla bocca bluastra, che teneva in mano un paio di forbici.

Guardando meglio, l'uomo si accorse che la donna era raffigurata in almeno altri due ritratti, cambiava la foggia dell'abito ma il volto era lo stesso. Erano tele dipinte in anni diversi, come mostrava lo stile della cornice, ma la donna era uguale, nella sua pallida fissità. Come una statua. O come una morta.

L'uomo dagli occhi viola era già al terzo bicchiere, solitario e silenzioso. Continuava impassibile a guardare i volti e i quadri, e il bancone di ebano, su cui era scolpita una scena di caccia alla balena. Nessuno si era seduto accanto a lui. Tutti continuavano a giocare a carte, tracannare e bestemmiare, ma tra lo straniero e gli altri sembrava ci fosse un velo nero che lo rendeva invisibile.

Finché dal fondo della bettola, dove troneggiavano due gigantesche botti di rovere, si alzò un uomo alto e magrissimo, con un vestito a scacchi e un cappello a tesa larga. Le guance erano segnate dalle cicatrici del carbonchio, e sotto le sopracciglia folte e candide brillava uno sguardo di un azzurro incredibile, quasi bianco. Il viso era quello di un uomo vecchissimo, ma gli occhi erano da angelo. Portava sottobraccio un oggetto quadrato, avvolto in un panno. Si avvicinò allo straniero, e lo posò sul tavolo.

– Buonasera signore, – disse – mi chiamo Reynolds. – Posso sedermi vicino a lei?

– Prego – disse l'uomo, senza guardarlo.

– Il fatto è – disse sedendosi – che l'ho riconosciuta. Forse la disturbo, ma mi piacerebbe molto parlare del suo lavoro, mister...

– Eddie, – rispose l'uomo – mi chiami pure Eddie.

Un vociare di ubriachi li interruppe. Entrarono due poliziotti enormi, più sbronzi degli altri, scoppiò una rissa. Alla fine c'erano dieci avventori di meno nel locale, alcuni tavoli distrutti e vari litri di birra sprecata sul pavimento.

– È una roba da pazzi questo "cooping" – disse Reynolds.

– Mi sono accorto che c'è in giro qualcosa di strano –

disse Eddie. – Tutti questi poliziotti che ti offrono da bere. Perché?

– Per un semplice motivo, – sorrise Reynolds – ci sono le elezioni. La polizia sbronza le persone, praticamente le rapisce, e le porta a votare. Si chiama, appunto, "cooping"...

– Vera democrazia... alcolica – rise Eddie. – Che ne dice di un bicchiere di assenzio?

– Whisky e assenzio insieme... – disse Reynolds – ci va giù pesante lei. Ma già, dovrei averlo capito dal suo lavoro.

Un oste che sembrava un orco delle fiabe portò loro l'assenzio e il cucchiaio per incendiare la zolletta di zucchero. Reynolds eseguì l'operazione con serietà sacerdotale, e la fata verde brillò nei bicchieri. Reynolds assaporò, Eddie buttò giù con un solo sorso.

– Il mio lavoro non è minimamente guidato né ispirato né deformato dall'alcol – disse Eddie con decisione. – Io sono un matematico, un logico. Tutto quello che faccio lo pratico con metodo. Alla fine qualcuno può vedere originalità, bizzarria, disordine e mancanza di regole. Invece tutto è costruito passo dopo passo, con la progressione di una buona partita a scacchi. Ogni opera inizia dalla fine. Dalla fine di un processo di pensiero. Mi capisce?

– Sì, ma non del tutto, – disse Reynolds – forse lei sta complicando la faccenda. Nel suo lavoro c'è anche, semplicemente, del genio.

– Il genio? Una maledizione invocata dagli stupidi. In quanto alla semplicità, è l'affettazione del secolo. Ma lei piuttosto, che lavoro fa?

Reynolds accarezzò l'oggetto incartato sul tavolo, e rise nervosamente. Sembrava quasi emozionato di parlare.

– Io... be', non riuscirei a spiegarlo a un altro, ma a lei sì... lei ha usato parole come: originalità, bizzarria, disordine. Ma si potrebbe dire anche anomalia, follia, paura, caos. Diciamo che noi vediamo spesso cose che ci turbano e terrorizzano, e pensiamo che siano nate all'improvviso nella nostra mente... ma non è così... abbiamo paura perché le abbiamo viste prima, le conoscevamo già... C'era solo una porta da aprire, un libro maledetto da consultare, una grotta in cui entrare, verso lo sconfinato archivio del mistero... Ecco io, potrei dire, ho un magazzino di cose strane, so dov'è la porta segreta e in quale corridoio si trova il libro nero... e poi allevo mostri, come pacifiche galline, li faccio crescere... sto parlando per metafore... naturalmente...

– No. Lei non sta parlando per metafore – lo interruppe Eddie. – Non sta descrivendo un circo, sta descrivendo l'animo umano.

– Dimenticavo la sua implacabile capacità di dedurre, lei è l'inventore della figura del detective. Sì, io lavoro nel settore paura. Come lei sa, la gente ha bisogno di piccole paure per non pensare alle grandi.

– Non sono d'accordo, – disse Eddie – non esistono piccole paure. La paura è una grande passione, se è vera deve essere smisurata e crescente. Di paura si deve morire. Il resto sono piccoli turbamenti, spaventi da salotto, schizzi di sangue da pulire con un fazzolettino. L'abisso non ha comodi gradini.

– Sapevo che la pensava così, – sospirò Reynolds – ma i comuni mortali devono sopravvivere all'ombra che li avvolge. Vede questi ritratti alle pareti?

– Alle pareti del suo locale?

– Ha capito che la Rana Saltellante è mia?

– Certo non è dell'oste. Nessun oste sano di mente decorerebbe così una bettola. Queste tele vengono... dal suo magazzino?

– Sì. Oppure potrei dirle che conosco molto bene chi le ha dipinte. Come vede, sono ritratti di avventori, gente che ha frequentato questo luogo. Realistici, forse un po' di maniera. Ma c'è qualcosa che li rende speciali, e che li lega tra loro...

– Adoro gli enigmi. Vediamo...

Eddie li scrutò uno per uno. Poi disse.

– Credo di avere capito. Ciò che è comune a tutti, è lo sguardo. Non è lo sguardo neutro e vanesio di un ritratto...

– Si sta avvicinando alla soluzione – disse Reynolds.

– Tutti hanno paura. Sono prigionieri della cornice. Non c'è nessun gesto nei quadri che indichi una via di scampo da quella pietrificazione, da quel destino. Sanno che non possono fuggire da quello che stanno vedendo. E ciò da cui non si può fuggire, ciò che non puoi guardare negli occhi per chiedere pietà, o per intavolare una trattativa, è la morte. Quei ritratti stanno tutti guardando la loro morte.

– Esatto. Qualcuno li ha dipinti, e sono morti subito dopo. Spesso, poche ore dopo che il ritratto era terminato. Il pittore è riuscito a presagire, a cogliere quell'attimo. Incredibile, no?

– Niente è incredibile – disse Eddie. – Ci sono più cose in cielo e in terra, Orazio...

– ...di quante ne sogni la tua filosofia – concluse Reynolds. – È vero, come è vero che Shakespeare forse era una donna. Un'altra fatina verde?

Bevvero nuovamente l'assenzio, ma stavolta dopo aver cercato di brindare Eddie impallidì, le sue mani si aggrapparono al tavolo ed ebbe un tremito in tutto il corpo.

– Qualcosa non va? – disse Reynolds, prendendogli premurosamente la mano.

Eddie ebbe un nuovo brivido, i capelli sudati erano scesi sul viso, ma sorrise.

– Il mio corpo non ha le risorse del mio pensiero. E pensare che una volta ero un atleta, un grande nuotatore, lo sapeva? L'alcol mi ha inzuppato l'anima... È il prezzo che paghiamo all'oblio. Ma dica, e i quadri della dama nera?

– Ero certo che l'avrebbe notata – sorrise Reynolds. – Be', è diversa dagli altri soggetti. Come vede, non c'è paura nei suoi occhi, ma una calma ultraterrena.

– Certamente – disse Eddie con voce impastata. – In un quadro tiene un paio di forbici, in uno un filo, nell'ultimo un fuso. Mitologicamente corretto. Non guarda dove guardano gli altri. Forse si sta rimirando allo specchio.

– Lei è geniale e logico anche quando è follemente ubriaco, – disse Reynolds – la ammiro. Lei è veramente all'altezza del pittore di questi quadri.

– In che senso?

– Che lei ha dipinto volti, paesaggi, mostri, atmosfere indimenticabili, che resteranno negli anni. Lei ha reso la paura un sentimento umano, ma anche una sovrumana passione. Lei ha fatto del bizzarro una forma di allegria, lei ha fatto capire quanta deformità cela il comico, lei ha dato orrore alla logica e logica all'orrore, lei...

– Lei sta esagerando con i complimenti – disse Eddie mandando giù l'ultimo goccio di assenzio. – Quindi c'è qualcosa sotto.

– Indovinato ancora – disse Reynolds. Al lume della lampada a olio i suoi occhi brillavano come zaffiri maligni.

– C'è un'occasione speciale in cui tutti smettono di farti critiche, trovano in te ogni pregio e fioccano i complimenti. Ovviamente mi riferisco all'elogio funebre.

– È vero – ammise Reynolds.

– Quindi io sono pronto a diventare un quadro – sospirò Eddie. – Questo che è sul tavolo, avvolto nel panno. L'ho capito dal primo momento. Lei mi stava aspettando.

– Sì, non ho potuto ingannarla. È un quadro, ma non è un ritratto.

– Questo mi sorprende. E cosa è?

– Un ultimo assenzio? – propose Reynolds. – Un ultimo bacio della fata?

Bevvero e restarono in silenzio. Entrarono due poliziotti e portarono via alcuni avventori ubriachi. Una coltellata saettò nel buio e un marinaio fuggì inseguito da un altro.

Una puttana si mise a cantare in spagnolo, con voce dolce. I rumori della notte si fecero più tenui. Passò un tempo breve o lungo.

– Il ritratto l'ho fatto a tutti. – disse Reynolds rompendo il silenzio – ma ho pensato che lei meritava un omaggio speciale.

– Devo indovinare ancora? – disse Eddie.

– No, stavolta le spiegherò. Come avrà capito sono io l'Uomo dei Quadri... anche se la parola "uomo"...

– È una definizione che le sta stretta – sorrise Eddie.

– Proprio così. Lei non ha dipinto quadri in serie, storie tutte uguali. Lei ha sorpreso ogni volta. Ha riempito di orrore e meraviglia migliaia di persone, e saranno milioni negli anni a venire. Lei resterà nei secoli.

– La mia vanità è sazia, la mia gola no... Un altro assenzio?

– La prego, no. Mi serve un residuo della sua logica, della sua lucidità. Dunque, non potrei dipingere il suo sguardo spaventato davanti alla morte. Lei l'ha fissata in viso mille volte, le ha parlato, l'ha corteggiata. Ma dipingere quello che GLI ALTRI hanno provato davanti alla morte da lei evocata, le sensazioni e i mostri e il ghigno e il sangue che lei ha inventato per loro, quello è opera terribile e grandiosa. Le piacerebbe vedere tutto questo? Un quadro non potrebbe contenere lo sterminato universo delle sue creazioni, ma questo è un quadro speciale. Diciamo che è... una porta.

– Tutta la paura e la meraviglia che ho suscitato? Tutto l'orrore del mondo? Ma resisterò a questa vista?

– Questo non posso dirglielo – disse l'Uomo dei Quadri.

– Forse non resisterò, – disse Eddie – ma è giusto così. Devo guardare la mia grandezza e la mia ombra. Tutto ciò che ho immaginato, in un solo attimo. Diamine! È un privilegio, e del resto è sempre meglio che morire di delirium tremens, portato in ospedale su una carriola.

– È pronto allora?

– Qui? In questa bettola?

– No, andiamo fuori.

Uscirono, era buio. Camminarono fino a una stradina di acciottolato umido, illuminata dal pallore lunare. C'era un salice, che faceva piovere i suoi rami su un muretto. Eddie si sedette. Bevve un sorso da una fiaschetta.

Reynolds gli stava davanti. Eddie non si era reso conto di quanto fosse smisuratamente alto.

– È pronto?

– Sono pronto – disse Eddie, alzandosi in piedi, ben avvolto nel mantello. – Voltiamo questa ultima pagina.

Reynolds scartò lentamente il quadro. Poi lo tenne ben alto davanti alla testa di Eddie.

– Ora guardi – disse.

C'erano quattro cadaveri nella morgue dell'ospedale Washington College di Baltimora. Una donna morta di parto e due marinai uccisi probabilmente dall'abuso di alcol del cooping.

Il quarto era coperto da un mantello nero.

Il medico era un vecchio pensieroso e barbuto. Un giovane dottorino lo guardava attendendo istruzioni.

– Leggimi il referto del dottor Charles – disse il vecchio.

– *Il giorno 3 ottobre verso l'alba il soggetto si aggirava in stato confusionale, con gravi segni di intossicazione etilica, nella zona di Light Street. Un uomo di nome Joseph Walker lo ha visto crollare a terra due volte e rialzarsi. Ha provato a parlargli, ma quello sembrava indemoniato, e faceva gesti come per allontanare da sé mostri invisibili. Così Walker ha chiamato la polizia, che lo ha portato qui ormai in gravi condizioni. Ricoverato, è peggiorato rapidamente ed è morto ieri, 7 ottobre, alle cinque del mattino. Durante questo periodo ha solo gridato più volte la parola "Reynolds" e, secondo una suora, ha pronunciato la frase: "Dio abbia pietà della mia anima". Io l'ho visitato due volte e l'ho trovato in pieno delirio, come fosse preda di terribili incubi. A mio parere...*

Il dottore barbuto interruppe la lettura.

– Lei, giovanotto, è l'assistente del dottor Charles. Anche lei ha visto due o tre volte il paziente. Ha detto altro?

– No, solo quel nome, Reynolds... ah, sì, e poi mi sembra che il primo giorno abbia mormorato "orrore, troppo orrore"... Ipotesi sulla morte: attacco di delirium tremens, rabbia, sifilide, congestione cerebrale. Procediamo all'autopsia?

Il medico scostò il mantello. Il volto dell'uomo dagli occhi viola sembrava finalmente in pace. Ricoprì il corpo.

– No, – disse infine – nessuna autopsia.

Il giovane dottore lo guardò con aria interrogativa.

– So chi è quest'uomo – disse. – Non è importante cosa la scienza medica potrebbe dire riguardo alla sua fine. Lui conosceva la morte e i suoi misteri mille volte più profondamente di me, che da anni ne studio i segni sugli uomini. Non posso dire ora dove è la sua nobile anima, e che cosa l'ha separata dal corpo. Scriva, e non si stupisca se uso una formula non abituale.

Washington Hospital, sezione Morgue. Oggi 8 ottobre, dopo attento esame della salma, non ritengo necessario procedere all'autopsia del soggetto, maschio di anni quaranta. È possibile formulare ipotesi, ma non scopriremo mai una vera ragione per la misteriosa morte del signor Edgar Allan Poe. In pace requiescat.

24.

La storia della strega Charlotte

Un uomo nero,
nero, nero,
un uomo nero
si siede sul mio letto,
un uomo nero
non mi lascia dormire per tutta la notte.

SERGEJ ALEKSANDROVIČ ESENIN,
L'uomo nero

– Quella della strega Charlotte – disse il marinaio – è veramente la storia più spaventosa, orripilante e raccapricciofona che io abbia mai ascoltato, e non so se ho voglia di raccontarla, mi tremano gambe cuore e trippe, io ho viaggiato tutto il mondo e ho visto cose che oggi non esistono più, o che forse non sono mai esistite, o che forse esistono ancora e guai a chi le incontra. Ma niente, né tempeste né cannibali né canto di sirene né navi fantasma né epidemie né scimmia in salmì né granchi bragaroli né fastidiosi pidocchi né veleniferi cobra, mi ha mai causato lo spaventatroce terrore che mi ispirò la storia della strega Charlotte. E stanotte voi bambini mi chiedete "raccontala, raccontala", con le vostre vocette innocenti, tutti rannicchiati sotto le coperte, scalciando, impauriti e curiosi allo stesso tempo, ma chissà se sapete a cosa state andando incontro, a quale abisso di spavento e sgomento! Be', peggio per voi, pargoletti, ma prima di tutto mettiamo in chiaro che non voglio avere responsabilità qualora codesta storia vi sconvolturbasse troppo o vi imbiancasse i capelli o vi causasse diarrea durevole o vi togliesse il sonno per gli anni a venire, se ve la spiffero mi dovete promettere che non direte mai ai vostri genitori che ve l'ho raccontata io, perché ci sono in essa particolari così cruenti sanguifagi e orrovomitosi, e personaggi a tal punto malvagi trucibaldi e tenebrosi che io stesso quando la narro mi sconvolvolo, balbetto e barcollo, e come tutti quelli che conoscono la storia, mi chiedo se riuscirò mai a raccontarla fino in fondo e se ho il diritto di orridepilare piccoli cuori puri come i vostri. Ma vedo che voi sempre più eccitati state saltando sul letto e gridate "dai comincia, dai, raccontaci della strega Charlotte!". Oh no, non nominate quell'agghiacciantic_o nome, ormai siete preda di una insana curiosità e bramate di ascoltare la storia delle trucinfami gesta, proprio come feci io ottant'anni fa, quando ero un giovane mozzo, e incontrai un maledetto vecchio marinaio hawaifigisamoano, un simpatico spaccamari con una gamba sola, l'altra mangiata da un coccodrillo, e un occhio solo, l'altro divorato da una sogliola mannara. Quel fottuto logorroico tatuato maori, me la raccontò nella buia cambusa di una fetida nave ancorata in un porto nebbioso, e vi giuro che ricordo ogni terribile istante di quella notte, e anche se la mattina dopo speravo di dimenticare l'orrorotropa leggenda, purtroppo essa divenne parte dei miei ricordi più oscuri, e mi colpì nel cuore come una maligna e bruciante freccia, e badate bene che non taglierò parti né tralascerò particolari atrocipi, ve la narrerò come mi fu narrata, aggiungendo che il maledetto tatuato affabulatore mi disse che era una storia vera. Ora tu, Jimmy dito-nel-naso, mi chiedi "come si fa a essere sicuri che è una storia vera?" e io ti dico, piccolo rompiballe, che nel nero mondo delle storie spaventoidi c'è sempre il dubbio se siano vere o inventate, ma dal momento che ti sono entrate in gola e nei sogni e nei ventrani, ebbene sono vere, anzi più verissime delle vere, perché ciò che ti fa galoppare il cuore e rizzare i capelli e stringere il buco del culo è vero, e tu, piccola Cinzia-occhio-balengo, tu mezza nascosta sotto le coperte mi chiedi "ma a chi mai è saltato in testa di raccontare storie così tremorrende?". Già, strabichina mia, hai ragione a interrogarti su chi fu l'horrendòs primùs, quale cervello malato, quale cuore spietato, forse qualcuno che odia i bambini? No, quel vecchio marinaio figihawaisamoano mi voleva bene, ero come un figlio per lui, ma quella era una notte orribilmente adatta, uno scenario da sabba, il mare era fosco e la nave era tetra e il rancio porcibondo, e c'erano il fragore delle onde e il sibilo del vento e ombre paurose sui muri della cambusa, e, poiché vedo che vi state nascondendo sotto le coperte, scommetto che anche voi ora sentite il rumore del vento e vedete ombre alla finestra e avete il pippaculo ancora prima che la storia cominci. "Sì, ma come comincia sta storia?" mi chiedi tu, Minnie-peto-silente, che stai nel letto un po' lontana dagli altri, be', ci sono storie spaventorride che cominciano subito con l'apparizione fulmificante del mostro, in questo caso la strega, oppure ci sono storie che cominciano con una misteriosa porta chiusa, dietro la quale voi presentite il mostro in agguato e poi la porta cigola e si dischiude e appare un'ombra minacciosa e... ditemi, orsù piccoletti, quali storie vi fanno più paura? Quelle dove il mostro arriva subito o quelle dove lo si aspetta? Be', non vi svelerò prima ciò che accade nella storia della strega Charlotte, sicuramente c'è una porta chiusa, ma chissà se si spalancherà fin dal primo momento, o dovrete tremare a lungo sentendo paurosi passi e rauchi ringhi e sinistri sogghigni, aspettando che entri qualcosa di atrocissimo e bimbofago... oh piccoli sventurevoli, vi vedo ammucchiati nel lettino sempre più silenziosi perché la suspense aumenta, fissate quella misterevole porta perché c'è qualcosa nascosto lì dietro, ma cosa? Be', qualcosa che fino a un momento fa non immaginavate nei vostri peggiori incubi. Quando ero un giovane mozzo pieno di avventurismo e pidocchi, era proprio questo che mi lasciava esterrorfatto, e cioè che fino a quel momento io non sapevo che esistesse una storia così brividofora, certo avevo già visto mostri e delitti, calamari giganti e fritture miste, kraken e bottarghe, avevo già provato la paura, ma tutte le paure che avevo provato messe una sull'altra non erano che un centesimo di quelle che stavano per arrivare con la storia della strega Charlotte, e io, piccolo e eccitabile proprio come te, Ciccio-mangia-unghie, che sbadigli e sbatti gli occhietti, io sapevo bene che la mia vita non sarebbe stata più la stessa dopo questa storia, ma non ho chiuso gli occhi, non sono scappato, non ho detto "fido bonalè ho cambiato idea non raccontarla più". No! Sono rimasto lì immobile raggelato pietrificato con un filo di fiato proprio come voi, ad aspettare che quella storia mi sconvolvolgesse. E come voi mi chiedevo perché era arrivata fino a me, e soprattutto come cominciano anzi ricominciano le storie? Perché ogni volta un marinaio un nonno uno scrittore un viandante un cane parlante racconta una nuovorrenda vicenda? Forse perché qualcuno gliela raccontò e raccontandola a sua volta pensa in qualche modo di potersene liberare, è così? Forse spera che insieme alle parole se ne andrà il doloroso premito orrororroso nel suo corazón e nelle sue animelle, si illude che se contagia altri forse guarirà, e la storia uscirà da lui come un veleno, ma non è così, perché ogni volta che qualcuno racconta la storia della strega Charlotte non le sfugge né la esorciricizza, no, ogni vò il terrore aumenta, è come se ogni vò che uno la racconta fosse la prima vò, e non serve conoscere il finale e aver già provato lo choc il gulp e il sob, anche se ve la raccontassi cento vò il cuore mi sconquasserebbe il petto pur sapendo bene dov'è l'agguato, dov'è l'artiglio, dov'è l'enorme orma, e anche per voi sarà così, piccoli miei, la ascolterete cento volte e cento la racconterete e ogni volta sarà un rinnovato inferno, ma il vostro attonito orripnotico silenzio mi fa capire che siete incerti: una parte di voi dice sì sì, voglio ascoltare, e l'altra parte no no, chiuderò le orecchie, ti prego per favore non raccontarla, non aprire quella maledetta porta, scappa scappa dalla strega Charlotte finché sei in tempo, trop tard, i giochi son fè e la storia è già cominciata, la megera con ogni probabilità ha già la mano adunca sulla maniglia e si lecca i baffi... e allora io potrei forse scacciarla, accendere la luce e dire be' per questa volta non ve la racconto e sareste salvi e non dovreste precipitare nell'abissio dell'angossia e non conoscereste la tremortica trama, quindi non potreste raccontarla e moltiplicare il suo macabro influsso, e vi confesso che anche io ho pensato spesso di non diffondere più le torve gesta di Charlotte, per mai più infandùm renovare cagotto, ma non posso, non posso! Un po' perché a questo punto dopo un'ora di pistolotto sareste delusi se non ve la raccontassi, ma soprattutto perché avrei ancora più paura se NON la raccontassi, e sapete perché? Perché temo che non raccontandola aumenterei il vostro panico, nel senso che pensereste: ma se è storia così tantorrenda che non ha neanche il coraggio di raccontarla, allora è proprio tropporrenda, e la immaginereste ancora più torribile di quanto non sia, ed è appunto così, è molto più torribile di quanto possiate immaginare con tutto il vostro infantile talento paurotropo, e non ditemi: suvvia, ne ho sentite tante di storie siffatte! Questa è una storia speciale, in questa c'è veramente qualcosa che mozza il fiato, che sganghera il cuore, che vi lascia senza parole e respiro e saliva e enzimi, e infatti voi ora siete zitti e non muovete un muscolo e io sento già battere il vostro cuore insieme al mio, nell'imminenza della prima scena brividosa, inaspettata e follemente perturbante, e io capisco che non ce la fate più a aspettare, la mezzanotte scocca e la storia della strega Charlotte comincia così:

Questa è la storia della strega Charlotte
Così spaventosa da raccontare
Che nessuno la riesce mai a iniziare
Perché tutti si addormentano e buonanotte

Il marinaio uscì in punta di piedi dalla stanza, e i bambini ronfavano.

25.

La Parola

Hum'ehyh ₹uhn'Be'ɬyhn.

Gli scrittori l'hanno immaginata, i linguisti l'hanno cercata, i maghi e gli alchimisti hanno desiderato di possederla. Ma la Hyannimath, la tremenda Parola Assassina, non è mai stata scoperta, e solo tre persone la conoscono. Una di queste sono io.

Non saprete mai il mio nome. Posso solo dirvi che sono un monaco, e le altre due persone che conoscono il segreto vivono nel mio stesso monastero. Nel silenzio di queste mura conserviamo l'unico libro, il *Be'ɬy Hyannimath*, ove la Parola è svelata. Mi ci sono voluti sessant'anni per decifrarlo e tradurlo.

Vi sconsiglio di cercare il nostro eremo, è ben nascosto e inaccessibile. E nel caso inverosimile che lo trovaste, vi sarebbe impossibile trovare il libro tra gli ottocentomila della biblioteca. Ammesso che sia nella biblioteca, naturalmente, e non sepolto in qualcuno dei giardini o occultato in qualcuna delle trecento stanze e cripte dell'edificio. E potrebbe non essere un normale libro di carta, ma...

Basta, non voglio giocare col mio segreto, è troppo importante per me, ha segnato tutta la mia vita. Ma ho quasi novant'anni, sono malato, e i miei due confratelli lo sono più di me. L'idea che la Hyannimath possa non esistere più mi spaventa tanto quanto il fatto che esista ancora.

Qualcuno di voi forse conosce la sua storia. La parola non è araba né sanscrita né greca, come molti hanno supposto. Appartiene a una lingua morta. Posso indicarvi che veniva parlata forse in India, o vicino all'India, diversi secoli prima della civiltà dravidica. Era l'idioma di una civiltà antichissima ed evoluta che ha deciso di cancellare la sua storia e soprattutto la sua provenienza. Da dove erano venuti gli Hur'm? E perché di questo popolo non ci resta né un monumento, né una tomba? Eppure, qualcuno di loro ha voluto lasciare una traccia misteriosa attraverso un libro, il *Be'ਖy Hyannimath*, che ha attraversato migliaia di anni. Le pagine sono di una carta sottile e resistente come lamine di metallo, scritte con un inchiostro dorato che si può leggere anche al buio. La copertina è di una pelle serica che nessuno è mai riuscito a identificare. Perciò molti (forse io tra questi) pensano che gli Hur'm fossero una civiltà extraterrestre.

Il libro dice che un re di nome Hur'mнes regnò felice "*sopra una grande montagna bianca e dieci fiumi*" in una terra "*simile al paradiso di una stella lontana*".

I dieci fiumi, dice il libro, erano "*Jerꙃhannzat il limpido, Ashis'hkan il torbido, Avhed l'impetuoso, Ctoheн il sotterraneo, Mashah'nshij dei pesci d'oro, Kuyteh delle grandi cascate, Haumakiajਖhan il placido, Wer'hamg il velenoso, Gheng'han il fiume che guarisce, Orneh'kꙅer il fiume che parla. Un giorno uno di questi fiumi si colorò di sangue, a indicare l'arrivo dei nostri distruttori*".

Una tribù guerriera, proveniente dalla Cina o dal Medio Oriente, valicò la montagna e trovò la Terra Simile al Paradiso. Le orde stavano per invadere la capitale Jhur-el 'shikay. Ma il re era anche stregone, e tutto il popolo dei Dieci Fiumi era capace di arti magiche. Così scrissero la Parola Assassina su tutti gli alberi e le pietre e i muri che portavano a Jhur la Splendida.

Un esercito di trentamila uomini fu distrutto dalla Parola. Un solo soldato raggiunse la reggia. Nessun Hur'm portava armi, e l'uomo riuscì a entrare e uccise con una freccia re Hur'mʜes.

Tre giorni dopo, il popolo dei Dieci Fiumi sparì.

Yhn'mdhʜ   haynukm,   hdmu'hʜurjrf'n₹,   ₹shanweh 'n haudʜneyat.
Cenere dove ardeva il nostro fuoco, neve ove erano le nostre orme.

Bruciarono le case e i templi, riuscirono a far sparire i fiumi, cancellarono ogni traccia. Lasciarono soltanto, sepolto in cima alla montagna, uno scrigno d'oro con il libro sacro. Non vi spiegherò come, attraverso i secoli, il *Be'ʜy Hyannimath* sia arrivato nelle mie mani. Ma con i fratelli monaci abbiamo controllato per lunghi anni i luoghi, i pochi segni e le circostanze: la storia è vera.

Che il popolo di Hur'mʜes sia scomparso su una grande astronave, o si sia lasciato morire sul ghiacciaio, o abbia voluto trasformarsi in qualcosa d'altro, non posso dirlo con certezza. Ho un'idea, ma la tengo per me.

La Hyannimath è stata inseguita da dotti arabi come Abu Yūsuf Ya'qūb ibn Isḥāq al-Kindīe, come il greco Areteo, e da stregoni e alchimisti come Cagliostro e Huang Ling l'enigmista, e ovviamente da scrittori come Beckford, Borges, Byron e mille altri. E come è facile intuire, le hanno dato la caccia i servizi segreti di molti paesi.

Ma non è mai stata trovata, fortunatamente.

È venuto il momento di dirvi qual è il potere di questa parola. Si chiama Parola Assassina perché dapprima letta, e poi pronunciata a alta voce, uccide entro pochi istanti. Chi la legge non resiste mai al desiderio di gridarla. È il suo magico influsso.

La Parola Assassina che sterminò l'esercito invasore fu

scritta e poi intonata in coro da alcuni sacerdoti Hur'm, che si sacrificarono. I nemici, come in delirio, la gridarono. Ma il soldato che uccise re Hur'mꮰes era sordomuto. Questo gli permise di cambiare la storia e di morire impiccato, invece che fulminato dalla Hyannimath.

Da quel giorno il segreto della Hyannimath continua a tramandarsi col libro, e ora è giunto a me.

Quindi alla mia morte, e alla morte degli altri monaci, la parola andrà perduta?

Questo forse sarebbe il suo miglior destino. Un qualsiasi tiranno o fanatico potrebbe usarla come arma, e anche un innocente potrebbe morire con la parola sulle labbra.

Ma la sua salvezza è un rischio che devo correre.

La parola è già svelata. L'avete appena letta in questo racconto, o la leggerete tra breve, e questo fa sì che ne siate già un po' posseduti. Ma dovete trovarla e gridarla, e la pronuncia deve essere nell'antica lingua Hur'm, assai diversa da ogni altra nella fonetica, nei suoni e nei timbri. Abbiamo tradotto anche questo segreto: conosciamo l'esatta pronuncia della Parola, così come la intonarono i sacerdoti. La prova è che in questi anni cinque monaci hanno letto e gridato, e sia pace alla loro anima.

Ora che sapete, nel caso abbiate intenzione di impazzire e tentare di scoprirla, vi do alcuni suggerimenti (o voluttuosi tranelli?). Nella lingua hur'm la *acca* e la *i* sono impercettibilmente diverse dalla fonè che voi conoscete. Le lettere ꮰ e ₹ esistono solo in questa lingua, e per una voce umana è molto difficile pronunciarle, mentre sono spesso contenute nel canto di alcuni uccelli.

Non dirò altro. Il monaco anziano mi chiama con tono preoccupato. Forse tra poco saremo solo in due a conoscere la parola.

Ma se volete morire per sete di conoscenza, io ve l'ho scritta.

Basta che risuoni una sola volta, nel modo giusto. Potrebbe essere una parola in lingua Hur'm: un nome, un fiume, la cenere, la neve, un brano trascritto. Ma potrebbe essere una qualsiasi parola della vostra lingua, che accostata a parole Hur'm (diciamo così, "contaminata") ha assunto il terribile potere dell'antica Assassina. Non mi diverto a confondervi, vi sono obbligato. È necessario che sia spaventosamente difficile trovarla.

Sento che vi devo un'ultima confessione. Molti anni fa, un monaco anziano mi raccontò un'altra versione della leggenda. Da sempre, credenti o no, non abbiamo le parole per spiegare la vita e la morte. Ebbene, la Hyannimath potrebbe essere la parola mancante, quella che svela il mistero e che permette all'uomo di trovare il senso della sua esistenza. E gli Hur'm non dissero la verità su di essa, oppure non sono mai esistiti.

Perché quel vecchio monaco me lo disse? E io gli credetti? Vi racconto questo per confondervi, o per fare balenare una luce?

La Hyannimath è davanti a voi.

Ma attenti! Potete mettere al lavoro tutti i vostri computer e i vostri decrittatori, ma sarà tutto inutile, la parola sa difendersi. Solo un lettore coraggioso, disinteressato e pronto a sacrificare la sua vita, può farlo. E questa frase sarà l'ultima che scriverò:

Hum'ehedeʉ yhsha'n nkanꝫye.

Che significa: "cerca, desidera, temi".

Indice